# Blue Tango

Catalogage avant publication de BAnQ et Bibliothèque et Archives Canada

Piuze, Simone, 1946-
     Blue Tango         Suite de La femme-homme
     ISBN 978-2-89031-711-6
     I. Titre

PS8581.I88B58 2011  C843'.54   C2011-940170-3
PS9581.I88B58 2011

Nous remercions le Conseil des Arts du Canada ainsi que la Société de développement des entreprises culturelles du Québec pour l'aide apportée à notre programme de publication. Nous reconnaissons également l'aide financière du gouvernement du Canada par l'entremise du Programme d'aide au développement de l'industrie de l'édition (PADIÉ) pour nos activités d'édition.
Gouvernement du Québec – Programme de crédit d'impôt pour l'édition de livres – Gestion SODEC.

Mise en pages : Julia Marinescu
Maquette de la couverture : Raymond Martin
Illustration : Patricia Klimov, *L'ensorceleuse*, acrylique sur toile, 30 x 30 po, 2006

Distribution :

| | |
|---|---|
| Canada | Europe francophone |
| Dimedia | D.N.M. (Distribution du Nouveau Monde) |
| 539, boul. Lebeau | 30, rue Gay-Lussac |
| Saint-Laurent (Québec) | F-75005 Paris |
| H4N 1S2 | France |
| Tél. : 514.336.3941 | Tél. : (01) 43 54 50 24 |
| Téléc. : 514.331.3916 | Téléc. : (01) 43 54 39 15 |
| general@dimedia.qc.ca | www.librairieduquebec.fr |
| | Représentant éditorial en France : Fulvio Caccia |

Dépôt légal : BAnQ et B.A.C., 1er trimestre 2011
Imprimé au Canada

SIMONE PIUZE

# Blue Tango

roman

TRIPTYQUE

**De la même auteure :**

*Les cercles concentriques*, roman, Montréal, Pierre Tisseyre, 1977
*L'empailleuse de chats*, roman, Paris, Belfond, 1978
*La vie intime des Québécois*, essai, Montréal, Stanké, 1978
*Réussir sa jeunesse*, essai, Montréal, Stanké, 1986
*Les noces de Sarah*, roman, Montréal, l'Hexagone, 1988
*La femme-homme*, roman, Ottawa, Éditions David, 2006

À Marcel

*L'enfance est un couteau planté dans la gorge.*
*On ne le retire pas facilement.*

Wajdi Mouawad

# Prologue

Une seule catastrophe a marqué ma vie. Je me suis toujours efforcé de ne pas y penser. Lorsque le souvenir affleurait, comme une photo délavée, je me mettais à siffler, parfois je me versais une rasade de whisky, puis une autre ; souvent je cherchais à rencontrer une femme, cela m'anesthésiait, la beauté me faisait tout oublier. Mais la catastrophe enfouie se nourrissait à même le temps qui s'écoulait, elle grossissait à mon insu, prenait des proportions gigantesques. Je ne peux pas affirmer que j'étais malheureux à cette époque. Je vivais dans une sorte de coma, ayant laissé loin derrière ma véritable identité. Il y a quelques années, la vue soudaine d'un tableau a fait rejaillir si fort le souvenir de la catastrophe qu'elle s'est imposée à moi. Je m'en suis approché, je l'ai survolée à une altitude de plus en plus basse, pour y plonger enfin. À partir de ce moment, j'ai nagé dans ce que j'avais toujours occulté, et la musique de *Blue Tango* m'est rentré dedans : cela a fait très mal, mais j'ai retrouvé le garçon que j'avais laissé loin derrière. Il n'était plus muselé, il criait au secours. Je l'ai pris par la main.

C'est cette histoire que je vais vous raconter. Je ne vous cacherai rien.

# 1

On ne se doute jamais de l'événement qui va changer le cours de son existence. Son arrivée fortuite dans le quotidien entoure la chose d'un caractère mystérieux, quasi occulte. Élie Goldberg venait de me vendre un autre immeuble du quartier chinois. J'avais dit, selon mon habitude : « L'affaire est conclue. » Il m'avait offert son sourire habituel, une sorte de crispation des lèvres, et j'étais sorti de son bureau en lui décochant un clin d'œil bienveillant – le milliardaire Goldberg représentait une pièce extrêmement utile sur l'échiquier de ma vie d'acheteur et de revendeur d'immeubles. Je respectais ce petit Juif brillant, mais nous n'avions jamais socialisé en dehors de son bureau ; je ne socialisais d'ailleurs qu'avec très peu d'hommes : je pouvais compter sur les doigts d'une main le nombre de types avec lesquels je m'étais lié depuis mon arrivée à Montréal, trente ans plus tôt.

Une fois l'affaire conclue, j'attendis l'arrivée de l'ascenseur. J'occupai ces minutes lourdes en sifflotant, afin de maîtriser une claustrophobie qui me collait à la peau depuis toujours et qui empirait en vieillissant. Les portes s'ouvrirent. La cage était vide, à mon grand désarroi – la présence d'autres personnes contribuait généralement à diminuer mon taux d'anxiété. J'entrai malgré tout et appuyai plusieurs fois sur le bouton marqué rez-de-chaussée, continuant de siffler jusqu'à la réouverture des portes. Je sortis en poussant un soupir de soulagement, comme si je venais d'échapper à un danger. Le portier me salua en levant discrètement la main. Il était dix-huit heures. On était en octobre. Des flocons de neige précoces voltigeaient comme des papillons translucides dans l'air pollué de Montréal. Déjà, un fin tapis de neige semblait purifier la ville. Je marchai lentement vers le terrain de stationnement presque désert. Je balayai tout aussi lentement la pellicule de cristaux recouvrant les vitres et le rétroviseur de ma BMW, que je soignais plus que moi-même – cette voiture rutilante était comme un appendice de ma personne, un prolongement tangible, solide, qui prenait beaucoup de place dans l'image que je voulais projeter. J'y montai, m'y vautrant comme dans un abri souterrain. Pendant quelques secondes, je restai immobile, les yeux fermés. C'était devenu un rituel, cet instant de repos et de neutralité que je m'octroyais après ce que j'appelais «un geste financier». Je mis la clé dans le contact, actionnai les essuie-glaces et insérai un CD de Leonard Cohen dans le lecteur. Je fis jouer *Suzanne* à plein volume. Je pouvais démarrer, j'étais en état d'apesanteur. La voix rauque du chanteur et sa *Suzanne* au *perfect body* emplissaient maintenant mon espace mental. J'écoutais pour la millionième fois ces paroles que je connaissais par cœur, mais qui me propulsaient toujours dans une sorte d'euphorie. De

*Suzanne*, je sautai à *Dance Me to the End of Love*. Danse-moi jusqu'à la fin de l'amour, danse-moi jusqu'à la fin de l'amour : je me mis à chanter en français les paroles, je les répétais à tue-tête, conduisant d'une main et suivant, de l'autre, le rythme envoûtant. Mais les essuie-glaces semblaient battre la mesure à contretemps, et l'inconfort revint. Je n'avais pas envie de rentrer tout de suite. J'irais passer quelques heures au *Nocturne*. Les hommes dans la cinquantaine qui draguent encore dans les bars sont plutôt rares. Je faisais partie de cette clientèle. Une fois par semaine, vêtu d'un jean, d'un t-shirt et d'un veston noir Armani – je savais que la griffe est importante quand on drague dans certains milieux –, un délicat saphir à l'oreille et un tatouage stylisé de lotus sur l'avant-bras, je me promenais nonchalamment, comme une panthère aux aguets, de la porte au vestiaire et du bar à la piste de danse. Une sorte de prince déchu mais sexy. Les habitués du *Nocturne* m'avaient surnommé « l'homme à femmes ». Ce soir-là, je me dis encore une fois que je trouverais la perle qui fait tout oublier.

Il était dix-huit heures quinze. On n'entrait pas au *Nocturne* avant vingt-trois heures ou minuit, c'était encore mieux. Comme d'habitude, j'irais marcher un peu rue Saint-Denis, lire le journal, manger une bouchée et boire un bon vin au *Continental*, puis je me rendrais au bar. Cette décision m'aida à mieux respirer. Une main sur le volant, je resserrai de l'autre l'élastique qui retenait en queue de cheval mes cheveux argentés. Je me regardai un instant dans le rétroviseur: mes yeux étaient toujours aussi perdus, mais je savais que, dès que j'entrerais au bar, dès que mon regard croiserait celui d'une femme, une lueur envoûtante s'y installerait. Je connaissais d'instinct tous les rouages de la séduction, et mes yeux étaient mes premières armes. Les femmes se laissaient souvent prendre à leur piège, comme ces papillons de nuit fascinés par la lumière d'une ampoule brûlante et qu'on retrouve morts, le lendemain, agglutinés au globe de verre.

À minuit, juste un peu éméché, juste assez relax, j'entrai au *Nocturne*. Accoudé au bar, je commandai un whisky en effleurant les doigts fins de la serveuse. Les mots sortaient naturellement, gentiment: «Tu es mignonne, ce soir, tu as l'air d'une acrobate. Un Jack Daniel, s'il te plaît.» La serveuse, qui connaissait très bien le manège, sourit en montrant sa dentition immaculée. J'entamai mon whisky tout en promenant un regard circulaire sur les clients. Mon œil averti voyait tout, tout de suite. Beaux yeux, belles bouches, beaux seins, belles fesses, belles jambes, il ne s'accrochait qu'à ce qui est beau. La charpente, le coffre, l'étui d'abord. Le beau fait du bien, j'en avais fait ma drogue. Cette fille là-bas, debout juste à côté du bar et qui sirotait son vin blanc, était-elle celle qui me ferait vibrer? Je ne perdis pas une seconde: j'observai ses atouts d'un œil impitoyable, puis j'attrapai son regard, un regard très bleu, profond, unique. Elle se laissa faire, continuant d'avaler lentement son vin blanc. J'aimais cet échange de regards avant la rencontre, avant les toutes premières paroles. Les dés étaient jetés, ce n'était plus qu'une question de secondes. Je m'approchai lentement et roucoulai dans le vacarme de la musique : «Première neige...» Elle rit un peu, sa bouche s'approcha délicatement de mon oreille : «Je n'aime pas la neige.» À mon tour, j'approchai la mienne de son oreille où pendait une plume : «Moi, ça m'apaise, je préfère la neige précoce aux automnes grisâtres. Ah, que la neige a neigé!» J'avais dit n'importe quoi. J'étais le roi du n'importe quoi. Elle rit encore, un peu plus fort cette fois. Le ballet pouvait commencer. Un tabouret se libéra. La fille à la bouche pulpeuse rouge cerise y prit place. Juchée, elle était encore plus désirable. Je lui demandai son nom. Je répétai lentement «Ève», ajoutant que je voulais bien être son Adam. Elle pouffa de rire à nouveau. Alors, je commandai un verre de vin blanc pour ma chose, ma chose toute mignonne. Elle me demanda ce que je faisais dans la vie. «C'est à quel âge, la vie?» répliquai-je en écho. Elle rit de plus belle. Je dis en caressant son poignet que j'étais dans l'immobilier; j'étais le proprio de ce bar, oui, le Nocturne m'appartenait. Elle me regarda, sceptique, et, jouant avec le *piercing* qu'elle avait au sourcil gauche : «On pourrait rafraîchir ton bar ensemble, je suis designer.» La moitié du chemin était parcouru, je pouvais savourer mon whisky. Le DJ mit une salsa. Je me levai, esquissai quelques mouvements du bassin : «Tu viens danser?» Je l'entraînai vers la piste, elle se colla contre moi et nous commençâmes à nous tortiller. J'aimais ce premier corps à corps dans la musique, cet échange de parfums, ces premiers frissons, mais je devais continuer d'ouvrir l'œil: une femelle plus désirable se trouvait peut-être dans les parages. Justement, tout près, une amazone toute de noir vêtue me dévisageait. Son extrême beauté, inattendue, me surprit, me déstabilisa comme l'aurait fait une difformité. Je restai bouche bée quelques secondes, puis je voulus, tout de suite, adhérer à ce regard, un regard de femme beaucoup plus troublant, me dis-je, que celui de cette Ève-designer qui, rivée à moi, se laissait griser par la salsa. Prétextant un besoin urgent d'uriner, je me détachai d'Ève et marchai vers les toilettes. En passant près de l'amazone, je dis, la fixant: «Tu es une splendeur.» Elle battit des cils, esquissa un sourire. Je m'assis au deuxième bar, situé à l'écart de la piste de danse, non loin des toilettes, celui où se tenaient les piliers de la boîte, alcooliques désabusés qui préféraient draguer assis, sans jamais se lever, cloués à leur tabouret jusqu'à la fermeture. Je commandai un autre whisky, bus quelques gorgées et, de loin, scrutai la piste de danse. Ève, les yeux fermés, se déhanchait sur U2. Qu'elle se laisse magnétiser par Bono! Moi, je devais parler à la beauté en noir... qui avait disparu.

La soirée avançait inexorablement. Je commençais à m'énerver – il en était ainsi chaque fois qu'une femme semblait me filer entre les doigts –, lorsqu'elle passa devant moi. Ne pas la perdre, l'accrocher tout de suite. Je captai son regard. D'un geste élégant, je l'invitai à venir s'asseoir à mes côtés. Elle s'installa et commanda une bière. «Une Fin du monde», dit-elle d'une voix plutôt rauque, sensuelle. Je levai mon verre.

18

— Santé!

— Tchin-tchin! murmura-t-elle, me fixant.

Elle s'appelait Claudine Saint-Amant. Trente ans, brillante, charmante, drôle, en voie d'obtenir sa maîtrise en création littéraire. Comme chaque fois, j'espérais que ce serait la bonne. Je n'avais jamais couché avec une Claudine. Une Claudia, oui, avec qui j'avais fumé de l'opium en Afghanistan dans les années 70, une Claudia de dix-sept ans, morte d'une overdose sous mes yeux. Je racontai l'histoire de cette Claudia à la Claudine du Nocturne. Elle se montra touchée, voulut des détails. Je les lui offris, mon regard enveloppant le sien. Nous parlâmes ensuite de littérature noire. Je lui glissai que j'aimais les thrillers intelligents, déstabilisants.

— N'importe qui peut tuer, c'est ça qui est étrange et déconcertant, remarquai-je. Tuer après avoir pleuré d'émotion en écoutant le *Stabat Mater* de Schubert semble incompréhensible, mais les S.S. pouvaient le faire dans les camps de concentration. On peut aussi déchiqueter un ennemi ou sa femme, et panser ensuite les plaies d'un vieillard.

Elle acquiesça, ajoutant que l'homme est étonnant, fascinant, que le bon et le terrible cohabitent chez lui, que même un être aimant peut tuer.

— L'amour est le plus gros moteur de l'existence, conclut-elle enfin presque tout bas. S'il nous fait apprécier notre identité, il nous transforme aussi.

Nous restâmes un moment silencieux. Elle but un peu et me demanda si j'avais lu *L'invention de soi* de Kaufmann. Je dus avouer mon ignorance. Elle m'en fit l'apologie, m'expliquant en long et en large comment on pouvait continuellement changer tout en restant identique.

Cette fille était troublante. J'engloutis mon whisky. Nous jacassâmes longtemps, comme enveloppés dans une bulle. Le passé n'existait plus, ni le futur, j'appartenais à ce temps suspendu, à cette fille qui s'appelait Claudine. Elle me parla d'une nouvelle qu'elle avait écrite et qu'elle devait bientôt soumettre à un concours organisé par la revue *Marée haute*. Elle aurait aimé me la lire maintenant, chez elle, loin du vacarme du bar. Nous nous levâmes en silence, enfilâmes nos manteaux, quittâmes le *Nocturne*. Il ne neigeait plus. Elle monta dans sa Honda, moi dans ma BMW. Nous roulâmes vers la rue Saint-Denis, où elle habitait. Le temps était encore suspendu. Je m'y accrochai. Tout pouvait arriver ; la magie était en place, je flottais au-dessus de tout.

# 2

Une bougie éclairait faiblement le texte que lisait lentement Claudine allongée contre moi. Dans le salon qui sentait le patchouli, ma tête reposant sur un coussin de soie indigo brodé d'un dragon doré, j'écoutais attentivement, caressant la chevelure dénouée de la jeune femme. J'écoutais la voix aux inflexions graves et sensuelles, et ça me calmait, même si l'histoire née de son imagination fulgurante aurait pu me glacer d'horreur. Claudine en était au dernier paragraphe d'*Hypnose nocturne*: *Sa tête de cyclope a heurté bruyamment le sol de terre battue. Le corps à la peau blanche luisait dans la pénombre et son œil rouge largement ouvert semblait vouloir m'aspirer une dernière fois.*

Elle respira profondément, remit les feuillets dans la chemise marquée *Claudine Saint-Amant, nouvelles*, me demanda ce que j'en pensais. Je lui murmurai dans les cheveux que cette nouvelle me faisait penser aux récits fantastiques de Lovecraft. Elle leva un sourcil: «C'est un compliment?» Je répondis qu'elle avait déjà gagné le concours et je posai doucement mes lèvres sur les siennes. Nous nous embrassâmes longuement. Sa bouche m'allait si bien que je me demandai comment j'avais fait pour apprécier toutes les autres. C'était toujours comme ça, la première fois : j'oubliais tout, j'étais au commencement du monde, rien n'existait avant cet instant, je découvrais le velouté, le parfum d'une bouche et je croyais que je ne pourrais plus m'en passer, jamais. Cette nuit-là, dans le salon qui sentait le patchouli, enroulé autour du corps de Claudine, je me disais que c'était la bonne, c'était elle qui allait m'ensorceler jusqu'à ma mort peut-être. Je souriais béatement.

Nous marchâmes, enlacés, vers la chambre aux étagères remplies de livres. Dans la quasi-obscurité, je pus distinguer une immense reproduction de la célèbre peinture de Gustav Klimt, *Les trois âges*, qui, accrochée au-dessus d'un futon-lit, semblait n'être là que pour veiller sur les nuits de Claudine. Nous nous allongeâmes sur le satin bleu, orné, comme celui du salon, d'un dragon doré. Mes mains se posèrent sur le corps dénudé de « l'étudiante en littérature » – je n'oubliais jamais le statut de la femme avec qui je couchais, cela s'ajoutait à ses caractéristiques physiques, le tout constituant une sorte de sceau que j'apposais sur son nom. Elles savaient tout des gestes de l'amour, mes mains, elles les avaient appris très tôt. Nous dansons, allongés sur le satin, bouche contre bouche, toujours, mon thorax contre ses seins doux et ronds, mon ventre contre le sien, qui palpite, mouillé de transpiration, nous respirons très fort, je me soûle d'elle, elle se soûle de moi, nous nous rejoignons totalement, sans l'ombre d'un doute. Mon corps s'allume, veut exploser, il connaît très bien ce que c'est que la première rencontre, ce que c'est que la découverte d'une autre humanité, moment de grâce, l'infini retrouvé, plus de passé, plus rien que la rencontre là, maintenant, pour la première fois. Ce velouté, cette souplesse, cette merveille des seins, cette courbe du ventre, des hanches, des fesses, ce cou mobile, fragile, que je pourrais étouffer en un seul serrement, ces paupières fines et tremblantes, cette bouche, caverne d'Ali-Baba et crypte de la Vierge où je voudrais loger ma langue éternellement, ce pubis palpitant, gonflé de sang, qui se presse contre ma cuisse, et ce parfum envoûtant, celui de Claudine offerte, tout ça est un incroyable cadeau à la limite du supportable. Je pétris ce corps doucement, je l'effleure du bout des doigts, je lui parle avec ma peau d'homme. Je glisse dans l'ailleurs, je n'ai plus de nom, d'âge, d'identité.

Claudine me dit que pas un homme ne l'a touchée avec autant de tendresse, autant de feu, autant d'amour. Elle dit aussi qu'elle ne veut pas que je la pénètre cette nuit, elle veut attendre un peu, quelques jours. Je suis d'accord. Je suis toujours d'accord avec les femmes, le premier soir : elles sont mes reines, mes déesses, elles tiennent les fils de la marionnette, je cours, je vole pour elles, elles sont mes maîtresses absolues. Je pourrais partir en pleine nuit leur cueillir des fleurs au Japon, leur construire une maison sur pilotis, leurs requêtes sont des ordres auxquels je me plie, tremblant d'émotion et de servilité. Elles le sentent et cela les excite, leur donne envie de me lécher, de me mordre, de pleurer sur mon corps leurs traumatismes. Elles me racontent tout, ouvrent les tiroirs de leur âme, dévoilent leurs secrets les plus absolus. Je les écoute, les regarde, mouche leur nez, calme leurs tourments, masse longuement leur corps étalé sur le lit comme celui d'un bébé.

À quatre heures, à bout de souffle, plus belle que jamais, les lèvres gonflées d'avoir tant caressé les miennes, la peau mouillée de fines gouttelettes de sueur sur lesquelles je souffle lentement pour la rafraîchir, Claudine me demande de la pénétrer. Le voyage commence. Je me retiens – je suis un spécialiste de la retenue, je fais plaisir aux femmes, je ne pense qu'à elles au début. Son corps me remercie au centuple. J'exulte. La mort pourrait venir tout de suite, je l'accueillerais sans angoisse. Je dis : «Tue-moi.» Elle sourit, pose ses lèvres sur les miennes. Nous ne bougeons plus. Nous nous endormons, la tête de la jeune femme posée sur ma poitrine, dans la chambre qui sent les épidermes heureux.

Un bruit d'autobus me réveilla. J'avais mal au crâne, envie de pisser. Le temps était revenu, avec son cortège de maux. Je quittai le lit de Claudine pour me diriger, en titubant, vers les toilettes. Je me dis que je n'aurais pas dû dormir ici – je déteste dormir ailleurs que dans mon lit. Au retour des toilettes, je m'habillerais et foutrais le camp. En passant près du bureau de Claudine, j'aperçus, sur le mur gris acier, un immense tableau à l'huile d'une femme nue vue de dos, assise au bord d'une mer turquoise, entourant de son bras les épaules d'un jeune garçon, nu lui aussi. Le choc, le vrai, sans avertissement. Je m'approchai tout près. Le passé douloureux était là, il m'avait pris par surprise, je ne pouvais siffler pour l'évacuer, je me souvenais, et c'était comme un coup de couteau en plein cœur : cette toile, Martha l'avait peinte pour moi, en cadeau de Noël, quelques mois avant son assassinat. J'avais seize ans, elle, quarante-deux. La peinture nous représentait assis au bord de la mer de Chine, là où nous voulions aller vivre lorsque nous aurions gagné suffisamment d'argent pour payer nos billets d'avion. Je n'avais pu apporter le cadeau chez moi, parce que je voulais garder secrète ma relation amoureuse. Le tableau avait été accroché en face de son lit, dans son vieux chalet de Rawdon. Ce matin, il était ici, à Montréal, dans cet appartement. Je m'approchai encore plus du tableau, je le mangeai des yeux, je l'engloutis, ou plutôt j'y nageai, emporté par la mer, puis je le décrochai pour le déposer avec précaution sur le bureau. Je le retournai et y distinguai, écrit finement : *Martha Lupien, décembre 1965, pour Jean.* Je promenai ma main sur la dédicace en tremblant. Je me revoyais : c'était la nuit de Noël dans la cuisine de Martha, ça sentait le feu de cheminée et la tourtière, et je tenais mon cadeau entre mes bras. Tout se mêla soudain, elle ne souriait plus, c'était le printemps, elle gisait par terre, la poitrine en sang, sa robe mauve déchirée relevée jusqu'au cou. On lui avait enlevé sa culotte, un couteau à viande était posé sur son ventre en une signature morbide, ses yeux étaient grands ouverts et de son nez coulait du sang. On avait tué mon amour. Hébété, j'étais resté longtemps à regarder, à quelques pieds de moi, son corps profané. Je m'étais enfin agenouillé et je l'avais

25

pris dans mes bras. Peut-être qu'en réchauffant son corps, Martha allait reprendre vie, me regarder avec amour et m'embrasser. Mais il était froid et lourd. Je l'avais redéposé sur le sol taché de sang et de suie. L'oreille collée à son cœur, j'avais surveillé le moindre signe de retour des battements de vie, puis, anéanti, sans un mot, sans une larme, j'avais tiré le corps dehors, jusque dans le jardin, pour l'enterrer. Je voulais mourir moi aussi, m'étendre à ses côtés au fond du trou que je venais de creuser.

Le regard rivé au tableau, je laissais les pensées se bousculer dans ma tête. Je n'étais plus ici, dans ce chic appartement montréalais, mais là-bas, dans le chalet délabré où tout avait basculé pour moi, à seize ans. De qui Claudine tenait-elle cette peinture ? Sûrement du salaud qui, après avoir violé et tué Martha, avait pris la toile dans sa chambre et l'avait vendue. Savoir tout de suite, puis partir à sa recherche pour l'exterminer. Mais d'abord, réveiller Claudine. Elle dormait sur le dos, la bouche entrouverte. Sa respiration était lente, régulière. Penché au-dessus d'elle, je dis, secouant son épaule : « Réveille-toi… Je dois te parler. » Elle se réveilla, m'attira à elle, posa sa bouche sur la mienne.

— Tu rêves, Jean.

— Écoute-moi, c'est très important. Qui t'a donné le grand tableau qui se trouve dans ton bureau ?

Elle ouvrit les yeux, ne reconnut plus l'amoureux de cette nuit.

— Tu me fais mal. Qu'est-ce que tu as ?

Je relâchai la pression de ma main.

— Qui t'a donné le grand tableau accroché dans ton bureau?

— Mon père. Calme-toi.

— Où l'a-t-il acheté?

— C'est compliqué... Pourquoi veux-tu savoir ça?

— Réponds à ma question : où l'a-t-il acheté?

— Mon père était propriétaire d'une galerie d'art, mais ce tableau faisait partie de sa collection personnelle... L'enquête est terminée? Je peux dormir maintenant?

Sa voix était sèche, presque dure. Elle referma les yeux, elle allait se rendormir. Je la soulevai, la pris dans mes bras. J'insistai : je devais absolument parler à son père, savoir comment il avait obtenu ce tableau, qui m'appartenait ; il avait dû être volé il y avait plusieurs années dans la maison de l'artiste qui l'avait peint pour moi. Claudine m'apprit que son père était très malade, un cancer des poumons en phase terminale. Je fis de la lumière, repoussai les couvertures. Cette fois, elle était totalement réveillée. Elle observa mon regard affolé et accepta de parler. Elle but un verre d'eau, se lova dans mes bras. À mi-voix, rapidement, comme si elle voulait se débarrasser d'une chose ennuyeuse, elle me raconta l'histoire de ce tableau. Son père ne l'avait pas acheté, il en avait hérité pour ainsi dire avec une quinzaine d'autres. Il le lui avait offert pour ses trente ans. Le tableau avait été peint par Martha Lupien, une artiste qui s'était suicidée. Il lui avait raconté cent fois le mélodrame. Il avait été l'amoureux de Martha quand tous deux étaient dans la vingtaine, mais elle avait rompu avec lui pour un Amérindien qu'elle avait épousé et avec qui elle avait vécu à Rawdon. Quinze ans plus tard, son mari et son fils s'étaient noyés lors d'une promenade en canot sur la rivière Ouareau ; Martha était devenue folle de douleur. Quelques années après l'accident, elle était venue rencontrer le père de Claudine et lui avait raconté sa vie depuis l'épreuve ; elle se disait guérie de sa peine et voulait se remettre dans le circuit, exposer de nouveau. Il avait accepté de lui organiser une exposition : il n'avait jamais oublié cette femme.

Je serrais si fort Claudine que je lui faisais mal. Elle me demanda de me calmer, sinon elle ne poursuivrait pas son récit.

— Martha Lupien était une femme désespérée, continua-t-elle. Mon père a tout fait pour la sauver.

— Elle n'était pas désespérée, puisqu'elle voulait se remettre à peindre, tu viens de le dire !

J'avais crié les derniers mots. Je me détachai de Claudine et quittai le lit. Je me sentais vaciller et, en même temps, une violence montait en moi avec une telle force que cela me faisait peur. Je voulais à la fois m'enfuir de la chambre et y rester pour tout savoir de cet homme qui avait sûrement tué Martha quarante ans plus tôt. Claudine commença à comprendre à quel point j'avais aimé cette femme. Elle toucha mon bras, me dit de me rasseoir et d'écouter son récit jusqu'au bout.

— Martha était devenue cinglée. Quand elle est venue rencontrer mon père, à la galerie, pour le supplier de lui organiser une exposition, elle portait une robe tellement sale et puante qu'il a dû, après son départ, ouvrir toutes les fenêtres.

— On peut être sale sans être fou!

— Je te l'accorde. Mais mon père a vu comment Martha vivait, isolée du monde, à l'orée d'un bois, dans son chalet insalubre. Il l'aimait encore et voulait la sauver, l'amener vivre avec lui à Montréal. La dernière fois qu'il l'a rencontrée, c'était chez elle. Il venait y chercher les toiles qu'elle avait terminées pour les apporter à sa galerie. Il voulait aussi tenter un ultime rapprochement avec elle. Cela a marché magnifiquement : ils ont mangé, bu du vin, dansé le tango sur la musique de *Blue Tango* – mon père m'a souvent fredonné cet air qui lui rappelait cette soirée mémorable – et fait l'amour. Ce soir-là, il a demandé à Martha de venir vivre avec lui une fois l'exposition terminée. Elle a accepté en pleurant d'émotion dans ses bras. Mon père a dû repartir vers minuit, car il avait une importante rencontre à sa galerie tôt le lendemain. Martha lui a alors remis, pour l'exposer avec les autres, la toile intitulée *Face à la mer*, qui se trouvait dans sa chambre. Celle que tu as vue dans mon bureau.

Quoi ? Martha avait couché avec un homme et se préparait à aller vivre avec lui alors que nous projetions de partir ensemble en Asie ? Et elle avait remis mon tableau à ce galeriste pour qu'il le vende ? Cela me semblait outrancier, mensonger. Mais je voulais que Claudine terminât son récit ; alors je restai silencieux, suspendu à ses lèvres. J'appris que, le lendemain de cette nuit mémorable, le galeriste était revenu pour voir Martha, mais que sa porte était verrouillée. Il avait attendu en vain toute la journée et avait même dormi dans sa camionnette. Elle n'était jamais rentrée, ni le lendemain ni les jours suivants. Il en avait déduit qu'elle avait fui en Asie, son continent fétiche, avec la somme avancée sur les recettes de l'exposition. Il n'avait plus jamais revu Martha Lupien. Aucune nouvelle d'elle non plus. Il n'avait pas cru bon de s'informer auprès de ses parents, puisque Martha avait rompu les ponts avec eux depuis des années. Ce n'est qu'après l'exposition qui lui avait rapporté beaucoup de sous, qu'il s'était résolu à contacter les Lupien. L'appât du gain les avait fait bouger, et la police s'était enfin saisi du dossier pour faire enquête. Sous le lit de Martha, les enquêteurs avaient trouvé trois mille dollars, ce qui représentait le reste du petit héritage que son mari lui avait laissé, et, dans un tiroir de la cuisine, le chèque au montant de deux mille dollars que le galeriste lui avait remis la nuit de leur dernière rencontre. Elle n'était donc pas partie en Asie. Restait la thèse du suicide. La famille Lupien en avait la certitude la plus absolue : Martha devait s'être suicidée par noyade dans la rivière Ouareau, là où son mari et son fils avaient péri noyés. C'est ce que pensait également le père de Claudine.

— Se suicider, objectai-je, quand on est à la veille d'exposer, quand on vient de passer une nuit d'amour avec un homme qui désire nous amener vivre avec lui ?! Tu crois ça, toi ?

Claudine poussa un soupir d'exaspération et me jura qu'elle répétait exactement ce que son père lui avait raconté. Elle termina d'une voix coupante son récit.

— Les hommes-grenouilles ont fouillé les eaux pendant des semaines sans rien trouver. L'enquête policière a été longue et a piétiné puisqu'il n'y avait ni cadavre ni témoin de l'enlèvement. Mon père a été soupçonné, bien sûr, mais aucune charge n'a été retenue contre lui. Un jeune garçon avec qui Martha Lupien avait eu à l'occasion des relations sexuelles l'a été également, mais il possédait un alibi: la nuit de la disparition, il dormait paisiblement dans sa chambre, chez ses parents. Comme personne du village ne connaissait intimement celle que l'on surnommait «la folle», on a fermé le dossier quelques mois plus tard. Mon père était dévasté. Puisque l'artiste n'avait rédigé aucun testament et qu'on n'avait aucune preuve de sa mort, la part des recettes de la vente des tableaux qui revenait à l'artiste a été déposée dans un compte bancaire. Elle y dort encore. Fin de l'histoire.

Claudine se recoucha.

À ce moment précis, je me sentis dépossédé de tout un pan de mon passé: si Claudine disait vrai, Martha ne m'avait jamais aimé puisqu'elle avait balayé du revers de la main notre projet de vie commune en Asie et inclus *Face à la mer* dans la liste des tableaux à exposer. La probabilité qu'Antoine Saint-Amant eût menti à sa fille était mince, mais je m'y accrochai de toutes mes forces. «Ton père t'a menti», dis-je. Je tirai Claudine par le bras jusque dans son bureau: «Regarde, c'est écrit ici: *Martha Lupien, décembre 1965, pour Jean.*» Claudine lut plusieurs fois les mots au dos du tableau, puis m'expliqua que, si Martha Lupien était tout pour moi, je n'étais sans doute pour elle qu'un jeune amant de passage et qu'elle pouvait très bien avoir couché avec moi et écrit cette dédicace sans m'aimer. Le tableau faisait partie de sa production d'artiste et allait lui rapporter de gros sous : voilà pourquoi Martha Lupien l'avait remis sans scrupule au galeriste pour qu'il l'expose avec les autres. Je devais, précisait Claudine en bâillant, regarder les événements avec mon regard lucide d'homme et non celui, naïf, d'un garçon de seize ans.

J'écoutais sa version des faits, et tout me revenait brutalement en mémoire ; les images du passé ne cessaient de se multiplier comme celles d'un film, je me souvenais de nos étreintes si belles, du regard amoureux de Martha, de sa promesse de partir en Asie avec moi, de son désir de se remettre à peindre afin de payer nos billets d'avion, puis de son corps ensanglanté par terre. J'eus à cet instant la certitude que le père de Claudine avait tué Martha. Alors je déballai tout, je criai que c'était moi qui l'avais trouvée assassinée, la robe relevée jusqu'au cou, que *Blue Tango* jouait encore quand j'étais entré chez elle en cette nuit d'avril ; que j'avais ensuite enterré son cadavre derrière la maison, que c'est moi aussi qui avais fait disparaître toute trace de sang et verrouillé la porte avant d'emporter avec moi le disque de *Blue Tango* et le journal intime de Martha. Le regard de Claudine s'affola, sa bouche s'ouvrit comme si elle avait besoin d'oxygène. Je poursuivis, je devais aller jusqu'au bout de l'accusation :

— Cette nuit-là, quand je suis arrivé chez Martha, ton père venait sûrement de partir : la porte était entrouverte et tout près, par terre, il y avait un paquet de cigarettes. Ton père t'a menti, Claudine, c'est lui qui l'a tuée !

Tremblante, au bord de la panique, elle souleva le tableau et me le tendit.

— Prends-le et disparais avec.

Je pris le tableau et le déposai sur le divan. J'avalai un verre d'eau, tandis qu'elle se demandait à voix haute pourquoi elle m'avait rencontré au Nocturne. Elle n'était jamais allée dans ce bar, elle sortait très peu ; quand elle le faisait, c'était pour se récompenser après un examen ou pour fêter, en groupe, un anniversaire. Hier, c'était pour se féliciter d'avoir terminé sa nouvelle ; comme elle s'intitulait *Hypnose nocturne*, elle s'était dit que le Nocturne était tout indiqué pour célébrer. Une amie devait l'accompagner, mais elle s'était désistée à la dernière minute. Elle plongea son regard affolé dans le mien.

— Si cette fille m'avait accompagnée, je n'aurais pas quitté le Nocturne avec toi ; simple politesse envers mon amie. Pourquoi avoir intitulé ainsi ma nouvelle ? Pourquoi Amélie s'est-elle désistée ? Le hasard existe-t-il ? Crois-tu au destin, toi ?

Je lui dis que je ne croyais pas au destin, mais que le hasard et les coïncidences devaient exister, sinon comment expliquer ceci : pas une seule fois, en quarante ans, je n'avais recherché l'assassin de Martha – j'avais une peur paralysante d'être de nouveau interrogé par la police et accusé, puisqu'à Rawdon, quelques compagnons d'école connaissaient ma liaison avec cette femme –, et voilà que, cette nuit, dans l'appartement d'une fille que je venais de rencontrer dans un bar où elle n'avait auparavant jamais mis les pieds, le tableau-cadeau me sautait au visage. J'allais enfin connaître l'assassin de Martha. C'était incroyable, mais c'était ainsi.

— Je suis sûre que mon père n'a ni violé ni tué Martha Lupien! s'exclama Claudine.

— Tu disais toi-même, hier, au Nocturne, tu te souviens, que l'homme est étonnant, que le bon et le terrible cohabitent chez lui. J'observe et grave tout dans ma mémoire, même quand j'ai bu.

Elle s'approcha de moi. Je pouvais discerner dans son regard un désir d'être protégée et, en même temps, une peur de moi. Je lui répétai que je tenais à rencontrer son père.

— Tu ne vas quand même pas faire accuser et emprisonner un vieillard mourant?

— Non, jamais je ne contacterai la police. Et je ne le brusquerai pas, je te le promets. La mort de mon premier amour a brisé ma vie, Claudine. Je veux juste parler à celui qui l'a violée et poignardée, je veux connaître le mobile, je veux l'entendre m'expliquer comment il a pu lui planter un couteau dans la poitrine. Il parlera, j'en suis persuadé. Quand on va bientôt mourir, il paraît qu'on a besoin de se vider le cœur.

Le jour se levait. Elle tourna son regard vers une photo d'un homme à la fine moustache posée sur un guéridon, qui le montrait recevant la médaille de l'Ordre du Canada, tout près d'une autre où il souriait à sa fille, leurs mains se touchant tendrement. Je lui dis que son père ne serait pas le premier homme intègre à avoir tué sous le coup de la passion. Elle me regarda et, pour la première fois, sembla comprendre ce qu'avait dû représenter cet assassinat dans ma vie. Elle me demanda d'attendre un peu, de la laisser digérer tout ça. Je lui répétai qu'il n'y avait pas de temps à perdre, qu'il en allait de mon équilibre mental. Elle toucha ma main et dit enfin qu'elle allait parler à son père. S'il acceptait de me rencontrer, elle m'accompagnerait dans quelques jours chez lui. J'enfilai mes vêtements en vitesse. Je lui demandai de me prêter une couverture, un grand sac de plastique et de la corde solide, afin d'envelopper le tableau et de le fixer sur le toit de ma voiture. Elle alla chercher le matériel demandé. Je l'embrassai, lui remis mes coordonnées. Je sortis rapidement rejoindre ma voiture, sur le toit de laquelle je fixai solidement le tableau. La neige s'était changée en une pluie fine. J'actionnai les essuie-glaces et démarrai, jetant un coup d'œil à la fenêtre. Claudine avait soulevé le rideau. Elle m'observait gravement.

Je conduisis très lentement, de peur de voir s'envoler la précieuse relique. J'étais totalement avec mon premier amour, dans son salon qui sentait le bois brûlé, son corps était chaud, ses yeux me crucifiaient, j'avais seize ans et elle m'apprenait le tango. Je franchis comme dans un rêve les quelques rues qui me séparaient de mon loft.

J'entrai, déposai délicatement le colis contre le mur, enlevai mon blouson et me dirigeai en automate vers la grande armoire où je conservais mes souvenirs, lettres et photos d'enfance. Dans une boîte recouverte de velours mauve se trouvait le disque empoussiéré de *Blue Tango*. Je le saisis, l'essuyai délicatement et le plaçai, pour la première fois, sur la platine. Je déposai l'aiguille sur le disque. La musique surannée de *Blue Tango* jaillit : je me retrouvai instantanément dans la cabane de Martha, je revis le feu de cheminée, le sofa, la table remplie de pots de peinture, et le spectre de la femme adorée surgit enfin devant moi dans sa robe mauve toute sale. Elle colla son corps contre le mien. Nous commençâmes à danser. La tête bien droite, mes mains tenant fermement Martha, mes yeux logés dans les siens, j'esquissai les pas qu'elle m'avait enseignés. Mes pieds glissaient sur le parquet, j'avançais, je restais immobile pendant quelques secondes, et je reprenais mon balancement syncopé. Mon corps se tortillait comme à seize ans, je tremblais, soudé à elle, je répétais amoureusement son prénom, je dansais *Blue Tango* avec frénésie, le souffle court, comme si j'allais mourir juste après. Le disque s'arrêta. La sueur coulait dans mon cou. Je remis l'aiguille au début des sillons. Je le fis plusieurs fois, puis je cessai, n'ayant plus la force de danser.

J'ingurgitai un whisky et m'étendis à plat ventre sur le sofa. Je dus me rendre à l'évidence : la découverte du tableau m'avait bouleversé. Mais à bien y penser, je réalisai que ce n'était pas tant cette découverte qui m'avait perturbé que l'histoire racontée par Claudine. Ainsi, alors que j'avais voulu suivre Martha dans la mort après l'avoir découverte assassinée, j'ignorais qu'elle venait de coucher avec un autre. Ainsi j'avais basculé à seize ans dans un amour fou, mais cet amour n'avait pas été partagé, ma belle histoire avait été vécue à sens unique. N'avais-je donc été qu'un jouet pour Martha ? Qu'un gigolo ? Je m'endormis en cherchant dans son comportement des signes indéfectibles qui m'eussent contredit. En vérité, je souhaitais que le père de Claudine fût le meurtrier.

Le soir tombait lorsque je me réveillai. L'image du corps ensanglanté de Martha me revint. Il faisait frisquet. Je réglai le thermostat du chauffage électrique et me recouchai, cette fois dans mon lit. Le sommeil fut très lent à venir. Je décidai de graver *Blue Tango* sur CD.

# 3

Par la fenêtre du cabinet, des pins gigantesques se découpaient sur le ciel de Montréal. La lumière du jour avait cette pureté qu'on ne trouve que dans les pays nordiques. Cet après-midi-là, je le réalisais une fois de plus, fixant le paysage comme si j'eus voulu m'y accrocher. J'avais parlé pendant trente minutes, mais je n'avais pas tout dit de cet amour tragique de mes seize ans; beaucoup d'éléments avaient été occultés. J'avais les mains moites, ma bouche était sèche, mon cœur cognait. Un malaise énorme, incontrôlable. Peu à peu, la contemplation de l'image tranquille des conifères m'apaisa. J'expirai profondément, avant de prendre le verre d'eau posé sur la petite table. Je le bus d'un trait, puis je frottai mes mains l'une contre l'autre. Sur le ton neutre qu'elle avait pris pour dire, au début de la consultation, «Fermez les yeux, retournez en arrière: vous avez seize ans…», Myriam Taillefer, grande femme aux yeux verts tristes, demanda:

— Comment vous sentez-vous?

— Profondément seul et, en même temps, sans… sans… sans identité. C'est ça: sans identité. Une impression que… que je suis sur le point de… de disparaître, que ma… ma maison intérieure va s'effondrer… Tout craque en dedans. Je ne comprends pas, je ne comprends plus ma vie. C'est comme si j'avais vécu quarante ans à côté de moi-même et que je l'apprenais aujourd'hui. Que de temps perdu!

Comme pour me persuader que cette décision était la bonne, j'ajoutai que je ne voulais pas élaborer là-dessus, je voulais rester avec le souvenir de Martha, le graver en moi, c'est tout. Je frappai ma poitrine par deux fois avec mon poing. Quelques minutes s'écoulèrent. Le regard accroché aux pins gigantesques, je lâchai enfin dans un souffle que je n'avais jamais parlé d'elle à personne, sauf à mon frère. Maintenant, je ne voulais plus aller dans cette zone dangereuse, je retirais ce que je venais de dire, je voulais tout oublier de cet amour, faire table rase du passé, retrouver le garçon que j'étais avant la nuit d'horreur, comprendre ma vie, comprendre ce qui l'avait fait basculer dans le *nowhere* et soigner mon présent. Mes poings se mirent à trembler. Mais je devais auparavant rencontrer le tueur de Martha Lupien, parler avec lui, vérifier des choses. J'ajoutai qu'il ne pourrait, hélas, jamais purger sa peine puisqu'il était à la fin de sa vie, en phase terminale d'un cancer. Je tournai mon regard vers Myriam Taillefer, qui ne broncha pas. Elle croisa les jambes et se contenta de griffonner quelques mots dans son bloc-notes. Quelques secondes plus tard, qui me semblèrent une éternité, elle demanda:

— Soigner votre présent? Que voulez-vous dire?

Je bafouillai que je n'arrivais pas à aimer long-temps, que mes amours duraient le temps d'une rose. Devais-je me résigner à vieillir sans avoir consolidé aucun amour? Je voulais arrêter le temps et tout recommencer, modifier certains comportements, il y avait urgence, je me sentais inutile, froid, c'est pour ça que j'étais venu la consulter. Je fis une parenthèse et la remerciai encore une fois d'avoir accepté de me recevoir aussi rapidement. J'hésitais à continuer: aucun miracle n'allait se produire, je le savais, je ne changerais jamais. Alors, à quoi bon révéler mes états d'âme à cette femme diplômée en psychologie clinique, comme d'autres le sont en physique nucléaire ou en marketing? Selon une grille d'analyse bien précise, Myriam Taillefer allait étudier mon psychisme, étiqueter mon tourment et tenter de l'extirper après des années de travail, peut-être jamais. Non, parler ne pouvait pas me transformer. Mais elle me regardait maintenant, totalement à l'écoute de ma souffrance.

Après un long silence, d'une voix sourde comme si je me parlais à moi-même, je marmonnai:

— Ma vie s'est arrêtée avec la mort de Martha. Jamais je n'arriverai à renouer avec le garçon que j'étais avant son assassinat. Toute ma vie, je continuerai à flotter à la dérive, accro à... à... à l'orgasme. Oui, c'est ça: à l'orgasme de la rencontre, comme d'autres le sont à l'alcool, à la drogue, au jeu. J'ai couché avec tellement de femmes: authentiques, manipulatrices, argentées, pauvres, brillantes, connes. Je les ai toutes aimées, au moins une nuit.

J'éclatai d'un rire nerveux. Elle continua à écrire. Ses jambes se recroisèrent. Je poursuivis, d'une voix de plus en plus basse, presque tout bas, que j'aimais caresser les femmes, que je pouvais le faire pendant des heures. C'est lorsque nous commencions à parler et à vivre un peu le quotidien que ça se gâtait : mon désir s'éteignait, tout me dégoûtait chez mon amoureuse, je devenais méprisant et je recommençais ailleurs. «Les amoureux ne devraient pas parler. Juste peau contre peau et rien d'autre», dis-je. Je fis une pause. Les yeux de Myriam Taillefer se détachèrent du bloc-notes pour m'observer calmement. Mon regard s'accrocha à la fenêtre. Un moineau se posa sur une branche. Je le regardai attentivement, cela me faisait du bien. Je haussai légèrement le ton, encouragé par la liberté de l'oiseau. On aurait dit que maintenant c'était l'oiseau qui parlait à ma place, qu'il chantait mes confidences. Les mots qui sortaient ne me brûlaient plus la langue. C'était facile. «Je voudrais conjurer le sort, repris-je, me battre contre la fin inéluctable de mes amours ; à la rigueur, ne plus aimer du tout. L'amour ne conduit qu'à la souffrance.»

Il me semblait que je récitais des phrases lues quelque part, qu'elles ne provenaient pas véritablement de moi. Alors je me tus. Je jetai un regard à ma montre : dans dix minutes exactement, la consultation serait terminée, et la psychologue pourrait aller déguster tranquillement sa salade thaïlandaise de crevettes et son riz au safran, ou son steak tartare et ses frites belges. Mais elle dit d'une voix remplie de compassion : « Continuez... » Cette voix, pour une raison obscure, déclencha mes sanglots. Ma poitrine était secouée par les pleurs, tandis que le stylo de la psy courait sur le bloc-notes. Je pleurais librement en contemplant les pins gigantesques. Il est étrange de pleurer quand ça fait quarante ans qu'on ne l'a pas fait. On a l'impression que c'est le petit garçon qui pleure en nous, mais avec une voix d'homme. Cela coulait comme l'eau d'une rivière subitement délivrée de ses glaces au printemps. Je ne savais pas pourquoi je pleurais, mais j'en ressentais un bienfait. C'était comme une sorte de cadeau accordé soudainement, que je désirais honteusement depuis longtemps, qui ne semblait pas fait pour moi, mais que je souhaitais secrètement. Les larmes coulaient, et ça me faisait du bien. J'avais oublié à quel point pleurer fait du bien. Les pins gigantesques semblaient m'accompagner. Ils devenaient comme des phares indiquant une route à prendre. Une route que je ne connaissais pas.

Je murmurai enfin, sans regarder la psychologue :

— Excusez-moi, madame.

— Ne vous excusez pas, pleurer délivre : c'est pour ça que vous êtes ici. Les hommes pleurent, tout comme les femmes, mais beaucoup moins souvent. Alors, quand ils le font, ils s'en étonnent. Ils en ont souvent honte.

Je m'essuyai les yeux et les joues du revers de la main, avant de prendre un papier-mouchoir qui se trouvait sur la petite table et de me moucher. Elle se leva de son fauteuil, me tendit la main :

— On se revoit dans une semaine, le même jour et à la même heure, monsieur Courtemanche.

À cet instant précis, la sonnerie de mon cellulaire retentit. Je serrai la main de la psychologue, enfilai mon blouson d'aviateur, fermai la porte et pris la communication. Mon comptable était en ligne. «Je te rappelle», dis-je sans commentaire, avant de me diriger vers ma voiture. Lorsque j'introduisis la clé dans le contact, une image s'imposa violemment à mon esprit: je me vis en train d'enterrer le corps de la femme que j'avais aimée plus que tout au monde. L'image ne me quitta plus jusqu'à mon arrivée au loft. Pour la première fois, j'avais la nette impression que tout ce que j'avais cru vivre après l'assassinat l'avait été par quelqu'un d'autre, comme si j'étais mort avec Martha. Je gravis les marches qui conduisaient à mon loft, et les larmes revinrent. Cette fois, je les accueillis sans arrière-pensée. «Pleurer délivre», avait dit la psychologue; je suivais son conseil. J'entrai et me jetai sur le sofa, où je m'endormis rapidement.

La faim me réveilla dans la nuit. Je me levai pour me diriger vers le frigo. Assis sur le comptoir, dans l'obscurité, j'avalai un restant de pâtes, accompagné de deux verres de vin. Je me versai un whisky, puis un autre. Je marchai vers le coin-chambre, où je me déshabillai mollement. Je soulevai la couette et me nichai dans mon lit, mais je ne pus me calmer. J'avais l'impression d'être double: Jean l'adolescent et Jean l'homme se côtoyaient et luttaient en moi. Lorsque l'adolescent prenait le dessus, je cherchais William, mon frère, je l'appelais de toutes mes forces, je voulais sentir sa présence tout près de moi – comme lorsque nous dormions dans le même lit, à Rawdon –, j'avais besoin de lui, car j'avais l'impression que le corps de Martha gisait encore par terre et que je devais l'enterrer. Je dus me rendre à l'évidence : j'étais déconnecté de mon univers habituel. La panique me saisit. Je terminai la bouteille de Jack Daniel, puis je composai le numéro de téléphone de William. Une seule sonnerie retentit avant que William chuchote :

— Allo, mon frère.

— Viens tout de suite, je vais devenir fou.

— Je ne veux pas réveiller Solange. Attends, je sors de la chambre... Qu'est-ce qui se passe ?

— Je viens de retrouver chez une fille le tableau que Martha Lupien m'avait offert !

— Quoi ? Répète ce que tu viens de dire...

— Oui, c'est incroyable, mais c'est vrai : j'ai retrouvé le tableau que Martha m'avait offert avant qu'elle meure. Un choc terrible, tout le passé est remonté. J'ai même commencé une thérapie aujourd'hui. Je pense continuellement à elle, à son assassinat. Je suis perdu. Viens vite, William.

Il avait un cas à plaider le lendemain matin, mais il annulerait, dit-il. Il m'invita à me calmer, à me détendre, et moi, je l'exhortai à la prudence au volant.

— Fais pas de folie, dit-il enfin d'une voix sourde. Donne-moi trois heures. Essaie de dormir.

— Ne t'inquiète pas, William, je reste en vie. Mets du rock : la route est endormante entre Québec et Montréal. Ne conduis pas trop vite.

C'était la première fois que William venait ainsi, en pleine nuit, me rejoindre. Cette nuit, Jean avait besoin de William. Habituellement, c'était lui, le petit frère, qui avait besoin du grand frère. William devait être content de pouvoir faire quelque chose pour moi. Ma vie débridée l'avait toujours inquiété, je le savais, mais il n'avait jamais osé m'en parler. Il était totalement silencieux sur ma façon de gérer mes amours et ma consommation d'alcool.

Trop anxieux pour dormir, j'appuyai sur le bouton *Repeat* du lecteur CD et montai au maximum le volume : *Blue Tango*, nouvellement enregistré sur disque au laser, m'enveloppa à nouveau de sa puissance. Cette fois-ci, je ne dansai pas, mais je m'allongeai dans mon lit, revivant l'été mémorable où j'avais dansé le tango avec Martha, ivre d'elle, ensorcelé, entièrement sous l'emprise de cette femme voluptueuse de quarante ans qui m'apprenait la peinture, la vie des abeilles et la culture des fleurs, la fabrication du pain, l'allumage d'un feu de bois, la conversation avec les oiseaux, les bienfaits de la solitude. Et l'extase amoureuse.

William arriva trois heures plus tard. Je reconnus les petits coups secs sur ma porte, enfilai un caleçon et lui ouvris, répétant que j'avais peur, ma peur giclait comme l'eau d'un barrage qui se fend. William ferma la porte. Il m'étreignit avec force et, de sa voix tranquille, il dit, me scrutant des yeux :

— La panthère est blessée. Calme-toi. Viens t'asseoir.

Nous marchâmes vers le divan, son bras entourant mes épaules.

Côte à côte, nous étions là, silencieux, lui ne sachant que dire pour me réconforter, et moi, soûl, le visage bouffi. Le jour se levait. Je m'endormis, le torse rivé à la poitrine de William, comme je l'avais fait, quarante ans plus tôt, après l'assassinat de Martha.

Un bruit de clé dans la serrure nous réveilla. La femme de ménage était là, immobile dans le hall, regardant l'étrange tableau que nous devions former : Jean Courtemanche était endormi, en caleçon, la tête reposant sur la poitrine d'un homme qui portait, lui, un imperméable. Mais elle se ressaisit et fit comme si de rien n'était, enlevant son manteau qu'elle posa sur la patère, avant de se diriger allègrement vers le coin-cuisine. Afin de dissiper tout équivoque, je l'interpellai et lui confiai que j'avais des ennuis. Je lui présentai mon frère, avant de l'inviter gentiment à retourner chez elle. Elle ferma la porte, les yeux baissés. Je me levai en titubant pour aller uriner.

Ma salle de bain était très grande et remplie de plantes vertes qui buvaient le soleil à même le puits de lumière que j'avais fait percer dans le toit. Chaque matin, j'aimais lire des thrillers en prenant mon bain, tandis que les rayons du soleil m'éclaboussaient agréablement. Sur les murs peints en noir, une seule décoration : une reproduction d'une peinture de Kandinsky représentant un couple étroitement enlacé assis sur un cheval, dans la nuit, une ville – Moscou sûrement – se découpant au loin. Je contemplais souvent ce tableau, m'attardant surtout sur le corps de la femme collé à celui de l'homme. La jeune femme, vêtue d'une robe longue et d'un chapeau, semble fuir quelque chose ou quelqu'un. Qu'avait voulu signifier au juste Kandinsky? Ce matin-là, je compris ou, du moins, l'énigme sembla se résoudre: cette femme, c'était Martha, et je l'emmenais loin du danger. Martha ne serait jamais assassinée. «Jamais!» J'avais crié le mot très fort, je le répétais comme pour exorciser mon mal. Lorsque je revins au coin-salon, William avait enlevé son imperméable. Extirpant son cellulaire de sa poche et s'asseyant sur le divan, il mit l'index sur sa bouche, comme on fait avec les enfants quand on veut le silence, puis il téléphona à la cour, annonçant laconiquement qu'il ne viendrait pas plaider aujourd'hui. Je m'assis tout près de lui. Il se leva pour aller pisser. Je me précipitai vers le lavabo de la cuisine pour m'asperger le visage d'eau froide. Non, me dis-je, je n'avais pas le temps de m'attarder sur une catastrophe de mon passé, j'avais trop de choses à faire aujourd'hui: d'abord un saut au bureau, rue Saint-Jacques, pour saluer mes employés, ensuite appeler mon comptable, puis le plombier qui devait réparer les toilettes du Nocturne. Je devais aussi acheter... acheter quoi? Du lait pour le café. Oui, c'est ça, du lait. C'est sécurisant, du lait, c'est simple, c'est la vie. William revint près de moi. Il toucha mon épaule.

— As-tu du pain?

— Il faut acheter du lait aussi... Du pain, du lait. Je... je m'habille, et on achète du lait, du pain, oui, c'est ça.

William se dirigea vers la porte.

— J'y vais tout de suite, fit-il, enfilant son imperméable.

— Je m'habille et je viens avec toi.

J'enfilai le premier jean venu et rejoignis William dehors. Je répétai que je voulais aller à Rawdon, il fallait y aller aujourd'hui. William hocha la tête, me regarda dans les yeux et suggéra un petit-déjeuner au restaurant avant l'escapade. Nous le prîmes au café *Souvenir*. Je répétais, entre deux bouchées, qu'il fallait aller à Rawdon. William ne parlait pas, complètement éberlué. Épinglée près de la caisse, une affiche représentant Cuba et sa mer sous le soleil attira soudain son regard. Alors, il eut une idée. Il se tourna vers moi, le doigt levé :

— On part à la mer aujourd'hui ! La mer, c'est magique : ça peut même guérir une psychose.

— La mer, je viens de la voir : j'arrive de la Corse, tu le sais ! J'en ai rien à foutre de la mer, c'est à Rawdon que je veux aller.

— Je ne crois pas que ce soit une bonne idée de retourner sur les lieux de…

— L'as-sas-si-nat, n'aie pas peur du mot.

— OK, de l'assassinat. Pourquoi veux-tu retourner le fer dans la plaie ? Tu as cinquante-six ans maintenant, Jean : c'est fini tout ça. Un premier amour est un premier amour, c'est fort, je le sais, mais ça passe. La blessure se guérit si on prend le temps de faire le deuil. Ce qu'il te faut, c'est...

— C'est quoi ? Vous avez une solution, cher maître ?

— Cesse de te promener de lit en lit : tu ne la retrouveras jamais, Martha ; elle est morte et tu l'as…

William n'osait pas prononcer le mot. Alors, je le criai : « Enterrée ! » Assez fort pour qu'il soit mal à l'aise et m'intime l'ordre de baisser le ton. Je me dis que mon frère ne changerait jamais : il resterait toute sa vie un petit garçon réservé, gêné du regard des autres, s'efforçant de ne pas attirer l'attention, de ne pas faire d'esclandre, d'être dans les normes. Entre les dents, il m'invita à me calmer. Je haussai davantage le ton et criai que je me foutais du restaurant. Tous les clients se turent subitement. William se leva. Craignant qu'il ne repartît vers Québec, j'abdiquai et le suivis comme un automate. Un silence de mort s'était installé dans le café. William paya les additions et sortit précipitamment. J'accrochai son bras, répétant qu'on devait aller à Rawdon tout de suite. Il se frappa la tête à deux mains, puis monta dans sa petite voiture décapotable, une Triumph vert forêt, celle-là même que je lui avais revendue il y avait vingt ans. Pour alléger l'atmosphère, je lui demandai pourquoi il tenait tant à cette antiquité. Il bredouilla qu'elle n'était pas rouillée, qu'elle fonctionnait bien, qu'il s'y était attaché avec les années. Il se tut, avant de laisser tomber, comme un aveu :

— Ça me donne l'illusion que j'ai toujours vingt ans, que tu es là, à mes côtés.

Il ne démarrait toujours pas.

— La tête me tourne, finit-il par dire, je n'ai pas assez dormi. Tu veux vraiment qu'on y aille maintenant ? Tu ne veux pas qu'on dorme un peu ?

— Non, on y va.

William se dirigea vers le boulevard Métropoli-
tain. Il ne pouvait rien me refuser.

— On y va par la 125 ? demanda-t-il.

— Oui, la 125 ! Tu avais oublié ?

# 4

Lorsque la voiture entra dans Rawdon, *The village of sunshine,* comme l'indiquait une pancarte, je ressentis un malaise. Je n'avais pas mis les pieds dans ce patelin depuis des lustres. À dix-sept ans, après la disparition de Martha Lupien – moi seul savais qu'elle avait été violée et tuée à coups de couteau – et l'enquête policière qui s'était ouverte, enquête nauséabonde alimentée par les ragots des frères Laporte qui avaient dévoilé à ma mère effondrée que j'avais été pendant un an l'amant de «la folle», j'avais sombré dans une tristesse que rien ni personne n'avait pu alléger, continuant cependant de travailler comme apprenti embaumeur au salon funéraire Larivière. Je voulais amasser des sous pour m'acheter une moto, partir sur les routes, devenir aventurier, vivre ma vie comme un formidable poème épique et mourir à trente ans, en Asie, là où nous avions rêvé d'habiter, elle et moi. J'avais répété à William que, si la police apprenait que j'avais enterré le cadavre, je serais à coup sûr accusé de meurtre. Il m'avait juré qu'il ne révélerait le secret à personne, jamais, pas même à notre mère. La police avait fouillé la cabane de la disparue, ratissé les eaux et la forêt de fond en comble, interrogé le boucher, le laitier, l'épicier, le maître de poste, le pharmacien, le banquier, le chauffeur de taxi et le chauffeur d'autobus, mais l'enquête n'avait pas abouti : pas de témoin de sa fuite, pas de lettre ni de journal intime – je l'avais emporté avec moi, la nuit de ma découverte macabre ; pas de pilule non plus, pas de corde, pas de revolver ou de sang trouvé dans sa maison. Martha Lupien avait bel et bien disparu sans laisser d'adresse. Cependant, trois empreintes digitales avaient été repérées dans l'habitation. L'une d'entre elles avait révélé que les frères Laporte disaient vrai : Jean Courtemanche était récemment passé par là ! Interrogé, j'avais avoué avoir couché à quelques reprises avec Martha Lupien, mais pas le jour de sa disparition – ma mère éplorée avait aussi dit que je dormais dans mon lit, chez elle, la nuit du 16 avril, et que j'avais passé les jours suivants au travail et à la maison ; non, je ne savais pas si la peintre avait d'autres amants : elle ne se confiait pas à moi ; non, elle ne m'avait pas dit qu'elle avait l'intention de partir en voyage, je savais simplement qu'elle préparait une exposition de tableaux à Montréal. Comme elle n'avait pas le service du téléphone, il avait été impossible de savoir si, quelques heures ou quelques jours avant sa disparition, elle avait fait des interurbains. La police n'avait donc qu'une certitude : Martha Lupien avait disparu en laissant son passeport et son argent sous son lit, son manteau, ses souliers et ses bottes près de la porte d'entrée de la maison. Bien que son corps n'eût jamais été retrouvé, la thèse du suicide par noyade dans la rivière Ouareau fut retenue : après tout, ce ne serait pas la première fois qu'on ne retrouverait pas un noyé charrié par les eaux tumultueuses d'une rivière. Après trois mois, la police ferma le dossier. Moi, je tentais de lire dans le regard des hommes du village le moindre signe de culpabilité. Je les regardais effrontément, je les scrutais tous sans la moindre gêne, même le curé. Je devenais fou rien qu'à la pensée que je rencontrais peut-être quotidiennement le meurtrier sur le trottoir de Rawdon. Auparavant si bavard, si joyeux, je me terrais dans ma chambre au retour du travail ou je partais à vélo, vers les chutes Dorwin. Assis en lotus, je fixais les bouillons puissants qui se fracassaient dans un bruit sourd sur les rochers et je pleurais longuement en pensant à mon amour assassiné. J'imaginais que je retrouverais un jour le violeur et le meurtrier et que je le tuerais. Je ne savais pas quand cela se produirait, mais j'y croyais fermement. Revenant crevé de ces escapades, je me couchais après avoir mangé en silence. Pas une seule fois je n'étais retourné à la maison de Martha. Je voulais la garder vivante dans ma tête, tout oublier de la découverte de son cadavre ensanglanté, tout oublier de la fosse que j'avais creusée dans l'urgence pour l'y enfouir.

L'enquête policière avait créé un remous dans la petite vie tranquille du village et alimenté pendant quelque temps les conversations. Mais le sujet s'épuisa. « La folle » avait disparu ? Et puis après ? Personne ne la connaissait vraiment ; qui allait se soucier de ne plus la voir marcher rue Queen ? Mais « la folle » avait été la maîtresse de Jean Courtemanche, le fils illégitime de la grosse Pauline Courtemanche, mère d'un autre fils illégitime, William. Les jeunes continuèrent à nous montrer du doigt, étouffant parfois un rire. Ces deux dernières années passées à Rawdon furent pour moi un véritable calvaire. Je ne fréquentais personne au village, William non plus. Je passais mes week-ends du printemps et de l'été à faire du vélo et à me baigner dans les chutes Dorwin avec mon frère, ceux de l'automne et de l'hiver à dessiner, à lire, à patiner et à faire de la raquette avec lui, toujours avec lui, en silence. Les blagues avaient évidemment disparu de mon vocabulaire. À dix-neuf ans, tandis que William entreprenait ses humanités au séminaire de Joliette – ma mère était venue vivre dans cette ville afin de lui permettre de faire des études qui le mèneraient à une profession libérale –, je m'installai à Montréal où, pistonné par Émile Larivière, alors vice-président très apprécié du Regroupement des entrepreneurs en pompes funèbres du Québec, j'avais été embauché par Dallaire et frères, un chic salon funéraire d'Outremont. J'habitais une petite chambre avec pension avenue du Parc, bien décidé à prendre la route dès que j'aurais amassé un pécule. Quelques semaines seulement après mon arrivée chez Dallaire et frères, je fis la rencontre de Karen Lebovitz, richissime femme juive qui venait de perdre son mari dans un accident d'avion. Elle m'attira subtilement dans son lit. Je me laissai faire. Je lui faisais l'amour comme un déchaîné, mes relations sexuelles étaient des voyages dans les tropiques, je m'en délectais, m'en nourrissant le plus souvent possible. Après six mois d'ébats passionnés, Karen, qui désirait pour son *sweet angel* une existence dorée, m'offrit, les yeux fermés, une importante somme d'argent. Je pus ainsi m'acheter une moto Harley-Davidson et une première voiture, l'élégante Triumph vert forêt décapotable dans laquelle William et moi étions maintenant assis. Mais je ne partis pas sur les routes ni ne devins aventurier : la vie m'avait repris entre ses mains puissantes. Je logeais maintenant dans un superbe appartement, avenue Laurier. La possession de biens matériels me donnait l'illusion d'être en sécurité, protégé du malheur.

Grâce encore à la générosité de Karen, je fis, en 1970, l'achat d'un premier immeuble locatif. C'est elle qui m'avait fait connaître Élie Goldberg, une pierre blanche sur ma nouvelle trajectoire de jeune homme d'affaires. «L'immobilier est rentable», me clamait-elle entre deux coupes de champagne. Trop occupé à faire des sous, je ne fréquentais plus le sage William qui, maintenant étudiant en droit à l'Université Laval – il s'était laissé séduire par une fille de Québec rencontrée à l'Expo 67, et qui l'avait convaincu de la suivre dans la capitale –, habitait avec sa blonde dans un deux-pièces et travaillait, le soir et les week-ends, comme plongeur dans le snack-bar où Solange gagnait sa vie comme serveuse. «Tu as la chance accrochée au bout du nez!» disait-il, quand nous nous voyions chez notre mère deux ou trois fois par année. Un an après l'achat de mon premier immeuble, je quittai Karen Lebovitz sans aucune culpabilité pour Aline Perreault, une étudiante en nursing que je venais de rencontrer dans une file d'attente au cinéma Outremont. Cela fut le coup de foudre, à la grande joie de ma mère, qui préférait me voir fréquenter une fille de mon âge. Mais le béguin ne se transforma pas en amour, et la relation se termina après quelques semaines. Les amourettes se multiplièrent : consommer des femmes devint, au fil des ans, mon évasion extrême, ma façon de survivre. Ma belle gueule et mes dollars attiraient les femmes comme le miel, les mouches. L'humour devint plus tard, fin quarantaine, une autre arme dans mon attirail de chasseur.

William lâcha un cri en redressant le volant : la Triumph venait de déraper dans une courbe et se dirigeait tout droit sur un poteau. J'immobilisai un instant la voiture, me ressaisis. Je réalisai que ce retour aux sources m'atteignait véritablement. Je remis les clés à William qui redémarra, se concentrant sur la route. La Triumph s'engagea dans la rue Queen. Me faisant craquer les jointures, je dis qu'un whisky nous ferait du bien. Il gara la voiture en face du Rawdon-Inn. Je me hâtai vers l'hôtel du village, William sur les talons.

Nous bûmes notre whisky en silence. Me fixant du regard, il dit enfin, d'une voix calme et posée :

— La méditation, alliée à la mémoire du passé, peut permettre d'assembler le puzzle d'une vie.

Je rétorquai, les yeux plissés :

— Qui t'a dit ça ? Freud ? Jung ? Solange ?

Ce fut plus fort que lui : William éclata de rire. Il était secoué par le rire, il s'étouffait presque : comment Solange aurait-elle pu dire de telles choses, elle qui était uniquement rivée à son corps et à ses plasties ? J'étais secoué, moi aussi, par son rire communicatif, et je bus, guilleret, la dernière goutte de mon Jack Daniel. Rire m'ayant fait un peu de bien, je commandai un deuxième whisky. Mais la robe mauve de Martha s'imposa de nouveau à moi. Je dis, presque tout bas :

— On va aller déterrer la robe de Martha...

William ecarquilla les yeux, regarda autour de lui, me fit signe de baisser la voix.

— Es-tu fou ? Mais le... squelette... Ça va te faire un choc.

— Je le sais. Mais j'ai besoin de retourner là-bas, de rapporter quelque chose d'elle, de toucher, comprends-tu, de toucher à sa robe mauve.

— À ce qu'il en reste, tu veux dire. Cela ne te servira à rien. Ce qu'il te faut, c'est une bonne psychanalyse : un psy va t'aider à remettre les morceaux du puzzle à la bonne place, avant de les coller pour toujours.

— J'ai vu une psy, hier, l'as-tu oublié ? Et c'est ça qui m'a rendu fou : mon passé m'a sauté en pleine face !

— Oui, c'est normal. Ça fait très mal au début, mais il faut continuer.

— J'en suis incapable. Je veux déterrer concrètement le passé, retrouver la robe mauve, l'emporter avec moi.

— Ce n'est pas ça qui va te permettre de retrouver la sérénité. Il te faudra commencer par assumer ta solitude.

Il toucha mon bras, me rappela qu'il fallait y mettre le temps, parler, dire, sortir ce qui était enfoui sous des tas de masques, d'échappatoires, parler pendant des mois, des années peut-être. Des mois, des années! Je l'écoutais, hébété. J'écoutais William. En réalité, je n'avais jamais vraiment écouté mon frère. Que pouvait bien m'apprendre ce gentil, ce tendre, cet avocat des artistes, que je ne susse déjà moi-même? Maintenant, je l'écoutais, parce que personne d'autre au monde ne s'était assis avec moi et elle sur le vieux sofa en face du foyer, personne d'autre au monde n'avait reçu la beauté totale de cette femme. William savait de qui je parlais, il se souvenait, il était la preuve vivante que Martha avait existé.

Il leva l'index :

— Combien de fois as-tu rencontré ton psy?

— Ma psy! Parce qu'il s'agit d'une femme.

— Tu n'avais pas envie, pour une fois, de t'éloigner du monde des femmes?

— J'ai besoin des femmes, je ne connais que ça.

— C'est ce que tu crois, Jean. Je pourrais te référer à un excellent psychiatre.

— Ne me parle pas des psychiatres! Je ne veux rien savoir d'eux : des docteurs à ordonnances, des faiseurs d'argent à bonnet freudien.

Je vidai mon deuxième verre de whisky et fis signe au serveur. William se leva de table :

— On s'en va. Tu as assez bu.

C'était la première fois que William me parlait sur ce ton. Ma foi du ciel, il me prenait vraiment en charge ! Je ris sous cape. Nous sortîmes du Rawdon-Inn en silence. Le mercure avait baissé. Je frissonnai, malgré mon blouson de cuir. Je dis que j'allais conduire, que ça allait me détendre. William me remit la clé.

— Si on se tue, on se présentera devant l'Éternel ensemble, lança-t-il.

Je m'installai au volant.

— Toi, tu iras au ciel, et moi, en enfer, comme tous les salauds !

— T'es pas un salaud, Jean, juste un homme perdu.

Je démarrai en trombe. Nous passâmes devant l'église Marie-Reine-du-Monde, puis devant la petite maison de bois que nous habitions, enfants. Je ralentis pour l'observer. C'est ici que j'avais rêvé ma vie, auprès de William et de ma mère, une bonne grosse femme silencieuse, sans homme, jamais, toute dévouée à la protection de ses fils bien-aimés. Je me revoyais roulant à bicyclette vers le vieux chalet de Martha, le cœur flottant dans une eau bienfaisante, des ailes aux jambes, les cheveux au vent, la gomme baloune entre les dents, les yeux plissés par le soleil d'été. J'avais seize ans, j'étais musclé, on me disait beau, et mon pénis se dressait uniquement pour Martha : un jour, nous serions assis, côte à côte, sur le rivage de la mer de Chine, nous formerions un couple, un véritable couple mythique.

Morgan Road ! Nous y étions presque. J'avalai ma salive et pris mon temps. J'eus presque envie de faire marche arrière. Mais le sentier qui menait à la cabane de Martha se dessina. Je garai très lentement la voiture. William en sortit le premier. Je recouvris mon visage de mes mains et attendis un peu derrière le volant, puis je le rejoignis, marchant lentement comme si j'eus voulu retarder le moment de l'arrivée à la cabane. Le sentier me semblait beaucoup plus court aujourd'hui. J'en fis part à William. Il me regarda, en souriant : « Les distances et le temps semblent se modifier à mesure qu'on vieillit, mais ce n'est qu'une perception... » Des détritus jonchaient le sol : chat mort, entrailles ouvertes, pneu de bicyclette, magazines pornographiques, condoms, mégots, canettes de bière vides. La cabane se dressa enfin, misérable, devant nous. À moitié détruite par les années, les vitres cassées, la porte battant au vent, elle tenait encore debout. Devenue le refuge des mulots et des oiseaux, elle était sûrement aussi une cachette pour les adolescents qui devaient y fumer leur joint et s'initier aux plaisirs de la chair. Côte à côte, près de l'épinette où nous nous étions dissimulés il y avait quarante ans afin d'épier Martha, nous observâmes les ruines de son chalet. Tout me revint en mémoire, mais une image s'imposa et ne me lâcha plus : celle d'une femme, « ma » femme, ensanglantée, étendue par terre, devant la cheminée. Je me revis tirer son corps dehors et commencer à l'enterrer. Comment avais-je pu ? Où avais-je puisé la force de poser ce geste et ceux qui avaient suivi ? Je me tournai vers William et le lui demandai. Il me dit que, parfois, dans la vie, on pose certains gestes comme dans un état second.

J'eus un instant d'hésitation avant d'entrer. Je regardai à l'intérieur par la porte entrouverte : là aussi, il y avait les mêmes détritus qu'à l'extérieur. S'y ajoutaient des vêtements éparpillés, des morceaux de vitre, beaucoup de suie partout, de la crasse, rien que de la crasse, tout cela formant un tout éloquent, mais aucun signe pour m'émouvoir, rien qui me rappelait vraiment Martha, pas même ces vestiges du passé que je reconnaissais et qui se mêlaient au reste, table défoncée et cuisinière rouillée, matelas et sofa éventrés. Cela me donna le courage d'entrer. William resta dehors. Je m'avançai sur le plancher à moitié défoncé. Marchant à travers les déchets, mon pied ou ma main soulevait chaque détritus, je cherchais quelque chose ayant appartenu intimement à Martha. Une simple brosse à cheveux aurait suffi, mais il ne subsistait plus rien d'elle ici. Par la petite fenêtre, le ciel nuageux se découpait et, plus bas, dans ce qui était son potager, des détritus violaient le paysage. Je savais ce qui se trouvait sous ces déchets, je savais que son squelette gisait sous le sol herbeux, ainsi que la robe mauve, cette robe de soie qui m'avait ensorcelé dès la première fois où j'avais touché au corps de Martha. C'était si doux sous mes doigts, cette soie, aussi doux qu'un pétale de rose. C'est ça que je lui avais dit, la première fois : « Vous êtes douce comme une rose ! » Elle avait ri et enlevé sa robe, touchant à mon sexe déjà en feu. Oui, la déterrer et prendre la robe mauve. Je sortis de la maisonnette, me dirigeant vers le cabanon où elle mettait ses outils de jardinage. Le vent froid semblait rire de ma folie ; on eût dit qu'il s'insinuait sous ma veste de cuir, qu'il mordait mon cou pour me punir de m'être amouraché, à seize ans, d'une femme plus âgée que moi.

— Qu'est-ce que tu fais?

Je me retournai: William, blafard, m'observait. Il répéta sa question. Sa voix semblait me parvenir de très loin et de très près à la fois. Je lui dis de ne pas s'inquiéter, j'allais bien, je cherchais juste une pelle. Il s'approcha de moi.

— Attention, murmura-t-il, on pourrait nous voir!

— Es-tu fou? Il n'y a pas un chat!

J'entrai dans le cabanon. Enfouie sous un amoncellement de boîtes de conserve rouillées, une pelle rouillée aussi, au manche branlant, semblait m'attendre. Je la reconnus, c'était la pelle que j'avais utilisée pour creuser la fosse. William était tout près, scrutant les alentours.

— Il ne faudrait pas qu'on nous voie, dit-il encore.

Je lui remis la pelle.

— Fais-le, William, j'en suis incapable.

— Tu es sûr que tu veux la déterrer?

— Oui, vas-y. Creuse ici, vis-à-vis la fenêtre. Je me rappelle, c'était ici, dans le potager.

William commença à creuser énergiquement, presque rageusement, comme pour me signifier qu'il voulait en finir au plus vite. Immobile, je le regardais planter la pelle dans la terre durcie, je sentais le vent froid qui me mordait et la nausée qui s'installait, je me souvenais de mes bras, de mes mains creusant dans ce même potager. Je détournai la tête, fixai le ciel où les nuages gris se bousculaient. Soudain, un juron sortit de la bouche de William : le manche de la pelle rouillée venait de se détacher. Il suggéra, essoufflé, l'achat immédiat d'une pelle ; il était seize heures, la quincaillerie n'était sûrement pas encore fermée. J'hésitai, lui dis que l'on pouvait retourner à Montréal s'il le désirait. Il hocha la tête, répliqua qu'il n'avait qu'une parole, qu'il irait jusqu'au bout de ce que je lui avais demandé.

Nous courûmes vers la voiture. William prit le volant.

— Tu vas creuser avec moi, murmura-t-il, la voix brisée. Le travail physique t'aidera à te calmer. Le dalaï-lama dit qu'il fait du bien à l'âme.

J'éclatai de rire nerveusement. William rit avec moi, aussi fort, aussi nerveusement. Il me semblait que je retournais en arrière, que nous venions tous deux de rencontrer Martha, la femme étrange aux gros seins que j'appelais la femme-homme, qui marchait toute seule, très droite, dans la rue Queen, et qui nous fascinait, William et moi.

Nous achetâmes deux pelles solides ainsi qu'une lampe de poche et roulâmes de nouveau vers notre tâche à accomplir. Il faisait nuit à présent, une nuit froide, qui me rappelait celle de l'assassinat. Dans la pénombre, la cabane avait un aspect plutôt lugubre. Il était facile de l'imaginer hantée. Nous sortîmes les pelles et la lampe de poche. La porte du coffre de la voiture claqua. Le bruit résonna dans la campagne endormie. Au loin, un chien aboya, puis un autre. Nous commençâmes à creuser en silence, chacun de notre côté. Il y eut soudain un mouvement dans l'herbe :

une petite bête dérangée dans son habitat, mouffette, lièvre ou écureuil aux aguets. Nous creusâmes longtemps, profondément, méthodiquement. J'avais l'impression que je creusais ma propre fosse. La sueur mouillait mon visage, je travaillais comme un forcené, de plus en plus essoufflé. Je ne trouvais rien, William non plus, mais nous creusions toujours.

Un goût âcre dans la bouche, je sortis de la profonde cavité. Je m'éloignai pour recommencer plus loin. Je ne devais pas abandonner, je devais retrouver Martha. J'enfonçais la pelle fébrilement, obstinément. Une demi-heure plus tard, elle buta contre quelque chose. Je m'immobilisai. Je murmurai dans un souffle : «Elle est ici!» William alluma la lampe de poche et dirigea le faisceau vers l'endroit indiqué. Je m'agenouillai, me penchai, creusai un peu avec mes mains. Mes ongles s'emplirent de terre. Soudain, j'aperçus des ossements : les os des doigts de Martha. Je les saisis entre mes mains et enlevai la terre qui les recouvrait. Je posai mes lèvres sur les os fragiles. J'avais besoin de toucher Martha avec mes lèvres, Martha encore là après tant d'années. Elle était à côté de moi, elle me parlait à l'oreille, elle disait : «Je t'aime.» J'entendais la voix basse, calme, reposante, cela coulait en moi comme la toute première fois où elle m'avait dit : «Belle journée, n'est-ce pas?» Les os de Martha étaient pour moi, ils ne me faisaient pas peur; au contraire, ils me sécurisaient. Je replongeai les mains dans la terre, trouvai d'autres os, ceux des bras, de la cage thoracique, du bassin, des jambes, et enfin du crâne, que je saisis délicatement. Je tenais un crâne fragile et précieux entre mes mains, mais cela ne m'épouvantait pas : c'était Martha, ma belle Martha. J'observai les orbites où étaient logés ses yeux brillants, les orifices par lesquels elle respirait, les mâchoires qui s'ouvraient et se refermaient sur ses paroles, et son sourire revint, calme et doux. Je tirai enfin sur des lambeaux de tissu, les lambeaux de sa robe. J'avais entre les mains la robe mauve, la robe de *Blue Tango*. La soie se défaisait entre mes mains, le passé se défaisait, il ne fallait pas, il me fallait m'accrocher à ce reste de tissu. Je le portai à mes lèvres, j'avais envie d'avaler ce morceau de la robe sale de Martha. Si j'avais pu retourner en arrière, je l'aurais fait immédiatement, je serais revenu dans la chambre de mon adolescence, j'aurais quitté mon lit plus tôt et je me serais dirigé chez elle tout de suite, sans prendre le temps de me raser : ainsi, je serais arrivé avant l'autre, le salaud qui l'avait violée et tuée. Et nous nous serions enfuis en Asie.

Je sentis une pression sur mon épaule. Je levai la tête et vis le visage angoissé de William.

— Viens, on s'en va, murmura-t-il. Sors de là, remonte. Il faut enterrer le squelette...

— Je garde la robe...

— Attends, j'ai un sac de plastique dans le coffre de la voiture. Je vais le chercher.

William se hâta vers la voiture. J'étais seul, au fond du trou, avec le squelette de Martha et les restes de sa robe. Il faisait très sombre à présent, une nuit sans lune. Je m'assis près des ossements, pris le crâne entre mes mains une dernière fois. Cela sentait la terre, la moisissure. Des visages de femmes se formaient et se déformaient, je me revoyais étendu, nu, avec toutes ces amoureuses qui n'avaient jamais remplacé Martha. William revint avec le sac, j'y enfouis les restes de la robe imprégnée d'humidité et je quittai la fosse, qu'il s'empressa de remplir de terre. Il fit de même avec l'autre trou, le premier que nous avions creusé sans rien trouver, puis il recouvrit le tout de feuilles mortes, redonnant au lieu l'aspect qu'il avait auparavant. Je ne bougeais pas, assis par terre, le sac sur mes genoux. Je n'avais pas envie de quitter les lieux, comme si le fait de rester là plus longtemps, une nuit peut-être, allait tout apaiser, tout réunir, mon passé et mon présent. Quand il eut terminé, il souffla profondément et me regarda.

— Viens, Jean, c'est fini.

Je saisis le sac et me levai. Guidés par la lampe de poche, nous nous engageâmes dans l'étroit sentier. Je ne frissonnais plus, je ressentais une sorte de paix qui m'invitait à marcher très lentement. William avait compris, il marchait lentement lui aussi, il épousait mes mouvements. Nous montâmes dans la voiture. Je tâtai les lambeaux de la robe. Mes doigts se mirent à les caresser. Je me disais que j'allais laver la soie en arrivant au loft. Chaque soir, je poserais la robe à mes côtés sous les draps, je la réchaufferais, comme si Martha était vivante et passait la nuit avec moi – je n'avais jamais dormi à ses côtés. Elle serait toujours là, tout près, j'étais allé la chercher chez elle et je la ramenais à Montréal. Chaque nuit, je dormirais près d'elle, elle resterait auprès de moi jusqu'à ma mort. Ce serait mon secret. J'étais euphorique, mais je gardais ça pour moi. La voiture s'engagea sur l'autoroute.

— Comment te sens-tu ? demanda-t-il.

— Plutôt bien. Et j'en suis étonné. Ce n'était que ça.

— Que ça ? Tu veux dire que tout s'est passé simplement, plus simplement que tu ne l'aurais imaginé ?

— Exactement. Je pensais que j'allais m'évanouir en apercevant le squelette, le crâne surtout, mais j'étais bien. J'ai vu le squelette de mes yeux, j'ai sa robe mauve ; j'ai maintenant la certitude que j'ai véritablement enterré la femme-homme il y a quarante ans... Je respire mieux. Je ne comprends pas pourquoi j'ai attendu si longtemps avant de revenir ici.

— Ce n'est pas si simple, reprit William. Maintenant que tu es retourné sur les lieux du passé et que tu as déterré son squelette, il va falloir que tu continues ta vie. Il est difficile de voir au-delà du corps, au-delà des formes, des paroles…

— Tu veux dire du mensonge ? Au-delà du mensonge ?

— Oui, du mensonge. Les humains ne montrent pas toujours leur intérieur. C'est dangereux d'exposer son trésor.

— Tu bluffes, toi, William ?

— Souvent.

— Toi, le sage, le généreux, l'honnête, tu bluffes ?

— Oui, surtout avec Solange. Je déteste sa cuisine : trop salée, trop épicée, trop… Je déteste aussi sa voix, ses gestes. Tout. Je déteste tout d'elle.

William déglutit et accéléra. C'était la première fois qu'il me parlait en ces termes de Solange. Je le questionnai : pourquoi l'avait-il épousée ? Il m'apprit qu'elle avait beaucoup investi dans cette relation amoureuse ; il ne pouvait pas lui faire ça, elle en aurait beaucoup souffert. Il se tut un instant et ajouta, la voix éteinte :

— La culpabilité, c'est fort, Jean. Mais je me blesse chaque minute que je passe à ses côtés, tout comme je me blesse chaque minute que je passe entre les murs de chez Clark, Davidson et Laramée.

— Tu n'aimes pas les associés de ton cabinet d'avocats ?

— Je les déteste.

— Tu n'avais pas autant d'agressivité quand tu étais jeune ! Tu as perdu ta sérénité ?

— J'ai perdu ma sérénité, comme tu dis. C'est triste, mais c'est comme ça.

Je ne savais quoi dire pour relancer le dialogue. Je plongeai de nouveau les mains dans le sac et touchai à la robe. Mes yeux se fermèrent. Je respirais bien. Il me semblait que je retrouvais le petit Jean. Le ronronnement du moteur me berçait, comme lorsque j'étais enfant et que l'oncle Ernest nous ramenait d'Old Orchard, avec maman, la nuit. J'étais bien, égoïstement bien. William demanda si je dormais. Je ne répondis pas. J'étais faible, comme lorsqu'on a subi une opération et que, dans le lit d'hôpital, on a les yeux fermés mais qu'on entend tout ce qui se passe autour de soi.

— Toi, au moins, tu n'es pas en prison, continua William.

J'ouvris les yeux.

— Qu'est-ce que tu veux dire?

— La prison du couple. Pas de barreaux, pas de porte verrouillée, mais une geôlière que je baise deux fois par semaine – c'est réglé par elle comme une ligne de chemin de fer. Je fais tout ce qu'un amant généreux doit faire, je lui réponds que je l'aime quand elle me le demande, je l'emmène au cinéma, au concert, en voyage. On a l'air d'un couple uni. Si tu sa...

Je m'endormis.

Lorsque j'ouvris les yeux, la Triumph était immobilisée en face du 4538, boulevard Saint-Laurent. J'étais déçu d'être déjà arrivé chez moi. J'introduisis la clé dans la serrure avec réticence. Il m'apparaissait désormais difficile d'affronter ces lieux qui portaient les stigmates de mon mal de vivre, ces meubles témoins de toutes les rencontres vécues dans le désir de monter très haut dans l'extase, collé à des compagnes éphémères que je faisais disparaître rapidement de ma vie, comme si jamais notre rencontre n'avait eu lieu. J'avouai à William que je n'avais plus envie de continuer à végéter ici, dans mon bourbier de célibataire endurci. Je me sentais inutile, totalement inutile. Il fronça les sourcils.

— Tu disais tantôt que l'exhumation du squelette t'avait apaisé...

Je ne relevai pas sa remarque si juste. D'un coup sec, j'ouvris la porte. Une odeur de lavande monta à mes narines: l'encens que je faisais brûler quotidiennement avait imprégné les lieux, mais aujourd'hui cette odeur familière m'écœurait. Du regard, je fis le tour du loft : tout, de l'immense écran de télévision à la cheminée en marbre, en passant par la bougainvillée, le piano, les sculptures et les tableaux, tout, mais vraiment tout me répugnait. Je trouvais étonnant que ce loft ne me dît plus rien. J'en fis part à William. Il jeta un rapide coup d'œil aux lieux et m'expliqua qu'il comprenait très bien ce qui m'arrivait : j'étais à l'extérieur de moi et je me voyais, moi et mes lieux habituels, avec un regard neuf. Je me voyais pour la première fois, et je n'aimais pas ce que je voyais.

Son regard s'arrêta sur le tableau accroché au-dessus de la cheminée, une œuvre admirable de Tom Hopkins qu'il m'avait offerte pour mes cinquante ans, représentant un jeune garçon, torse nu, à moitié immergé dans les eaux vertes d'une rivière, et qui observe, fasciné et apeuré à la fois, une tête de femme aux yeux fermés flottant à la dérive.

— Tu n'aimes plus cette peinture ? demanda-t-il.

— Elle est superbe, tu le sais bien. Mais elle fait partie du décor, un décor qui me rappelle celui de ma vie. Je n'ai rien fait de mon temps, pas même un enfant. Je vais mourir sans avoir aimé, sans avoir donné quoi que ce soit de ma personne.

Je posai sur le sofa le sac qui contenait la robe de Martha, m'approchai du tableau de Hopkins et touchai à la tête blanche qui flottait dans l'eau. William commenta d'une voix basse :

— Le tableau s'appelle *Love and Fear*.

— C'est exactement ça que j'ai vécu avec Martha : de l'amour et de la peur.

— Et tu reproduis indéfiniment le pattern : tu entres en amour, tu montes très haut et tu chutes. Tu ne connais que l'euphorie de la rencontre. Mais ta vie n'est pas finie, ta thérapie commence. Sois patient, attends avant de sauter aux conclusions bidon.

— Arrête, William, ne joue pas au psy, j'en ai une ! Mais Myriam Taillefer ne réussira pas à me guérir.

Ma main caressa le tableau pendant quelques secondes. Je m'allongeai sur le divan. William était toujours debout près de la porte, me scrutant. Quelques secondes s'écoulèrent. Hésitant, il dit presque tout bas :

— Je vais partir maintenant, Jean.

Je me redressai, au bord de la panique.

— Pourquoi si vite ? On commence à peine à relaxer. Et je ne t'ai pas montré le tableau que Martha avait peint pour moi. Il est là, sous le plastique.

Je me relevai et marchai vers le colis.

— Tu te rappelles, la vente de ses tableaux nous aurait permis de partir en voyage, elle et moi. Ce salaud de directeur de galerie a tout bousillé en la tuant par jalousie. Sa mort a tout annulé, tout brisé.

William se dirigea vers la porte.

— J'ai peur de le déballer tout seul. C'est fou.

— Je vais t'aider, Jean.

Nous délivrâmes lentement le tableau où j'étais représenté de dos, nu, assis tout près de Martha, nue elle aussi, face à la mer. M'entourant les épaules, la voix brisée par l'émotion, il dit :

— Vous deux, face à la mer, en Asie... Tu avais tellement hâte de partir. Moi, j'avais une peine infinie. Tu ne peux pas t'imaginer, Jean, à quel point te voir te préparer à ce départ me brisait le cœur. Tu étais tout pour moi, tu le sais bien, je n'avais pas d'amis, nous vivions pauvrement, à l'écart des autres, fils bâtards de pères inconnus, avec une mère obèse. Sans toi, je perdais pied. La mort de Martha m'a soulagé : ta peine me faisait mal, mais tu allais rester près de moi. Ça, je ne te l'avais jamais dit. J'avais peur que tu m'en veuilles.

Pour la première fois, je me rendis compte à quel point, à seize ans, accaparé par mon amour fou pour Martha, j'avais oublié mon frère.

— Je ne crois pas que ce soit une bonne idée que de l'accrocher au mur, tu vas en faire une obsession, dit-il enfin. Tu dois rester dans le présent.

Il frappa dans ses mains, comme pour chasser l'émotion qui l'étreignait.

— Bon, je pars. Je travaille demain. Je plaide, je ne fais que ça.

Je voulais retenir William, l'aiguillonner afin qu'il ne partît pas tout de suite, peut-être même qu'il restât à dormir. Alors, je lançai, sûr de mon effet :

— Reste. Parle-moi de tes associés.

Mais William ouvrit la porte.

— Non, ne pars pas !

— Solange…

— Arrête avec ta Solange, tu vas en faire une maladie !

— Un malade, ça suffit, hein ?

Il éclata de rire. Quand William riait, c'était parfois une faille par laquelle je pouvais glisser l'idée d'une beuverie en tête-à-tête. J'en profitai donc pour sortir subito presto une bouteille de whisky.

— Je pars, Jean, ne me retiens pas.

— Reste !

— Je ne peux pas. Mais toi, en revanche, tu pourrais venir à Québec : le Nocturne et tes immeubles peuvent fonctionner sans leur propriétaire. Allez, fais ta valise, je t'emmène !

— Bon, d'accord, tu as gagné, mais j'irai demain. Cette nuit, je dors ici, je suis trop fatigué.

William s'approcha pour me serrer dans ses bras. Il dit, en me donnant un coup de poing dans les côtes :

— Ne t'en fais plus, tu es sur la bonne voie, le premier pas est fait.

Je le suppliai encore de rester. Je devais avoir l'air désespéré puisque, après quelques secondes d'immobilité, il referma la porte. Il me lança un « salaud » tonitruant, avant d'enlever son imperméable. Il se dirigea ensuite vers le frigo pour en sortir des œufs, des oignons et des pommes de terre – c'est tout ce qu'il me restait – et nous préparer une petite bouffe.

— Tu mets du jazz ? demanda-t-il.

Je fis jouer *One For My Baby*, avec la voix de Diana Reeves, chaude et prenante comme l'amour. Tandis que William battait les œufs, le lavabo de la salle de bain se remplissait d'eau froide savonneuse dans laquelle je déposai le contenu du sac de plastique. Sous la lumière crue, les lambeaux de la robe de soie mauve qui avait séjourné quarante ans sous terre avaient l'air d'être tout droit sortis d'un film d'horreur. J'en fis part à William, qui se montra étonné que je veuille conserver ces débris. « Je me surprends moi-même, répliquai-je, mais j'ai besoin de le faire. » Il retourna à la cuisine. Je fis tremper la robe flétrie pendant quelques minutes, avant de la frotter avec précaution. Curieusement, je n'éprouvais ni honte ni tristesse. Je la rinçai plusieurs fois puis, ne pouvant la tordre pour en extirper l'eau sans l'abîmer davantage, je pressai le fragile tissu entre mes doigts et le déposai sur une serviette étendue par terre pour le faire sécher à plat. Je rejoignis ensuite William à la salle à manger. Nous dévorâmes l'omelette aux oignons et les frites avec appétit, bûmes un peu de vin. William parla de Solange et de sa personnalité qu'il haïssait de tout son être. Je l'amenai sur le sujet épineux de la séparation. Il s'avoua incapable de la quitter. Il allait vieillir avec elle à Québec, dans cette ville qu'il n'aimait pas non plus. Je rétorquai que c'était une mort à petit feu. Il se tut et se mit à feuilleter une revue d'architecture qui traînait. Quand il se taisait ainsi, le visage sans émotion, il était inutile de tenter un dialogue. Il se leva, ramassa son assiette et la plaça dans le lave-vaisselle. Je fis de même.

— Je vais dormir, si tu n'y vois pas d'objection, dit-il ensuite, se dirigeant vers la salle de bain. Tu as une brosse à dents pour moi ?

— Prends la mienne, répondis-je en riant.

William se doucha. Je l'imitai quelques minutes plus tard. Et je l'invitai à partager mon grand lit, comme nous l'avions fait durant toute notre enfance et notre adolescence. Étendus dans l'obscurité, nous reconstituâmes l'histoire de mon premier amour, qui avait duré à peine une année. Tout me revint, même les plus infimes détails de notre première rencontre chez elle, quand William m'avait accompagné, puis des miennes seul à seule, alors que je m'étais uni à Martha dans un bonheur impossible à décrire. Les humiliations aussi me revinrent à la mémoire. William se souvenait très précisément des coups de poing au visage que j'avais donnés, un jour, à Pierre Laporte, quand le petit con avait crié que Martha était une «truie qui se fait ramoner par le laitier, le boucher, le pharmacien». Et je me souvenais des coups de pied aux testicules que ses frères m'avaient ensuite assénés, de mon évanouissement, des remontrances du directeur qui voulait me suspendre de l'école pour avoir agressé un plus jeune, de mon refus de poursuivre mes études à Rawdon, de mon entrée à l'école Barthélemy, à Joliette, la ville voisine, tandis que William, profondément humilié, avait dû opter, lui, pour l'école anglaise de Rawdon.

— Tu te foutais complètement de moi à cette époque, fit-il, amer.

— Je sais, j'étais envahi, possédé par ma passion pour Martha. Je découvrais les excitations du corps, le sentiment amoureux, puissant comme un raz-de-marée. J'étais en orbite, William.

Je parlai de ma joie de poser pour Martha, des tableaux extraordinaires qu'elle avait peints en vue de son exposition à la galerie Renaissance. William écoutait attentivement. Il semblait ému de mes confidences. Il questionnait, reposait d'autres questions lorsque je semblais m'assoupir, voulait comprendre mon fol engouement pour cette femme, comprendre ce qui m'avait incité à tout laisser pour elle, même l'école, moi qui voulais devenir architecte.

— Souviens-toi, dis-je : après la mort subite d'oncle Ernest, je n'avais plus personne pour me reconduire gratuitement à Joliette. J'ai dû décrocher ; je ne pouvais quand même pas retourner à l'école Saint-Louis, là où j'aurais été de nouveau la cible des Laporte !

— Tu aurais pu me suivre à l'école anglaise...

— Non, jamais je n'aurais pu étudier en anglais : cela aurait été une trahison envers ma patrie !

Je ris un peu. William haussa le ton :

— Mais cela voulait dire aussi m'oublier. M'oublier totalement, Jean.

— J'étais pris dans un cercle vicieux : être avec Martha voulait dire à la fois vivre des moments de pure beauté et me tenir au bord du gouffre. C'est vrai, je t'avais complètement oublié.

William se leva pour aller chercher une bouteille d'eau à la cuisine. Je profitai de son absence pour vérifier dans la salle de bain si la robe était sèche. Quand il revint, j'étais en train de déposer les lambeaux à la couleur délavée sur le dossier d'une chaise.

— Il faut en revenir, Jean !

J'éclatai d'un rire qui sonnait faux :

— Ne t'en fais pas, un bout de tissu n'est pas dangereux pour mon équilibre !

Je rejoignis William sous la couette.

— Continue, demanda-t-il, je veux tout savoir. De ton point de vue, évidemment.

Alors, je parlai de mon idée d'aller vivre avec Martha en Asie, de l'euphorie que faisait naître en moi ce projet fou, de ma recherche d'un emploi régulier afin d'acheter au plus vite nos billets d'avion. Mais je ne voulais pas épiloguer sur la fin brutale de notre liaison. William le sentit. Il plongea quand même.

— Dis-moi ce que tu as ressenti lorsque tu as trouvé Martha assassinée. Cette nuit-là, quand tu es revenu à la maison, tu n'as pu m'en parler, car tu avais trop mal ; tu m'as uniquement dit qu'elle avait été poignardée et que tu venais d'enterrer son corps. J'ai compris toute l'horreur de ce cauchemar, et je n'ai pas osé t'interroger là-dessus. Tu as insisté pour que je garde le secret toute ma vie. Nous n'en avons plus reparlé, sauf durant l'enquête policière.

Je répondis que c'était un désespoir difficile à décrire, mais que je pouvais narrer ce qui s'était passé cette nuit-là. Je parlai de la musique de *Blue Tango* dont le même passage jouait toujours lorsque je m'étais approché, à vélo, de la cabane de Martha, du paquet de cigarettes vide qui se trouvait près de la porte entrouverte. Je racontai ma découverte du corps ensanglanté, des yeux et de la bouche de Martha ouverts sur le vide, je décrivis ma dernière étreinte avant de tirer Martha dehors pour lui creuser une fosse. Je parlai de mon désir de mourir là, enlacé à elle, au fond du trou, sous la terre froide. Quarante ans après le drame, je racontais tout à William. Je le sentais ému, remué jusqu'au fond de l'être. Il me semblait que je me rapprochais de lui, que je retrouvais l'intimité que nous avions adolescents, que je lui faisais un cadeau et que je m'en faisais un également.

Il toucha mon bras et me remercia, la gorge nouée. Le sommeil me rejoignit, alors qu'il me parlait de la peine immense qu'il avait ressentie en me voyant souffrir durant cette nuit du 16 avril 1966. Jamais, disait-il, il n'oublierait les sanglots désespérés qui sortaient de ma poitrine, jamais il n'oublierait ces instants durant lesquels, accroché à son pyjama, je lui avais promis de rester en vie. Bien des années après, chaque mois d'avril, il se souvenait intensément de ma blessure.

William repartit pour Québec le lendemain. Par l'entrebâillement de la porte, je lui demandai s'il m'accompagnerait en voyage à l'occasion de Noël. Il répondit qu'il en parlerait à Solange. J'éclatai d'un rire sarcastique. Il dévala l'escalier sans un mot. Sa Triumph démarra. Je verrouillai la porte et courus vers la chambre retrouver la robe de *Blue Tango*.

# 5

Tête penchée, le calepin posé sur ses genoux, Myriam Taillefer notait, à une grande vitesse, ce que je disais. Cela devait l'empêcher d'intervenir, pensais-je, de couper le flux d'émotions qui surgissaient, entraînées par le récit. La présence de cette femme me faisait du bien. J'aimais me retrouver dans son bureau dépouillé, décoré seulement d'un vieux tricycle d'enfant et d'une reproduction de la *Maternité* de Picasso. J'étais détendu, j'avais oublié le temps, je poursuivais calmement le récit des événements du dernier week-end. J'avais parlé longuement de l'exhumation du squelette de Martha, de sa robe rapportée chez moi, de mon besoin d'avoir William à mes côtés, de mon insistance pour qu'il reste à dormir. J'en étais à la conversation que nous avions eue, reliée à notre passé commun, à Martha, bien sûr, à ce premier amour massacré. Je soulignai que mon frère, étendu près de moi dans mon grand lit – je précisai qu'il avait dormi à mes côtés jusqu'à l'âge de dix-neuf ans –, semblait profondément touché par mes confidences.

Je me tus et tournai la tête vers la fenêtre où se découpaient toujours les pins gigantesques dont la présence silencieuse et forte me calmait. Quand je parlais de mon enfance à la psychologue, je redevenais un petit garçon offert aux bourrasques, sans armure pour le protéger. Comme le ressac de la mer, les mots revenaient, coupants, ils atteignaient la plaie profonde et faisaient jaillir les larmes. Je bus un peu d'eau. Myriam Taillefer suspendit son écriture. Je buvais tout en la regardant tranquillement. Elle était splendide, assise très droite, les jambes croisées, les seins bien ronds sous sa blouse de soie ocre. Je n'avais plus qu'une envie : lui faire l'amour. Ma conversation avec mon frère, mon enfance, ma vie de débauché, de faiseur d'argent, tout foutait le camp, et les pins gigantesques ne pouvaient plus rien pour moi. Seule comptait cette faim de Myriam Taillefer à assouvir.

— Ensuite ? demanda-t-elle d'une voix égale.

Je sursautai et, pendant quelques secondes, je repris mon récit en bredouillant. Mon envie d'elle était si forte que je me levai et m'éloignai pour me changer les idées. Je m'approchai du petit tricycle, sur lequel je m'assis. Je déballai tout le reste, observant alternativement ses jambes, ses seins, ses lèvres. Puis je me réinstallai face à la fenêtre. Un écureuil courait sur le tapis de feuilles mouillées. J'enviai soudainement sa liberté. La voix de la psy me parvint, comme dans un rêve.

— Monsieur Courtemanche, pourquoi n'avez-vous pas, après l'assassinat, tenté de retrouver le coupable ?

Cette question me prit au dépourvu. Ma nervosité revint, et mon envie d'elle s'estompa. Je répondis que j'étais coincé, que j'avais peur d'être accusé.

— N'oubliez pas que j'avais enterré le cadavre, ajoutai-je. Et puis, je voulais oublier, tout oublier, ne me souvenir que du visage et du corps vivants de Martha. Ou-bli-er : vous comprenez ce que cela veut dire ? Vous auriez fait la même chose.

— Les œuvres de Martha, incluant celle qui était accrochée dans la chambre, se trouvaient-elles encore dans la cabane lorsque vous avez découvert le cadavre ?

Cette autre question me surprit. Je répondis, agacé, que les objets n'ont plus aucune importance lorsque la femme que vous aimez vient d'être poignardée. La montrant du doigt, j'ajoutai qu'on voyait très bien qu'elle était tentée de faire son enquête. Je lui annonçai que j'allais bientôt assouvir sa curiosité puisque je me proposais de rencontrer Antoine Saint-Amant, l'ex-directeur de la galerie Renaissance, celui-là même qui avait organisé l'exposition de Martha en 1966. Je précisai que j'allais le rencontrer, non pas pour savoir s'il s'était rempli les poches avec la vente des tableaux de Martha, mais pour savoir s'il l'avait violée et tuée dans la nuit du 16 avril 1966 parce qu'elle lui résistait, étant amoureuse de moi.

— Si c'est lui, l'assassin, conclus-je, je ne pourrai pas le faire croupir en prison puisqu'il se meurt d'un cancer. Mais je veux qu'il soit accusé, que la honte soit sur son visage, qu'il me demande pardon.

Myriam Taillefer concéda d'une voix un peu nerveuse que j'avais raison, qu'il fallait que justice soit rendue. Certains meurtres étaient élucidés cinquante ans après leur perpéturation, d'autres ne l'étaient jamais. Mais n'avais-je pas affirmé que j'allais tuer celui qui avait assassiné Martha ? Son regard vert me fixa longuement. J'avais l'impression qu'il me scrutait jusqu'au fond de l'âme. Je m'entendis répondre :

— J'aurais envie de le frapper, bien sûr, puis de le tuer. Mais le hasard a voulu que je rencontre sa fille, avec qui j'ai fait l'amour.

— Vous aimez cette femme ?

— Je vous l'ai déjà dit : je « fais » l'amour. Nuance ! Je baise, si vous aimez mieux.

— Revenons à la conversation que vous avez eue avec votre frère dans le lit.

Elle posa à nouveau les yeux sur son bloc-notes. Je repris ma narration, expliquant pourquoi je n'avais pas épilogué longuement sur ma découverte du cadavre.

— Il m'était difficile de revenir sur... cette nuit épouvantable, sur cette...

Je cherchai les mots. Je parlai d'une chose abominable, d'une blessure que je ressentais encore quand j'y pensais.

— Avez-vous, demandai-je, déjà trouvé un cadavre, pas n'importe lequel, non, le cadavre d'un être que vous aimiez profondément ?

Elle hocha la tête, dit que cela devait être horrible évidemment, comme l'est toute catastrophe du cœur.

Je répétai ses mots à elle :

— Catastrophe du cœur. Oui, c'est exactement ça, madame.

Je me tus et me tournai vers la fenêtre.

— Octobre s'en va, tout passe, les dernières feuilles tombent, pensai-je tout haut. Mais il y a des choses qu'on ne peut effacer, rayer de la carte. On ne peut occulter un meurtre. On veut savoir qui a posé ce geste fatal. Je veux savoir! Voilà pourquoi je vais rencontrer Antoine Saint-Amant.

J'expliquai que je n'avais pas trop parlé à William de mon envie de rencontrer Saint-Amant: je savais que l'avocat en lui me l'aurait déconseillé. Ressortir cette mort mystérieuse était risqué, même après quarante ans, puisque, ayant moi-même enterré le cadavre de Martha, j'étais un témoin important dans cette affaire criminelle.

— Revenons, dit-elle, aux lambeaux de la robe que vous gardez...

Elle me fixait de nouveau, sans écrire. Je n'avais pas envie d'en parler mais, pour lui faire plaisir, pour entrer dans ses bonnes grâces, je me lançai:

— Après le départ de William vers Québec, j'ai pu, en toute tranquillité, prendre la robe entre mes mains et bien l'observer, avant de... de l'enfouir sous les draps, collée contre mon corps nu. Oui, je l'avoue, j'ai fait l'amour avec cette robe, madame.

Myriam Taillefer n'écrivait toujours pas. Elle devait en être rendue, me disais-je, à l'étape de l'observation de ma gestuelle. Je continuai mon récit en la fixant, moi aussi. Je souhaitais rester calme, neutre, détaché, mais, pour une raison obscure, je criai les derniers mots en serrant les poings:

— Je voulais retrouver les formes du corps de cette femme qui me faisait bander comme un démon quand j'avais seize ans, me coller à la robe de cette... folle, oui folle, qui a gâché ma vie finalement!

La psychologue ne sourcilla pas. Je lui demandai si je pouvais marcher, faire les cent pas dans le bureau. Elle hocha la tête. Je poursuivis, marchant de long en large:

— C'est la première fois que je parle de Martha en ces termes. Cela me fait du bien. Je m'en étonne.

La psychologue se mit à écrire. Je préférais cela. Poursuivant ma narration, je dis que j'avais ensuite enveloppé de papier de soie la robe de Martha pour la ranger dans mon armoire aux souvenirs, tout à côté du disque en vinyle de *Blue Tango*. Je fis une pause.

— Pourquoi avoir rangé la robe? demanda-t-elle.

— Je ne voulais plus penser à ses formes, à... à son pouvoir sur moi! Mais j'ai saisi le disque et me suis souvenu de ses mains qui le posaient sur son vieux tourne-disque. Non, je ne pouvais pas oublier sa musique. J'ai alors fait graver *Blue Tango* sur CD: j'aimerais vous le faire entendre. Vous allez voir, c'est très beau. *Blue Tango* a été composé par Leroy Anderson en 1952. Vous connaissez cet air?

Elle fit signe que non. Je sortis le CD de ma poche et le lui tendis. Elle l'inséra dans son lecteur. La musique jaillit. Je lui demandai si elle voulait danser avec moi ce tango. Elle fit encore signe que non. Je fermai les yeux. Mon corps se mit à danser tout seul. Qu'elle prenne toutes les notes qu'elle veut, qu'elle inscrive à mon dossier que je suis un psychopathe, un schizophrène, je m'en fous, je danse dans la grisaille de ce matin d'automne qui sent l'hiver, je danse ma vie comme jamais je n'ai dansé, pas même en Corse quand j'ai bu et que le soleil se couche et met de l'encre orangée dans la mer, je retourne en arrière, dans la cabane, je danse comme si c'était la dernière fois, mon corps se balance, se contorsionne, mes mains épousent la forme du dos et de la taille de Martha, mon thorax est écrasé contre ses seins, mes yeux se logent dans les siens, ma bouche se pose sur ses lèvres, je suis le rythme lent à deux temps, je danse *Blue Tango*, je danse jusqu'à la fin de la mort, comme si Martha pouvait ressusciter.

La musique s'arrêta. Je me laissai tomber par terre et je pleurai. Je pleurai ma déroute, ma perte totale, je pleurai le passé, ma vie enfuie, la longévité de l'amour que je n'avais pas connue. Je le criai à Myriam Taillefer, je le bredouillai entre deux sanglots, cela coulait comme un torrent, cela giclait de partout, je voulais qu'elle comprît ce que je ressentais, qu'elle cessât d'écrire pour me rejoindre. J'entendis soudain sa voix autoritaire: «Venez vous asseoir, Jean.» Je rejoignis le fauteuil.

J'expliquai, en me mouchant:

— Martha, c'était la femme totale, homme et femme à la fois. Vraiment totale.

— Celle qui n'existe que dans votre tête, rectifia Myriam Taillefer, mais qui a été incarnée pendant quelques mois dans une femme de chair, une femme forte, puissante, plus âgée que vous, la première avec qui vous avez eu une relation sexuelle.

Elle se tut un instant, avant d'ajouter tout bas:

— Celle qui remplace sans doute le père que vous n'avez pas eu.

Ça, c'était trop facile! Pour qui se prenait-elle? Les équations se faisaient vite dans sa tête de psy! La recette était beaucoup trop simple: absence du père + maîtresse plus âgée = remplacement du père? Ridicule. Je hurlai qu'elle faisait une analyse beaucoup trop rapide de mon état, que mon père n'avait rien à voir là-dedans. Martha avait existé, et j'avais eu la chance de l'aimer et d'en être aimé. Point. Les yeux verts de Myriam Taillefer me semblèrent froids tout à coup. Je me tournai vers la fenêtre. Les pins gigantesques n'avaient pas bougé. Une neige fine tombait lentement. Je regardai les pins se couvrir de blanc, et la cavalcade se calma. Je m'excusai de mon emportement.

— Pourquoi avoir rangé la robe dans l'armoire? reprit la psychologue, imperturbable, observant le psoriasis qui recouvrait la paume de ses mains aux ongles manucurés.

J'eus soudain de l'empathie pour elle. Son psoriasis me rapprochait d'elle. J'aurais aimé caresser ses paumes craquelées, puis la pénétrer doucement. Elle reposa la question d'une autre façon, mais d'une voix toujours aussi neutre:

— Vous ne vouliez plus l'avoir à vos côtés, dans le lit?

— Pourquoi insistez-vous, madame? Je vous l'ai dit tout à l'heure: je voulais faire table rase de ces souvenirs qui me déchirent.

Elle continua, impassible:

— Pourquoi aviez-vous rapporté ce bout de tissu chez vous ?

Je me sentais coincé comme l'est un petit garçon interrogé par le maître, en classe. Son regard continuait de me transpercer. Je devais lui répondre. Alors je baragouinai, fixant ses genoux qui semblaient, eux aussi, atteints de psoriasis :

— Pour ne pas perdre Martha totalement, pour avoir, chez moi, en… en permanence, jusqu'à ma mort, quelque chose de cette femme que… que… que j'ai tant aimée. Mais je me suis aperçu que la présence de cette robe me rendait paranoïaque... Oui, paranoïaque.

Myriam Taillefer sortit discrètement de sa poche un petit flacon de crème médicamenteuse et en appliqua une fine couche sur ses paumes craquelées. Ce geste me toucha.

Elle répéta :

— Paranoïaque... De qui aviez-vous peur ?

Voulait-elle insinuer que j'avais tué moi-même Martha Lupien ? C'est ça qu'elle voulait insinuer ? Je me hâtai de préciser que je n'avais peur de personne, que le mot «paranoïaque» n'était pas adéquat, qu'il ne traduisait pas exactement ce que je ressentais lorsque la robe était dans mon lit. Je quittai son regard vert et je dis, en observant les pins, qu'il s'agissait plutôt d'une peur de mes réactions. Je ne me reconnaissais plus depuis que j'avais commencé à la consulter et à me dévoiler. Je me jugeais ; ce n'était pas très sain. Je n'avais jamais été si désarticulé, si tourmenté, si apeuré. Je n'avais jamais autant pleuré, même enfant.

— Je ne sais pas si c'est bon de tout raconter ça, dis-je, un œil sur l'horloge. Freud s'est trompé, madame.

J'avais de plus en plus chaud. Je demandai si on pouvait ouvrir une fenêtre. Myriam Taillefer se leva et ouvrit. «Il neige», fit-elle doucement. J'avais l'impression qu'elle disait ça pour faire diversion. Mais elle ne réussirait pas à me coincer. Je me levai, je me mis à marcher : il me fallait trouver une issue de secours. Je m'approchai de la porte, posai la main sur la poignée et marmonnai, sans me retourner, que je m'excusais de devoir m'en aller, que je n'étais pas bien, que j'allais revenir. Je tournai la poignée. Myriam Taillefer toucha mon épaule et me dit de respirer profondément, de revenir m'asseoir, de ne pas partir, d'affronter cette douleur, cette peur. Je marchai vers le fauteuil, m'y assis. Je la suppliai d'arrêter ses questions, de me conseiller plutôt, de me donner des trucs, elle avait étudié pour ça, elle était une pro de l'âme, non ?

— Parlez-moi, madame, insistai-je.

— Myriam. Vous pouvez m'appeler Myriam.

Je ne me le fis pas dire deux fois. J'annonçai, en écho :

— J'ai besoin de toi, Myriam.

Elle baissa les yeux, me demanda de respirer profondément, de regarder la neige fine qui tombait, de me concentrer sur cette neige et sur ma respiration. Je lui obéis : je regardai les flocons, légers comme de la ouate, je regardai les conifères, solides, protecteurs, je me concentrai aussi sur mon souffle, sur mes côtes qui se soulevaient. Ma respiration s'apaisa petit à petit. Je fermai les yeux. Je restai ainsi pendant quelques minutes, puis les rouvris. Je lui demandai si je pouvais m'allonger sur le sofa. Elle dit que je pouvais le faire et ne rien dire si je le désirais. Elle ne dirait rien, elle non plus. Je m'allongeai sur le canapé. La bouche ouverte, les mains sur la poitrine, les jambes légèrement entrouvertes, j'étais attentif auxmouvements réguliers de ma respiration. Je lui dis que c'était la première fois que j'y portais réellement attention. Elle m'expliqua que je pourrais le faire à toute heure du jour ou de la nuit, et n'importe où, que ça me ferait du bien.

— La respiration, c'est la vie, précisa-t-elle d'une voix calme. Ne parlez plus maintenant. Respirez lentement, très lentement.

Je me tus. Je ne fis que lui sourire avec sensualité, mon regard rivé au sien. L'invitation était directe, sans équivoque. Je lui demandai si je pouvais la prendre dans mes bras. Elle répondit, d'un ton neutre, que je devais résister à cette envie, rester allongé loin d'elle. J'expliquai que j'en étais incapable.

— Viens dans mes bras, dis-je, je te le demande humblement. Juste un instant.

— Fermez les yeux, votre désir sera moins exacerbé.

Sa voix était de nouveau très autoritaire. Je n'avais pas le choix : je fermai les yeux. Je fis ce qu'elle me disait de faire : je portai attention aux mouvements de mon ventre, de mes côtes, j'observai comment l'air pénétrait dans mes poumons et comment il en sortait, comment le souffle de la vie faisait sa place en moi ; je surveillai aussi le court instant pendant lequel mon ventre et mes côtes étaient immobiles, complètement immobiles, instant fugitif qui me fascina. J'étais émerveillé par ces quelques secondes d'immobilité totale, on aurait dit une petite mort. Tout entier dans ma respiration, j'en appréciais chacune des étapes et, à mesure que j'y portais attention, mon corps se détendait, s'ouvrait au bien-être. Bientôt mon esprit se calma. Je ne bougeais plus, j'étais maintenant dans les secondes qui précèdent le sommeil, dans ces quelques secondes où la réalité bascule dans l'ailleurs, où le repos s'installe dans toutes les cellules du corps. Je n'avais plus peur, je sombrais dans l'oubli, et la présence de Myriam ne me troublait plus, j'avais oublié Myriam, j'avais oublié toutes les femmes. Je m'endormis profondément.

— Réveillez-vous, Jean…
Je sortis de mon sommeil. J'ouvris les yeux.
— Excuse-moi, dis-je, je me suis endormi. J'ai dormi longtemps ?
— Trente-cinq minutes, répondit-elle dans un sourire. Votre visage était apaisé, vous étiez extrêmement détendu, vous aviez l'abandon d'un enfant.
Je bâillai largement, sans gêne, et lui dis que j'avais rêvé d'elle : elle était allongée à mes côtés, dans mon lit, chez moi, elle tenait ma main en silence, et j'étais bien. Je répétai en riant :
— Tu tenais ma main en silence, et j'étais bien. Je me disais : « Elle n'a pas de poil au menton, mais je suis bien. » Ce qu'on peut être con dans les rêves !

— Nous analyserons ce rêve la semaine prochaine, monsieur Courtemanche. La consultation est terminée. Pourriez-vous écrire ce rêve, une fois arrivé chez vous ?

— Oui, pour te faire plaisir.

— Vous le ferez pour vous. Pas pour moi.

Je me levai, m'approchai d'elle et lui serrai la main.

— Vous voyez, dit-elle, vous pouvez me regarder sans sauter sur moi. Bonne semaine ! N'oubliez pas d'observer votre souffle, surtout le moment d'immobilité qui se situe entre l'expiration et la nouvelle inspiration.

Je me dirigeai vers la porte. J'allais sortir, lorsque je me ravisai. Extirpant deux billets de spectacle de ma poche, je me retournai et lui annonçai que, ce soir, Lorraine Desmarais, flanquée de l'Ochestre symphonique de Montréal, allait revoir au piano, de la plus merveilleuse façon, la mythique *Rhapsody in Blue* de Gershwin. Voulait-elle me faire le plaisir de m'accompagner ? Elle répondit très vite qu'elle devait refuser mon invitation, que c'était contraire à l'éthique du thérapeute que de sortir avec ses clients. Je m'insurgeai :

— Pourquoi joues-tu avec mes émotions ? Tu me dis que je peux t'appeler par ton prénom, tu réussis à me calmer, et quand je suis bien calmé, totalement calmé, que j'ai même dormi dans ton bureau comme un enfant sage veillé par sa gardienne, tu redeviens dure. Je me sens maintenant comme avec une étrangère. Je t'ai pourtant dit des choses que je n'ai jamais racontées à personne !

93

Elle rétorqua fermement qu'elle devait recevoir un autre client. Je restai immobile, la fixant.

— Partez, ordonna-t-elle, il va arriver dans quelques minutes.

Je lui demandai pourquoi elle me vouvoyait encore. Elle ouvrit la porte. Je sortis, la tête baissée.

J'avais un goût âcre dans la bouche. Je n'irais pas à ce spectacle de jazz, même si Gershwin est l'un de mes compositeurs préférés. Et puis, j'avais une chose très importante à faire : préparer ma rencontre avec Antoine Saint-Amant.

Ce soir-là, allongé sur la moquette du salon, je mesurai la vacuité de mon existence. J'en fis le bilan pour la première fois. Je me dis qu'en quarante ans j'avais lu des montagnes de livres, vu des tonnes de films et d'expositions d'œuvres d'art, assisté à autant de concerts de musique classique et de jazz, parcouru une grande partie de la planète, incluant montagnes, océans et déserts. Cela faisait de moi un homme cultivé, un brin philosophe, sans plus. J'avais aussi caressé les corps les plus émouvants, été aimé par des femmes merveilleuses, mais il me semblait que la beauté des femmes avait coulé sur moi sans m'imprégner. L'émotion première générée par l'observation de la beauté des femmes était pour moi de l'ordre du divin, à la fois fascinant et insoutenable, tout comme l'est l'éclat du soleil en plein midi. J'étais ébranlé, aveuglé par une harmonie de traits, des yeux pénétrants ou des seins parfaits, mais ce choc émotif ne durait pas, il mourait subitement comme meurent les vagues sur le rivage; plus rien, plus rien que le vide et le désir de retrouver dans l'urgence l'émotion première. Je réalisai dans la stupeur que, toute ma vie, j'avais travaillé à devenir moi-même fascinant: j'ensorcelais les femmes par la seule puissance de mon regard, une sorte d'hypnose et de malédiction. Il me fallait plutôt organiser ma vie, lui donner une substance, un sens. Mais d'abord et avant tout, rencontrer le tueur de Martha: savoir qui avait tué Martha allait, croyais-je, éclairer mon passé, me faire trouver le filon manquant et me permettre de transformer mon existence. Si le visage de Claudine s'estompait dans mon esprit, celui de son père, aperçu chez elle sur une photo, s'y gravait. Antoine Saint-Amant était entré dans mon univers par le plus pur hasard et il en était devenu un personnage important. Je souhaitais, je voulais, j'exigeais que ce petit homme à la fine moustache, au regard triste, à la bouche amère, soit le meurtrier de Martha. Il fallait absolument trouver cette pièce manquante au puzzle de ma vie.

Je me glissai sous la couette en espérant que Claudine me téléphonât au plus vite pour m'annoncer que son père avait accepté de me rencontrer.

En me levant le lendemain, j'installai le tableau de Martha Lupien tout près de celui de Tom Hopkins. Puis, je décrochai les autres, tous les autres, même le Riopelle, près du piano, qui m'avait coûté les yeux de la tête. J'empilai les livres de la bibliothèque, prêts à être vendus dans une librairie d'occasion.

Car je souhaitais quitter le Québec pour toujours. Je me disais qu'en quittant le pays de mon enfance j'effacerais le passé. Dès que j'aurais la certitude qu'Antoine Saint-Amant était bien l'assassin de Martha, je mettrais les voiles vers la Corse. Fuir ce décor, fuir Montréal, fuir les femmes, tout fuir, me disais-je. Si c'était possible, me fuir moi-même, prendre une autre identité, recommencer à zéro et réapprendre à aimer, le b-a ba de l'amour, quoi, les premiers émois, quand on ne connaît que sa propre peau et celle de sa mère. Fuir le décor de mes cinquante-six ans inutiles et apprendre à aimer.

Et ta thérapie ? me souffla une petite voix. Tu dois aller jusqu'au bout de ça, tu le sais bien, avant de partir. Quelle thérapie ? Je n'avais plus besoin de thérapie, maintenant que j'avais trouvé le violeur, le tueur, le salaud qui m'avait enlevé Martha. Juste d'une femme. Une femme, oui, mais la bonne ! Pas une étudiante qui sentait le patchouli, qui écrivait des nouvelles donnant le frisson, et dont le père avait tué mon premier amour. Non, il me fallait une femme de mon âge qui avait du vécu, de la sagesse, des rides au coin des yeux, de la tendresse à revendre, une vraie femme dont les mains ridées savaient ce que c'est de caresser un enfant, de poser une serviette mouillée sur son front quand il est fiévreux, de le consoler quand, adolescent, il a perdu sa première blonde, de le féliciter pour ses premiers résultats d'université, pour son mariage, pour son premier bébé. Il s'agissait d'être perspicace, de la dénicher cette femme, mais pas dans un bar à talons et à seins haut perchés. J'y mettrais le temps qu'il faudrait, mais je la trouverais.

Après m'être douché et rasé sans me couper, j'enfilai un jean sexy, ma chemise mauve et mon éternelle veste d'aviateur et marchai énergiquement vers le café *Souvenir*. Peut-être allais-je y dénicher mon âme sœur, comme disait William – qui était loin de l'avoir trouvée, lui! J'éclatai d'un rire sauvage. Le cynisme est tentant quand on est écœuré de tout. Dans ma tête, *Blue Tango* jouait sa symphonie et il me semblait que Martha sortait de son trou pour danser avec moi. Laisse-moi, Martha, dis-je tout haut, tu ne fais plus le poids! Je replaçai une mèche de cheveux qui me tombait sur le front, redressai le dos. La machine était en place et le mécanisme s'actionna. Le chasseur était aux aguets, il en avait l'habitude; une sorte d'automatisme réconfortant. Dans quelques minutes, la chose allait se produire, mon regard capterait le bon regard, mon corps se détendrait et tout rentrerait dans l'ordre. Le cauchemar des derniers jours ne serait plus qu'un vague souvenir, qu'un accroc dans le tissu de ma vie. Non, Myriam Taillefer ne connaissait rien au fonctionnement de l'humain. Ce qui se trouve dans les livres de psychologie, conclus-je en attendant le feu vert, est à prendre avec circonspection. J'éclatai de rire encore une fois et traversai la rue Laurier.

Le café *Souvenir* était bondé. Je fis ce que j'avais toujours fait et entrai dans la place comme s'il se fût agi d'un champ de fraises, me donnant tout le loisir de choisir le fruit désirable, avant de savourer l'ivresse de la rencontre, puis celle, encore plus forte, de la dégustation de la femme élue. Pendant trente ans, ce stratagème avait fonctionné à merveille. Ce matin-là, j'attendis en vain : le champ de fraises n'était plus attirant. Mais je ne me laissai pas démonter. Je m'assis au bar, saisis le journal *Le monde*. Plusieurs femmes étaient assises, certaines, accompagnées d'un homme, d'autres, d'une femme, mais très peu étaient seules. Qu'importe, je le savais, même une femme accompagnée d'un homme pouvait être la bonne. En ce cas cependant, si la rencontre par le regard était possible, le contact par la parole était plus risqué. Je regarderais donc d'abord les femmes seules. J'en aperçus une au fond du café, portant un béret rouge. Sexy, raffinée, elle jacassait avec une vieille dame. Les mouvements de ses mains qui battaient l'air, ses lèvres, sa poitrine, ses yeux noirs me plaisaient, mais, étonnamment, je n'avais pas envie de l'approcher. D'ordinaire, j'aurais ressenti si fortement cette urgence que je me serais levé, j'aurais marché vers les toilettes d'une façon décontractée, sans regarder personne comme si je me suffisais à moi-même, et, au retour, me serais dirigé vers la femme choisie pour amorcer un dialogue et déverser mon charme. Ce matin-là, le cœur n'y était pas. Je me forçai toutefois à accomplir mon rituel, ma parade nuptiale comme l'appelait William, qui m'avait vu maintes fois draguer en Corse. J'entrai donc dans les toilettes, fermai la porte et m'observai dans le miroir : oui, ça allait, mon visage n'était pas trop amoché par la veille. Mon cellulaire sonna. C'était

Claudine Saint-Amant. Elle dit, d'une voix nerveuse, que son père acceptait de me rencontrer le lendemain soir, à dix-neuf heures, chez lui, à Westmount, au 181, Circle Road. Une courte visite seulement. Il était très souffrant, et son infirmière lui injecterait une dose de morphine à vingts heures. Après, il ne pourrait plus parler. Elle ajouta qu'elle avait hâte de me voir, moi, Jean, «le terrible et fascinant Jean Courtemanche», jugeait-elle d'une voix maintenant sensuelle. Elle avait encore dans son lit mon parfum musqué, envoûtant, elle n'osait pas laver les draps, elle m'attendait cet après-midi. C'est vrai, pensai-je, j'ai couché avec elle la semaine dernière: tiens, je l'avais presque oublié. Je m'entendis lui révéler que je ne pouvais pas aimer, que je ne savais vraiment pas aimer. C'était comme dessiner, je n'avais jamais su. Elle dit en riant qu'elle me montrerait. Je rétorquai que j'étais occupé toute la journée, que je la verrais demain soir, à l'heure convenue, au 181, Circle Road. Je souhaitais qu'elle raccrochât au plus vite. Elle le fit. Je sortis des toilettes. La femme au béret rouge ne m'intéressait plus. Je me sentais déstabilisé, fragile. Je commandai une omelette, des toasts, du yogourt, du café. Vite, terminer ce brunch et m'enfuir vers la montagne et ses arbres.

La neige avait repris. Le mont Royal était tout blanc, mystérieux, presque vide d'humains. Seuls quelques écureuils parcouraient cette blancheur, occupés à se préparer pour la longue saison. L'un d'entre eux me dévisagea effrontément. Il était tout près et son museau frémissait. Je pensai à un rat. C'est Martha qui m'avait montré la similitude entre ces deux types de rongeurs. Un écureuil, disait-elle, c'est un rat avec une belle queue. Je revis sa bouche, pulpeuse, sensuelle, qui m'embrassait. Marchant à grande vitesse, je me dis que je ne devais pas me triturer le cœur en ressuscitant le passé : Martha était morte, je ne pourrais pas la faire revenir à la vie, c'était inéluctable, comme la mort qui guette tous les humains. Je me répétais tout ça, mais l'obsession d'elle grandissait, je ne réussissais pas à reprendre pied. Je sortis mon cellulaire, appelai mon frère, lui dis que j'étais inquiet, déstabilisé.

— Où es-tu ? demanda-t-il.

— Sur la montagne.

— Je pressentais que tu allais m'appeler. Viens passer le temps que tu voudras à la maison. Solange est d'accord. Je t'attends. Conduis prudemment.

Je raccrochai, puis rappelai immédiatement William. Je lui dis que je ne me sentais pas la force de conduire jusqu'à Québec. Il rétorqua qu'il viendrait alors me chercher au loft dans trois heures. Non, le loft me rendait dépressif, je préférais qu'il me rejoignît plutôt au café Souvenir. Il me fit promettre de ne pas bouger de là. Si je devenais trop anxieux, il y avait l'urgence, à l'hôpital.

— J'en ai rien à foutre de l'hôpital ! vociférai-je. J'ai rendez-vous avec le tueur de Martha !

— Respire, insista-t-il, respire profondément en oubliant tout.

Je souris: William parlait comme ma psychologue! Je lui promis de le faire. Il raccrocha avant moi. Je tenais mon cellulaire serré entre mes doigts gelés. C'était le lien entre mon frère et moi, mon lien entre mon âme perdue et la vie. J'avais promis de respirer. Alors, je commençai tout de suite l'exercice que m'avait montré Myriam Taillefer. Debout dans la neige qui tombait doucement, je respirai consciemment, pleinement attentif aux mouvements de mon système respiratoire, de mon système de vie. Mais j'avais froid. Je dus courir pour ne pas geler sur place. Je courais à grandes foulées sur le boulevard Camilien-Houde, je courais de plus en plus vite, mes jambes me transportaient bien, cela me réchauffait, Montréal devenait blanche, la ville se purifiait, je courais dans le blanc de l'automne qui attendait l'hiver, je pensais à mon frère, mon seul ami.

Tout essoufflé, j'entrai au café *Souvenir* et m'assis au bar. Martine, la serveuse, éclata de rire. «Attention à ton cœur! s'exclama-t-elle. Un café noir comme d'habitude, je suppose?» Je fis signe que oui en me frottant les mains. À côté de moi, un jeune homme lisait. Je regardai le titre du livre: *Je et tu*, de Martin Buber. Le jeune homme sentit mon regard. De l'index, il donna quelques petits coups au nom de l'auteur imprimé en couverture. Je remarquai ses ongles peints en noir.

— Martin Buber, dit-il. Un philosophe allemand extraordinaire. Ils sont forts, ces Allemands! Tiens, lis ça, ici: deux paragraphes de Gaston Bachelard en préface au texte de Buber. Ça te donnera une idée. Ça parle de la philosophie de la rencontre.

Sa désinvolture me plaisait. Je lus : *La rencontre, cette synthèse de l'événement et de l'éternité. On sait, d'un seul coup, que la sympathie est la connaissance directe des Personnes. Un être existe par le Monde, qui vous est inconnu et, soudain, en une seule rencontre, avant de le connaître, vous le reconnaissez.* Je regardai de nouveau le jeune homme. Et je me lançai – quand on est en train de se noyer, on accroche la main du premier venu –, lui révélant sans préambule que j'avais fait une rencontre importante dans ma vie. En fait, c'était *la* rencontre de ma vie. Je l'avais perdue, cette rencontre. Le jeune homme déposa le livre sur le comptoir ; il semblait attentif, tout à la peine de cet homme aux cheveux grisonnants. Il ne bougea plus. Il attendait la suite. Je lui dis qu'elle s'appelait Martha. Qu'elle m'avait appris le tango. Le reste ne vint pas, les mots étaient bloqués au fond de ma gorge. Il respecta mon silence, mais toucha mon bras. Ce geste me fit du bien. Le jeune homme se présenta en me tendant la main, une poignée franche, chaude, qui me fit encore du bien.

— Hugo Simard… Tiens, prends le livre, je te le donne, ça va t'aider à t'ouvrir vraiment à la rencontre en profondeur.

Je bus une gorgée de café.

— T'es tout seul, ça se sent. T'es beau, mais t'es tout seul. Je pense que t'as pas d'enfants ni de blonde régulière.

J'éclatai de rire. L'expression «blonde régulière» me faisait rire. Je ris fort, comme un dément.

— Ni rousse régulière, ni brune régulière, ni rasée régulière, que des temporaires !

Le jeune homme éclata de rire à son tour. Nous rîmes très fort, comme deux copains habitués à être ensemble. Mon angoisse s'était dissoute comme par magie. Le jeune homme avait réussi à me distraire, à calmer ma peine. Mais je savais qu'elle allait revenir sournoisement. Il me remit le livre de Buber, me répéta que ça me ferait du bien, me serra la main chaleureusement et se leva. Je lui tendis ma carte.

— Si tu as envie de venir prendre un whisky un de ces jours, j'habite tout près. Un grand loft bourré de disques de jazz...

Il frappa dans ses mains, me fit un clin d'œil.

— Je te prends au mot!

Une fois le jeune homme parti, je retombai dans mes pensées morbides. Qu'est-ce que je faisais dans ce café? Ah oui, j'attendais William. J'irais ensuite à Québec, chez William et Solange. Je dormirais dans leur chambre d'amis et je déjeunerais avec eux. Après, après... Non, je n'irais pas à Québec, j'étais capable de me tenir debout tout seul. J'allais retourner au loft, c'est là que j'habitais : un beau grand loft de riche, et je dormirais tout seul, ce soir. Et demain, j'interviewerais l'assassin de Martha. Mais d'abord, téléphoner à William, lui dire que je me sentais bien et que je n'irais pas à Québec, que je pouvais dormir chez moi sans problème. Bientôt, j'allais vivre avec une femme de mon âge et nous adopterions un enfant, puis un autre, et nous serions heureux avec nos deux enfants, un chien – oui il me fallait un chien –, des plantes, d'autres tableaux surréalistes, du ski en hiver dans les Alpes, et du bateau l'été en Corse. Je vendrais le *Nocturne* et mes immeubles du quartier chinois et j'achèterais des villas luxueuses en Corse, que je louerais à des Français et à des Allemands, je ferais l'amour à ma femme jusqu'à ma mort, je ne désirerais plus aucune autre femme, jamais, j'allais vieillir en paix en lisant les livres écrits par le dalaï-lama. Martha, c'était du passé, Martha Lupien n'existait plus. Tout allait bien, tout irait très bien. Je joignis William au téléphone. Je lui dis de laisser faire, que j'allais mieux maintenant. Mais il était presque arrivé à Montréal. Il insista pour me ramener à Québec. Sa voix était inquiète. Je dis que je l'attendrais au *Nocturne*. Je raccrochai et jetai un coup d'œil à ma montre. Il était seize heures. Je me répétai qu'il me fallait trouver la femme de ma vie avant cette nuit: c'est elle qui allait me sauver. J'étais fou de m'en faire, tout allait redevenir comme avant l'apparition de ce maudit tableau. Ce n'était pas compliqué, juste trouver une femme, une femme qui jouirait en écoutant Mahler... ou Richard Desjardins. Je ris tout seul, enfilai ma veste, payai l'addition et me dirigeai vers le *Nocturne*, à deux pas du café *Souvenir*. La neige avait cessé. Hervé, mon homme de ménage, de confiance, m'attendait sur le palier du bar. «Je prends un peu d'air en attendant le plombier, dit-il. Ça pue en dedans.» Nous entrâmes. Je lui donnai une tape dans le dos, lui demandai s'il avait un peu de hasch, du bon, j'aurais fumé tout de suite. Hervé n'en avait pas. C'était peut-être mieux ainsi.

L'air hagard, la barbe longue, William apparut quelques minutes plus tard. Je le serrai dans mes bras à l'étouffer.

— Toi, tu restes à Montréal avec moi, tu déménages chez moi, tu vas travailler comme avocat à Montréal et faire encore plus de sous que tu n'en fais à Québec, tu as compris?

William répliqua que l'idée du divorce lui donnait des sueurs froides. J'insistai :

— Tu ne peux plus supporter Solange, tu le sais bien, et tu t'emmerdes à Québec ; la petite-bourgeoisie t'a toujours tombé sur la rate !

William argumenta sur le fait que tous ses clients provenaient de la région de Québec, que jamais il ne pourrait, à cinquante-trois ans, commencer une carrière à Montréal. Je le sommai de se taire, le secouai des deux bras : j'allais lui en trouver, des clients, et très vite ! Je m'engageai d'ailleurs à commencer, dès la semaine suivante, à lui faire un nid douillet dans le showbiz. Nous nous installâmes au bar. Je nous versai un whisky puis, sans transition, je l'invitai à m'accompagner, le lendemain soir, chez Antoine Saint-Amant. Une visite de quelques minutes seulement : le vieux, étant sous morphine, n'aurait pas la langue bien pendue. Après sa révélation, je le tuerais tout doucement, le salaud, en l'étouffant avec son oreiller !

William toucha mon bras.

— Veux-tu que je te conduise à l'urgence, Jean? Je te sens très fébrile.

— Tu es contre moi ou avec moi, William?

— J'ai peur pour toi, c'est tout. Allez, je t'amène à l'urgence.

Je répliquai vivement que j'allais très bien, que j'étais enfin lucide après tant d'années d'errance, une lucidité qui m'exaltait peut-être un peu trop, c'est tout. J'insistai sur le fait que j'avais couché avec une fille dont le père était l'assassin de Martha : c'était la plus incroyable coïncidence de ma vie. Cette aventure d'une nuit allait me permettre de punir le coupable, j'allais enfin mettre un point final à l'histoire tragique de mon premier amour.

— Demain soir, ajoutai-je lentement, je rencontre Antoine Saint-Amant, quatre-vingt-cinq ans, celui qui l'a tuée et m'a tué en même temps.

— Je ne crois pas que je t'accompagnerai là-bas.

C'était sec, précis, décidé. Mais je savais que William changerait d'avis à la dernière minute. Il accédait toujours aux demandes de son frère.

Le plombier entra. Hervé le conduisit dans les toilettes des hommes. Je m'approchai, mon verre à la main. Le plombier ouvrit son coffre à outils. J'étais attentif à ce que le spécialiste des tuyaux allait faire : j'ai toujours été fasciné par les hommes qui exercent un métier. J'observai en riant que la réparation d'un cœur n'était pas aussi simple que celle d'un tuyau d'égout. « Mais je sens très mauvais, moi aussi, dis-je, j'empeste l'air des autres, particulièrement celui de ma psy ! » Le plombier rit un peu sans quitter son tuyau. J'engloutis mon whisky. La nuit descendait sur Montréal. J'invitai William à souper à *La Moulerie*.

Nous roulâmes vers le restaurant. J'avais froid. William gara la voiture juste en face de l'établissement. Je m'exclamai qu'il me portait chance : moi, je ne trouvais jamais d'endroit où me garer à proximité de *La Moulerie*. Nous prîmes place à l'arrière du restaurant, l'un près de l'autre. Je réussis à convaincre William de m'accompagner le lendemain chez Saint-Amant. Il avait baissé pavillon, une fois de plus. Mais il répéta que c'était une erreur de me rendre chez ce vieillard mourant, que cela ne me donnerait que de l'angoisse, c'est tout. Nous mangeâmes rapidement nos moules en silence.

Le restaurant se remplit. Je demandai l'addition. Nous en sortîmes la tête baissée.

— On part tout de suite ? demanda William.

Je rétorquai que je n'avais vraiment pas envie de l'accompagner à Québec et de socialiser avec Solange. J'avais surtout besoin d'air. Ne pouvions-nous pas marcher un peu, puis nous relaxer au loft en regardant un film, avant d'aller dormir ?

— J'ai promis à Solange de revenir ce soir...

— Le petit garçon obéit à sa maman !

— Oui, christ, le petit garçon obéit à sa maman ! Arrête, Jean.

Je quittai mon ton ironique :

— Reste. Je vais moi-même téléphoner à Solange, lui expliquer, elle comprendra.

Je saisis mon cellulaire. William s'affola, me supplia de ne pas faire ça, il avait déjà tout expliqué à Solange, qui trouvait que j'abusais de sa bonté.

— La salope !

Le cri avait jailli, fort, impétueux.

— Ne parle pas ainsi, coupa William. Solange est tout ce que j'ai. Si je la perdais, je...

J'ouvris les mains, le regardai dans les yeux:

— Et moi? Tu m'oublies? Tu sais très bien que tu peux venir t'installer ici.

William hocha la tête, dit qu'il devait réfléchir: sa vie avec Solange n'était pas si pénible, finalement. Mais il composa le numéro de Solange. Il parlait tout bas, la voix brisée: «Je ne rentrerai pas ce soir, Jean a besoin de moi... Non, il ne veut pas venir à Québec… Solange, arrête!... Arrête, Solange!» Il raccrocha, le rouge aux joues. Il ferma les yeux, serra les dents et les poings.

Nous marchâmes quelques minutes côte à côte, en silence, dans les rues quasi désertes d'Outremont. La nuit était froide et venteuse. Je relevai le collet de ma veste, fourrai mes mains dans mes poches. Au fond, j'étais content de la tournure des événements: William résistait, sans doute pour la première fois, aux ordres de sa femme. La digue allait enfin lâcher. Nous arrivâmes au parc Pratt. Je déclarai, en regardant les arbres dénudés, que sa femme était en train de briser sa structure intérieure. Il émit un petit rire triste:

— Je n'ai pas de structure intérieure, je suis faible comme un roseau. Je t'envie: même avec cette histoire de Martha Lupien, cette histoire qui te rend fou, tu vis avec passion, tu...

— Tu te trompes. Ma vie est fichue. Je suis une crasse de la pire espèce: je brise les cœurs comme on casse des œufs. Je veux arrêter le processus.

— Ta thérapie va t'aider.

— Je ne crois pas. Plus je parle du passé, plus j'ai peur.

Le vent redoubla de violence et nous pressâmes le pas, nous taisant à nouveau. William devait sûrement penser à Solange en train de faire une colère monstrueuse, se dire qu'il aurait dû regagner Québec. Quelques secondes de plus et il rebrousserait chemin pour se diriger vers sa voiture. Alors, pour détourner les pensées de mon frère angoissé, je lançai d'un ton ferme que je ne voulais plus retourner chez ma psy, une femme froide comme de la glace. Superbe, mais distante, du genre à s'en tenir aux lois pointues de «l'éthique de la profession» et à refuser de me tutoyer. William mordit à l'hameçon, faisant remarquer qu'une psy ne doit pas tutoyer ses clients. Mais y avait-il au moins quelque chose que j'appréciais au cours de mes visites chez elle? J'optai pour l'humour et affirmai que j'adorais m'étendre sur son divan. William éclata d'un grand rire. Il avait oublié Solange pour un temps. Je décrivis minutieusement les formes de Myriam, ses blouses de soie qui laissaient entrevoir ses mamelons invitants, ses jambes au galbe parfait, sa grande bouche. Mes mains esquissaient dans l'air froid la silhouette de ma psy, et nous riions ensemble, comme deux vieux libidineux.

— Tu as raison, dit-il, on aurait du plaisir à vivre ensemble. On n'a jamais cohabité après ton départ de Rawdon. Je n'aurais pas dû suivre Solange à Québec.

J'arrêtai mon pas, touchai son bras:

— Viens vivre avec moi, William.

Il arrêta son pas, lui aussi.

— Ma clientèle...

— Ta clientèle, ta clientèle! T'a-t-elle rendue heureux, ta clientèle? Mon Dieu, oublie le fric et pense à toi!

Nous pressâmes le pas pour nous réchauffer. Nous étions maintenant au centre du parc. Une voiture de police ralentit, le temps de permettre à l'agent qui la conduisait de nous observer attentivement. Puis elle accéléra et quitta notre champ de vision.

— La police a raison de nous soupçonner, fis-je en riant. On est deux paumés, mais ensemble on va reprendre du poil de la bête, tu verras. Je vais te faire connaître des femmes, des belles, des profondes, des originales. Cela fait combien de temps que tu n'as pas touché à un autre corps que celui de Solange? Je ne sais pas, une bouche, une voix, une gestuelle, une démarche, une tête, une façon différente de te sucer peut-être?

William toussota. Je le sentais mal à l'aise, comme si mes paroles appartenaient à un monde dont il ne connaissait pas le code. Pour moi, il était facile d'imaginer les femmes sur les tablettes d'une boutique: elles étaient là, à portée de main, comme des poupées. Il suffisait de choisir. Mais, et c'était là le hic, comment choisir? Cette nuit-là, je ne soulevai pas l'embûche, pour ne pas effrayer William. Je lui laissai plutôt entendre qu'il était facile de se choisir une compagne. Il dit qu'il n'avait eu qu'une femme dans sa vie et dans son lit: Solange. Il ne savait pas approcher les femmes, il n'avait jamais su. Je rétorquai que j'allais lui donner des leçons. Il prit de la neige et en façonna une boule qu'il lança sur ma poitrine, comme il le faisait, adolescent. Une bataille s'engagea, nous courions comme des fous, nous nous amusions soudain.

Cinq minutes plus tard, je revins à la charge, essoufflé.

— Viens... viens vivre à Montréal, William... Ta... ta clientèle se constituera au fil des jours... Ton CV est excellent, c'est ton meilleur atout.

William hocha la tête, rétorqua qu'il ne savait plus, qu'il ne savait plus rien, qu'il n'aurait jamais dû aller vivre à Québec avec Solange, jamais dû l'épouser, qu'il voulait se flinguer.

— Te flinguer? m'exclamai-je. Ta nouvelle vie commence. Tu vas soigner tes blessures. Allez, on rentre. Viens te coucher, vieux fou!

Ce n'est que lorsque nous fûmes sous les draps que William avoua son immense solitude et son manque de confiance en lui. Il se sentait si petit, sans envergure, sans tonus. Il ne comprenait pas comment il avait pu choisir la profession d'avocat. Lorsqu'il plaidait cependant, expliquait-il, il devenait un autre homme, il entrait dans la peau d'un personnage invincible: William Courtemanche devenait maître Courtemanche! Il soupira et me tourna le dos pour sombrer dans le sommeil.


Je me réveillai en souriant. J'avais rêvé de ma psy et de William: tous les deux me tenaient gentiment la main. Bon présage, me dis-je. Il était dix heures, c'était dimanche, et William dormait paisiblement.

J'observai le visage de mon frère. Il me ressemblait, disait-on : des pommettes saillantes, un nez ni trop gros ni trop petit, quelques rides à la commissure de lèvres, sur le front et autour des yeux, une peau basanée, des cheveux poivre et sel. Cependant, contrairement à moi, William était doté d'un long menton, il portait ses cheveux très courts, au ras du crâne, et il n'avait pas de saphir à l'oreille, mais un jonc à l'annulaire. J'étais marqué par mon désir de séduction, lui, par sa fidélité à sa femme.

La sonnerie du téléphone retentit. Je répondis tout de suite ; la curiosité l'emportait toujours sur mon désir de ne pas être dérangé. En général, il s'agissait d'une femme. Aujourd'hui, ce devait être Claudine. Elle était la dernière en lice.

— C'est moi, Hugo, dit une voix chantante, joyeuse. On s'est parlé, hier, au café *Souvenir*.

Je réprimai un bâillement.

— Ah oui : *Je et tu*, du philosophe allemand...

— Je te réveille ? Excuse-moi. Je voulais juste prendre de tes nouvelles. J'étais inquiet...

— Je vais assez bien. Je vais rester en vie, je crois !

— J'aurais aimé bavarder avec toi aujourd'hui...

J'acquiesçai à son désir et l'invitai à venir prendre un café vers quatorze heures. Je déclinai mon adresse.

— Ce n'est pas nécessaire, rétorqua-t-il en riant, j'ai conservé tes coordonnées.

Lorsque j'ouvris les yeux de nouveau, il était treize heures quarante. William s'était levé pour faire du café. Le rejoignant, je lui annonçai que nous recevrions dans quinze minutes ; un jeune homme rencontré la veille. Il n'en avait rien à foutre, cela se voyait. Il était déboussolé, il se sentait coupable de n'être pas reparti vers Québec. Je le rassurai : bientôt, Solange ne serait plus qu'un vague souvenir, il serait tellement incarné dans le présent de sa nouvelle vie qu'il n'y aurait plus de place pour le remords. William s'assit sur le comptoir. Il dit qu'il ne pouvait pas la quitter comme ça, qu'il en était responsable ; elle mourrait de désespoir s'il partait. Et puis, quand il pensait à toute la procédure qu'entraîne une séparation, il en avait des sueurs froides !

— Ce n'est pas si compliqué, dis-je avec force. Tu verras, ça passe, comme tout le reste. Naissance, études, examens, comptes bancaires, orgasmes, chirurgies, gastro-entérites, divorce, mortalité, tout passe, William, les grands événements comme les plats et les communs. Le trivial passe comme le sublime, en laissant quelques marques, quelques flétrissures.

Il m'observa du coin de l'œil :

— Tu commences à philosopher, c'est bon signe, Jean.

— C'est ta présence qui produit en moi cet effet. Tu me sécurises.

— Ouais... Je partirai cet après-midi : je dois parler à Solange. Mais je ne promets rien. Tu me connais : j'ai la culpabilité qui me colle à la peau depuis toujours.

Je craignais qu'il restât là-bas. Alors, j'attrapai ses épaules et le secouai. Il ne devait pas changer d'avis, malgré les larmes, les menaces, le sexe. Surtout le sexe. Savait-il à quel point les femmes sont capables de retenir un gars par le sexe? Solange allait crier, elle allait pleurer, tomber dans ses bras, l'embrasser et le caresser comme jamais elle ne l'avait fait jusque-là. Je lui fis remarquer que les femmes ont des ressources insoupçonnées lorsqu'elles sont au bord du précipice. William écouta attentivement, hocha la tête. Il ferait ce que je lui suggérais, il entamerait les procédures du divorce. Je jubilais.

— Solange va me lessiver, soupira-t-il en se grattant frénétiquement la tête. Je vais me retrouver pauvre comme Job.

Je lui rappelai que, parmi la liste d'avocats spécialisés en droit matrimonial que je connaissais, Germain Coderre semblait tout désigné pour s'occuper de sa cause. Un peu crasse, bien sûr, mais avec lui il ne perdrait pas tout. Heureux d'avoir convaincu William de venir vivre avec moi, je me mis à préparer des crêpes. Je faisais des crêpes pour mon frère qui les aimait tant, des crêpes différentes des Aunt Gemima que nous concoctait notre mère, gonflées, trop épaisses.

On sonna à la porte. Je dis:
— C'est Hugo.
— Tu t'intéresses maintenant aux garçons? fit William. Je vais prendre ma douche.

Il me jeta un regard oblique, marcha vers la salle de bain, sa tasse de café à la main. Quelques secondes plus tard, sourire aux lèvres, foulard corsaire sur la tête, bouteille de rouge en main, Hugo entrait. J'annonçai que je n'avais pas encore déjeuné, mais qu'il pouvait prendre le café avec moi. Il s'excusa d'arriver plus tôt qu'à l'heure convenue, ajoutant qu'il ne buvait pas de café, que du thé vert. Il enleva son long manteau noir, essuya consciencieusement ses grosses bottines sur la carpette en demandant s'il pouvait les garder. Je l'invitai à s'asseoir au coin-salon et à écouter de la musique, tandis que je ferais les crêpes. Hugo répondit qu'il préférait m'aider. Je lui tendis la râpe et le paquet de fromage. Je fis jouer un CD de Leonard Cohen. Je dis que je ne me lassais pas de Cohen.

— C'est à cause de sa voix, rétorqua Hugo. C'est sexy, une voix basse : plusieurs femmes et certains gars aiment les hommes à la voix basse, basse, baaaaasse. J'en sais quelque chose : mon chum m'a laissé pour un mec plutôt moche, mais qui a une voix au plancher ! C'est pour ça que je travaille la mienne.

Hugo venait de m'apprendre d'une façon rigolote qu'il était homosexuel. Je n'émis aucun commentaire. Quelques minutes plus tard, William sortit de la salle de bain enveloppé d'une serviette rouge vin. Hugo affirma en blaguant que cette couleur lui seyait à merveille. William rougit, rajusta la serviette autour de ses reins. Je fis les présentations, Hugo serra très fort la main de William. Les crêpes au fromage étaient prêtes. Tandis que William allait s'habiller, je déposai trois couverts sur la table. Hugo servit le vin. Je fis jouer le CD du film *À la verticale de l'été*, de Tran Anh Hung. Hugo dit que ce Vietnamien était son cinéaste préféré, qu'il avait vu tous ses films au moins deux fois, et quatre fois *L'odeur de la papaye verte*. William sortit de la chambre et vint s'asseoir avec nous. Il se mit à manger en silence. Il avait commencé à se faire tout petit. Bientôt, il disparaîtrait tout à fait. Je le questionnai, afin de le faire participer à la conversation:

— Tu as vu *L'odeur de la papaye verte*, William?

Il fit signe que non et continua à manger. Hugo parla des méthodes de tournage du cinéaste, d'une scène magnifique de son dernier film tourné dans la baie d'Halong.

— Un bébé dort, et on voit son père nager sous son lit, c'est-à-dire sous leur bateau-maison qui flotte sur la mer de Chine. C'est suave!

Il se tut quelques instants puis, amer, nous apprit que son père à lui n'avait jamais nagé sous son lit, qu'il n'avait même jamais vu son lit. En fait, Hugo n'avait rencontré son père que deux fois. La première fois, dans un resto de Shawinigan, précisa-t-il, une moue sur les lèvres. Sa mère avait insisté auprès de son géniteur pour qu'il le voie, qu'il voie «la beauté d'enfant» qu'ils avaient créée, douze ans plus tôt, dans un sous-bois de la région, à la va-vite.

— J'étais mal à l'aise, je ne savais pas où me mettre! s'exclama-t-il. Lui fumait comme une cheminée, des Craven A, je m'en souviens, puisqu'il tripotait son paquet de cigarettes posé sur la table entre nous, comme un témoin. Il ne cessait de répéter: «Ah ben... ah ben...» en me regardant. J'ai pensé qu'il devait se dire qu'il m'avait réussi. C'est moi qui posais les questions, ému jusqu'au fond de l'âme, tremblant dans mes culottes: «Aimes-tu le hockey? Qu'est-ce que tu fais comme travail?

Aimerais-tu qu'on se voie des fois?» Il répondait vaguement, nerveusement, en m'envoyant la fumée dans les yeux. Et la deuxième fois, j'avais seize ans. C'est moi qui avais fait les démarches et qui lui avais donné rendez-vous dans un petit bar. J'étais blindé, je ne tremblais pas, je voulais voir de quel bois il se chauffait, mon père, je voulais l'entendre me demander pardon. Il ne l'a jamais fait. Mais avant de partir, il a avancé son visage tout près du mien et il a dit, en me fixant durement, l'index pointé vers moi: «Écoute ben, mon gars, ta mère et moi, on a baisé après un party pas mal arrosé; elle m'a jamais dit qu'elle prenait pas la pilule, et j'ai éjaculé en elle. Une fois ben enceinte, c'est-à-dire trois mois après le *one night stand*, elle m'a téléphoné pour me dire de prendre mes responsabilités! Wow! Quelles responsabilités? Pis toi, tu viens me demander des excuses? Essaie plus jamais de me contacter, OK?» Sur ce, il s'est levé et a payé sa bière. Même pas un dernier regard, rien. Je suis allé dans les toilettes pleurer comme un veau… Mais je ne suis pas ici pour vous raconter mes malheurs d'enfant.

Un silence se fit. Hugo se leva et monta le volume sonore. *Sometimes I feel so sad, sometimes I feel so happy*, chantait maintenant Lou Reed.

— La chanson s'appelle *Pale Blue Eyes*, dit Hugo, qui s'était ressaisi, reprenant sa faconde bavarde de jeune intellectuel. Le cinéaste a inséré cette pièce non vietnamienne dans la piste sonore de son film. C'est une bonne idée: je trouve qu'on peut établir un lien intéressant entre cette chanson parlant du quotidien, qui rend heureux et malheureux en alternance, et la rencontre amoureuse. La rencontre avec un grand r, bien sûr. La Rencontre fait partie de ces moments ineffables de la vie, de ces moments suspendus entre ciel et terre. Hier, tu avais commencé à me parler d'une rencontre très importante de ta vie, Jean...

Je me tournai vers William. Il semblait s'emmerder royalement. Je lui expliquai que Hugo faisait allusion à LA rencontre de ma vie. Une rencontre déterminante. Celle de Martha, bien sûr.

— Elle a été assassinée, dis-je. J'avais seize ans.

Hugo demanda si je voulais en parler. Je répondis que cela me rendait triste.

— Justement, va au fond de ta tristesse, dit Hugo. Bois-la jusqu'à la lie.

— Elle était tellement belle, Martha!

— Une sorte d'androgyne, précisa William. Elle tenait de l'homme et de la femme: elle marchait comme un homme, coupait son bois, dormait la porte débarrée, mais elle avait la voix, la douceur, la sensualité d'une femme.

Je félicitai William, qui venait de faire une description parfaite de Martha. Je renchéris:

— C'était une beauté unique.

— La beauté est toujours unique, répliqua Hugo. Le caractère de ce qui fait la force de la beauté, c'est son unicité justement.

J'ajoutai que j'en savais quelque chose: je carburais à la beauté. Le téléphone sonna au même instant. Claudine. Étrangement, je souhaitais l'annulation du rendez-vous avec son père. Mais non, elle le confirmait et m'invitait d'une voix sensuelle à souper chez elle auparavant, en tête-à-tête; des sushis préparés avec amour. Elle riait, batifolait. Je répondis que je serais au 181, Circle Road à dix-neuf heures, mais que je ne pourrais pas souper avec elle avant le rendez-vous, car je recevais moi-même. Je rompis la conversation poliment, quoique un peu sèchement, et raccrochai, un pli sur le front. L'espoir et l'angoisse m'étreignaient tout à la fois: dans quelques heures, j'allais connaître le meurtrier qui avait anéanti mon amour et fait basculer ma vie, mais s'il s'avérait qu'Antoine Saint-Amant ne fût pas l'assassin de Martha, je me retrouverais dans un état insupportable, pire que celui dans lequel j'étais depuis la découverte du tableau. Et je me mettrais compulsivement à la recherche du tueur, n'ayant de cesse de le trouver avant ma propre mort ou avant mon internement définitif dans un hôpital psychiatrique. J'eus envie de rappeler Claudine pour lui dire de laisser faire, lui annoncer que je croyais ce qu'elle m'avait raconté au sujet de Martha.

Hugo me regarda du coin de l'œil:

— Tu ne veux rien savoir d'elle, je l'ai senti tout de suite.

— J'ai horreur des femmes qui s'imposent!

J'avais dit n'importe quoi. Je ne désirais pas faire entrer Hugo dans notre secret. William parla à son tour, pour faire dévier la conversation:

— Tu as été dur avec elle. N'oublie pas que c'est toi qui l'as draguée. Enfin, c'est ce que tu m'as dit...

Je jouai le jeu et m'enhardis:

— C'est elle qui m'a amené dans son lit. Entre la baise et l'amour, il y a un fossé que Claudine a franchi trop vite. Elle me chosifie en s'imposant ainsi.

William écarquilla les yeux.

— Chosifie ? Mais c'est ça que tu fais depuis toujours : tu prends les femmes pour des objets ! Claudine t'a servi le menu que tu leur sers allègrement.

Je fus décontenancé par la réplique si juste de William. Mais je n'étais pas habitué à recevoir des reproches en public, ni de William ni de personne. Je lançai dare-dare que lui se laissait manipuler par sa femme, ce n'était guère mieux. Hugo s'interposa, nous rappelant que nous vivions précédemment un moment superbe. Il fallait rester dans ce moment. *Sometimes I feel so happy*, se mit-il à fredonner très fort.

— *Sometimes I feel so sad*, continua William, se levant de table.

Hugo sortit un petit sac de marijuana de sa poche. Il commença à rouler un joint.

— Bon, on oublie Claudine, puis on parle de la rencontre de ta vie, suggéra Hugo.

— Je dois partir pour Québec, dit William.

Je posai une main sur son épaule, le suppliant de rester. On allait parler, mais sans joint :

Hugo insista :

— C'est du très, très doux, les gars, du velours pour l'âme. Ça va t'aider à plonger dans tes souvenirs.

— N'insiste pas : je dois garder toute ma tête pour ce soir, dis-je.

— Parle-moi d'elle, de cette Martha. Je veux te connaître, Jean.

William me jeta un coup d'œil complice et froissa du papier journal, déposa des brindilles de bois dans l'immense cheminée et craqua une allumette. Il allait rester. Cela me réconforta. Le feu prit immédiatement. Je m'installai sur le divan. Hugo humecta le papier à rouler, referma le joint et aspira sa première bouffée. Dans l'obscurité naissante de ce dimanche d'hiver, en présence de mon frère et de ce nouvel ami, je commençai à parler de la rencontre de ma vie. Je dis la beauté de Martha, je la décrivis méticuleusement, comme si je l'avais vue la veille. Je dis le mauve de sa robe, le regard allumé, la bouche pulpeuse, la voix rauque, la sagesse qui coulait de chacune de ses phrases. Je dis sa démarche, son sourire, les gestes de l'amour, ses cris, ses larmes, ses seins, sa sensualité. Je parlai du pain qu'elle faisait, des sifflements parfaits pour attirer l'oiseau de nuit. Je racontai son corps, son odeur, le velouté de sa peau. Je récitai le texte de l'unique lettre qu'elle m'avait envoyée – je le savais par cœur –, je parlai des pays d'Asie que nous devions visiter ensemble, je parlai de son fils et de son mari morts dans la rivière Ouareau, je parlai des livres qu'elle aimait, de la forêt, des fourmis dont elle connaissait l'organisation sociale, du poisson délicieux qu'elle cuisinait, je parlai du feu qui brûlait dans la cheminée et qui allumait des tisons ardents dans ses yeux. Je dis mes battements de cœur, ma fierté d'être devenu son amant, la passion qui transformait mon corps d'adolescent en une torche vivante. Je me levai, incapable de rester assis. On ne reste pas assis quand on est possédé par une histoire plus grande

121

que le monde, quand le bonheur du passé monte en nous et qu'on va exploser. Je me mis à marcher, je déposai des bûches dans le foyer, j'attisai le feu, je revis sa cheminée, son sofa, le lit sans draps, je décrivis les mouvements de mes mains sur son corps, je chantai l'air de *Blue Tango*, j'étais comme ensorcelé, je chantais très fort, je revivais le tango, ses hanches, son ventre, le rythme du présent qui battait si fort en moi, à seize ans, alors que l'amour me possédait et me faisait tout oublier. Même oublier, oui, que je n'avais jamais rencontré mon père, le pianiste de jazz. Le pianiste de jazz était tout éclaboussé par la force et le pouvoir de Martha. Le pianiste de jazz à la veste d'aviateur pouvait partir très loin, jusqu'à New York, jusqu'en Californie, jusqu'en Australie, et ne plus jamais donner signe de vie, je m'en foutais royalement. J'avais Martha. J'étais aimé de Martha!

Je racontai tout, jusqu'à la nuit de sa mort. Je m'arrêtai au beau milieu du chemin qui conduisait à sa cabane, incapable de poursuivre. Ma bouche était remplie de salive, les larmes recouvraient mes joues. Soudain, j'arrêtai tout, les larmes et l'histoire. Comme si ma décision était irrévocable, je leur dis que je ne pouvais plus supporter de vivre plus longtemps. Je l'avais dit, la solution était enfin trouvée. Je regardai le feu qui dansait toujours dans la cheminée. Hugo se taisait, abasourdi. William lança, d'une voix étonnamment forte, autoritaire:

— Ne me fais pas le coup du suicide, Jean. Tu m'as promis que, toute ta vie, tu serais à mes côtés.

Ne me parle plus jamais de suicide. Jamais. Lundi, je t'accompagne chez ta psy. Je ne te lâche plus.

Quand William oubliait son propre marasme, il avait un étrange pouvoir sur moi, ce pouvoir qu'ont les frères et sœurs qui ont partagé la même chambre d'enfance.

Hugo parla à son tour. Tranquillement, d'une voix égale, il murmura qu'il y a des blessures qu'il faut maintenir ouvertes pour que le pus en sorte complètement. Se tournant vers moi, les mains ouvertes, le front plissé, il dit qu'il ne croyait pas que la mort de ma première amante fût la cause première de mon désespoir. Selon lui, ma perte première, fondamentale, c'était celle de mon père. Un père que j'avais incarné, en quelque sorte, dans Martha, cette sorte d'androgyne qui réunissait pour moi l'homme et la femme. Cela nous renvoyait au fameux mythe primitif, si cher à Platon.

Hugo ouvrit les mains, prêt à étoffer son assertion.

— Ne fais pas de psychologie de bazar, coupa William.

— Laisse-le parler, dis-je. Ça m'intéresse.

Tout en attisant le feu, Hugo précisa que Platon cherchait, à travers la projection des diverses formes d'érotisme, à mettre en valeur le principe unificateur de toutes choses, celui d'un être absolu, non brisé, d'une totalité pure, comme un état d'immortalité.

— C'est quoi, finalement, l'amour? fit-il d'une voix plus forte, la tête tournée vers William dont le visage tendu exprimait un malaise évident. C'est le souvenir, dans le monde des hommes, de l'unité d'un monde premier, le souvenir d'un dieu immortel. Cela est d'ailleurs affirmé dans *Le banquet*, où la relation entre le but suprême de l'éros et l'immortalité est très explicite.

William osa souffler très fort, comme si le propos de Hugo lui tombait radicalement sur les nerfs.

— J'ai eu ma période Platon il y a quelques années, avant de me réfugier auprès du dalaï-lama, qui a élevé ma pensée d'un cran, fit-il, cynique.

Hugo ne broncha pas et poursuivit, comme s'il n'avait pas entendu la remarque de William :

— On pourrait dire, sans se tromper, que l'amour est symboliquement l'union entre la créature humaine et Dieu.

J'applaudis.

— Et c'est cette unité première que tu avais retrouvée dans l'amour de Martha, mon cher Jean, à défaut de ne pas l'avoir retrouvée, petit garçon, dans ton père. La deuxième perte en a été d'autant plus grande.

— Là, je ne suis pas d'accord, fis-je. Tu parles comme ma psy... Laisse-moi te dire que j'étais guéri depuis longtemps de la perte de mon père quand j'ai rencontré Martha !

— Mais tu l'appelais la « femme-homme », glissa William.

— Oups, ponctua Hugo.

William pianota légèrement sur ses cuisses, tandis que Hugo concluait :

— D'ailleurs, c'est cette perte fondamentale, la perte du père, qui nous a réunis, toi et moi. On sent de loin les gars qui n'ont pas eu de père: ils sont fragiles. Le deuil de ton père n'a sans doute jamais été fait. Cependant, il n'est jamais trop tard pour le faire. Après, on peut apprendre à vivre. J'en sais quelque chose.

William leva le doigt. Il voulait parler.

— Moi non plus, je n'ai pas connu mon père, dit-il. Jean et moi n'avons pas le même géniteur. Le mien, qui s'appelle Claude Beaudet, était musicien aussi, un *drummer* celui-là, parti travailler à Toronto quand j'étais fœtus. Ensuite il a disparu dans la brume, sans laisser d'adresse à notre mère.

Je me dirigeai vers l'immense fenêtre. La nuit tombait déjà. Je dis, sans quitter le ciel des yeux:

— Viens vivre à Montréal, William: on va faire le deuil de nos pères ensemble.

William resta muet, alluma les lampes du salon. Le feu crépitait toujours, sourd à nos paroles. Hugo l'attisa en soufflant doucement. Il demanda enfin, d'une voix si douce qu'on aurait dit celle d'une fille:

— Ça vous tente de voyager avec moi durant le temps des fêtes, les gars? On partirait tous les trois se changer les idées.

Soudainement enthousiaste, William suggéra la Corse, notre pays fétiche. Je fis remarquer qu'il fait froid là-bas, en hiver. Pourquoi pas les îles Seychelles?

— Du calme! Je ne roule pas sur l'or, moi! s'exclama Hugo. New York serait plus abordable pour le pauvre étudiant que je suis.

On se mit tous d'accord pour New York. Hugo nous claqua alternativement dans les mains. Je fis jouer Chet Baker et sa trompette, tandis qu'il s'empiffrait du restant de crêpes. Je lui confiai que mon père, John Wilson, avait déjà accompagné au piano ce trompettiste de jazz, à ses débuts – c'est ma mère qui me l'avait appris. Nous nous étendîmes devant la cheminée et nous écoutâmes religieusement *I Remember You*, chanté – car le trompettiste chantait aussi – par la voix douce, sensuelle, un peu surannée de Chet. On écouta ensuite *Let's Get Lost*, puis *I've Never Been in Love Before*. J'imaginais mon père accompagnant Chet au piano.

Je n'avais plus du tout envie de rencontrer Antoine Saint-Amant, mais je me disais que je devais y aller, que cela faisait partie de la thérapie. Il était dix-huit heures. Mon rendez-vous était à dix-neuf heures. Je préparai un petit repas. Nous expédiâmes les nouilles et le saumon fumé, avant de nous engouffrer dans ma BM.

Hugo descendit dans le Mile-End, où il habitait avec deux autres étudiants en philosophie. Il nous fit une accolade chaleureuse, murmura qu'il était maintenant notre fils spirituel, et marcha, relax, vers chez lui.

Nous roulâmes, silencieux, vers Westmount. «Je n'entrerai pas avec toi, dit William. Je vais rester dehors.» Je me regardai dans le rétroviseur et rajustai ma queue de cheval sans émettre de commentaire.

# 6

Claudine m'attendait dans le vestibule de la demeure cossue. Elle ouvrit la porte, se colla contre moi, m'embrassa sur la bouche et déposa ma veste sur un fauteuil, avant de m'inviter à la suivre à l'étage. Je montai l'escalier comme à reculons, tel un condamné vers la potence. À vrai dire, je me sentais coupable de venir déranger un mourant. Elle salua l'infirmière qui sortait de la salle de bain, puis elle marcha vers la chambre spacieuse où reposait, dans un lit entouré de fleurs, un vieillard aux yeux fermés qui semblait cacher ses os sous un drap aussi blanc que l'était son visage émacié. On aurait dit un cadavre dans son cercueil. Claudine s'approcha du lit. Elle fit une pause : « Papa... » Les yeux d'Antoine Saint-Amant s'ouvrirent lentement et sa bouche se crispa en un sourire si fatigué qu'il s'en fallût de peu pour que je quitte la chambre. Claudine se pencha vers son père et posa un baiser sur son front, tandis que je restais là, immobile, près de la porte. L'homme sortit une main constellée de taches brunes, comme autant de tatouages du temps qui passe inexorablement, pensai-je, et la posa en tremblant sur la joue rosée de sa fille. Se tournant vers moi,

Claudine murmura: «Papa, Jean Courtemanche m'accompagne.» La bouche ouverte sur une respiration saccadée, le vieillard me regarda de ses petits yeux noirs délavés mais incisifs, laser encore assez puissant pour vous disséquer l'âme en trois minutes. «Bonjour, monsieur», dit-il d'une voix à peine audible. Je m'approchai, tandis que Claudine faisait les présentations. Mal à l'aise, je le saluai laconiquement, me demandant par quoi j'allais commencer. Claudine simplifia les choses:

— Vous en avez sûrement beaucoup à vous dire: vous avez aimé la même femme... Je vous laisse ensemble. Je serai à côté, dans le boudoir.

Elle effleura ma main puis, avant de tourner les talons, ajouta dans mon oreille que son père n'était pas sénile du tout.

— Asseyez-vous, monsieur, dit d'une voix sifflante le vieillard. Vous avez devant vous un homme terrifié par sa mort imminente.

Il chercha sa respiration et continua très lentement:

— Il est difficile de partir quand on n'a pas vécu...

— Vous n'avez pas vécu?

— Non, pas vraiment. J'ai plutôt assisté... à la lente moisissure du temps.

— Vous avez une excellente mémoire, m'a dit votre fille.

— Une mémoire labile.

— Labile?

— Sujette aux éclipses.

— Tout ce qui touche Martha Lupien ne doit sûrement pas faire partie des éclipses, n'est-ce pas?

— Oui, justement : j'ai occulté presque tout ce qui se rapporte à notre dernière rencontre.

J'entrai dans le vif du sujet :

— Une rencontre qui l'a tuée.

Le vieillard ouvrit la bouche, sembla manquer d'air soudainement. Ses mains se mirent à trembler. J'eus peur d'y être allé trop brusquement.

— Votre accusation, dit-il d'une voix éteinte, n'est pas fondée. Martha était suicidaire bien avant notre rencontre chez elle. Et puis nous n'avons aucune preuve de sa mort puisque son corps n'a jamais été retrouvé. Une chose est sûre cependant : Martha a disparu au printemps de 1966.

J'élevai la voix. Je dis, en articulant bien chaque mot :

— Martha n'a pas disparu, puisque je l'ai trouvée morte dans la nuit du 16 avril 1966 exactement.

Les yeux du vieillard s'agrandirent, son corps se releva d'un coup sec, et sa tête, épuisée par un aussi grand effort, retomba lourdement sur l'oreiller.

— Vous mentez, dit-il dans un souffle, c'est impossible. Ce que vous me dites là me terrifie.

D'un ton plus calme, mais ferme, je continuai :

— Vous êtes très souffrant, et nous n'avons pas le temps de tourner autour du pot. Oui, Martha a été assassinée chez elle, à Rawdon, dans sa cabane. Que vous ayez emporté, cette nuit-là, le tableau qui se trouvait dans sa chambre – et qui m'appartenait – ne me dérange pas vraiment. C'est surtout ce que vous avez fait avec *sa vie*, et *ma vie* par ricochet – puisque j'aimais cette femme comme un fou –, qui me glace

129

le sang. Avez-vous tué Martha Lupien, monsieur Saint-Amant ? J'ai besoin de le savoir.

— Vous allez vite aux conclusions. Vous m'accusez injustement, sans aucune preuve. J'aimais Martha passionnément et ne souhaitais que son bonheur : nous devions même vivre ensemble après son exposition. Comment aurais-je pu la tuer ?

— La passion peut conduire au meurtre, vous le savez très bien. Quand je suis arrivé chez Martha, cette nuit-là, vous veniez de partir, puisque *Blue Tango* jouait encore sur le tourne-disque. Un paquet de cigarettes tout propre avait été jeté sur le petit balcon à deux marches, en face de la porte entrouverte – vous fumiez à cette époque, n'est-ce pas ?

Il ferma les yeux, chercha son souffle.

— Si elle est morte, comme vous venez de l'affirmer, c'est plutôt vous qui l'avez tuée par jalousie... Je ne voulais plus jamais me plonger dans ce passé... Mais puisque vous aussi avez aimé Martha, je vais le faire... Donnez-moi un peu d'eau, jeune homme... N'oubliez pas la paille, là, à côté du verre.

Je remplis son verre, le lui tendis :

— Il est toujours étonnant de se faire appeler jeune homme à cinquante-six ans.

— Tout est relatif, dit-il, avant de mettre en tremblant la paille entre ses lèvres exsangues.

Je dus l'aider. Il but lentement, par petits coups. Cela me faisait penser à l'oiseau blessé que j'avais trouvé, enfant, sous la fenêtre de ma chambre, et que j'avais abreuvé avant qu'il ne mourût doucement entre mes mains. Le vieil homme était maintenant l'oiseau entre mes mains. Il y a quarante ans, il avait sans doute été le rapace qui avait dévoré Martha. Il enleva la paille de ses lèvres et reposa sa tête sur l'oreiller. J'installai ma chaise tout près de son lit. Il commença à parler très lentement, à mi-voix :

— J'aimais Martha... Nous nous étions connus avant sa première exposition, en 1945. J'avais vingt-cinq ans. Je venais d'ouvrir la galerie Renaissance. Martha, diplômée de l'École des Beaux-Arts de Montréal, voulait exposer tout de suite. Elle était venue me rencontrer, un matin... J'ai accepté tout de suite d'exposer les œuvres de cette débutante... J'étais fasciné par sa grande beauté et par son talent. J'en suis tombé amoureux. En peu de temps, nous sommes devenus comme deux doigts de la main... Nous ne couchions pas ensemble – elle était une catholique fervente –, mais nous faisions tout ce que deux jeunes tourtereaux font lorsqu'ils se retrouvent seuls... Nous devions nous marier. Tout a basculé lorsqu'elle est allée visiter une réserve amérindienne pour y faire des portraits de jeunes Atikamekws. Elle est tombée sous le charme de l'un d'entre eux. C'était fulgurant, m'avait-elle expliqué. Ses principes religieux ont foutu le camp, et elle a fait l'amour avec lui ce jour-là... Nous avons rompu. Enceinte de cet Amérindien, elle l'a...

L'interrompant, je lui dis que le temps passait et qu'il devait maintenant me parler de sa dernière rencontre avec Martha, de sa nuit avec elle en avril 1966, sept ans après la noyade de son mari amérindien et de son fils. J'insistai :

— Ne prenez aucun détour. Parlez-moi de cette dernière nuit.

Le vieillard respira profondément et poursuivit son récit :

— J'ai continué à exposer ses œuvres. Sa cote montait, mais Martha a cessé de peindre à la mort de son mari et de son fils... Quelques années plus tard, elle est venue à la galerie me demander de lui organiser une exposition, de la remettre dans le circuit. J'ai accepté. Martha avait beaucoup changé, elle portait une robe de soie mauve très sale et déchirée... Mais son regard était toujours aussi lumineux... J'en suis retombé amoureux fou.

Il s'arrêta, me demanda à nouveau de lui donner à boire. Je le fis nerveusement. Il poursuivit, presque tout bas :

— Un soir, je suis venu chez elle prendre les toiles qui étaient prêtes pour l'exposition. Nous avons mangé et bu, dansé le tango... J'étais euphorique. J'ai voulu l'embrasser, mais elle disait vouloir être fidèle au jeune amant avec qui elle devait partir en Asie. Elle m'a aussi avoué, angoissée, qu'elle était enceinte de ce garçon de seize ans... Vous, bien sûr !

J'étais estomaqué. Je fixais sa bouche pour ne rien perdre des paroles qu'il prononçait de plus en plus lentement :

— Indéniablement, elle s'était mise dans une situation inextricable : à quarante-deux ans, souhaitait-elle vraiment recommencer une famille avec un mouflet ? Accoucher en Asie, peut-être ? C'était ridicule... Je lui ai dit qu'elle devait mettre fin à cette histoire au plus vite. Mais Martha ne voulait pas subir d'avortement. Je l'ai invitée à venir vivre à Montréal avec moi: elle pouvait garder le bébé si elle le désirait; je m'en occuperais comme s'il était le mien...

Le vieillard se tut. J'attendis la suite fébrilement. Il me demanda encore à boire, puis il poursuivit son récit:

— Martha se sentait coupable d'avoir poursuivi, pendant un an, la folle aventure avec ce garçon. Elle était coincée, elle ne pouvait plus revenir en arrière, disait-elle, elle craignait que son jeune amant se suicide...

Ce qu'il disait était vrai. Je me souvenais de la réticence de Martha à poursuivre notre relation: elle m'avait incité à rencontrer des jeunes filles de mon âge, puis m'avait défendu de venir chez elle. Ce n'avait été que lorsque je lui avais confié mon désespoir qu'elle avait accepté de maintenir la relation.

Il murmura la suite presque tout bas:

— J'ai rassuré Martha, je l'ai persuadée de venir vivre avec moi après l'exposition, qui devait comporter une vingtaine de toiles. Avec une infinie douceur... nous nous sommes unis pour la première fois.

Je dis d'une voix coupante:

— Vous avez relevé sa robe mauve, elle s'est débattue, vous l'avez violée, elle se débattait toujours, elle criait, et vous l'avez poignardée pour mieux jouir: c'est ça qu'il faut dire!

— Arrêtez de me tarabuster avec ça: je ne l'ai pas tuée, c'est compris? Ce moment était sacré, le plus beau de ma vie!

Il venait de hausser la voix. Je le priai de m'excuser et l'exhortai à continuer. Il m'observa attentivement, vit le trouble qui devait transpirer de toute ma personne. Puis il quitta mon regard, le posa sur la fenêtre. Je dis, le suppliant :

— Continuez, monsieur Saint-Amant.

— Mais vous vous calmez...

— Je ne dirai plus rien.

— Comme j'avais une importante rencontre à la galerie tôt le lendemain, j'ai dû, avec un serrement au cœur, quitter Martha dans la nuit... Elle s'était endormie, la tête reposant sur mon épaule... Elle semblait si bien que je n'ai pas voulu la réveiller... Je me suis levé, j'ai glissé un coussin sous sa tête, j'ai recouvert son corps d'une couverture et je suis sorti sur la pointe des pieds... emportant une quinzaine de toiles – dont celle que vous avez aperçue chez ma fille –, que j'ai déposées dans ma camionnette... Je suis revenu à la cabane, j'ai refermé la porte, puis j'ai fumé une cigarette sur le balcon avant de repartir vers Montréal. Vous avez dû arriver quelques minutes seulement après mon départ... Si j'étais resté à dormir, Martha serait encore vivante ! Si elle est morte cette nuit-là, c'est que vous l'avez tuée par désespoir, après avoir appris de sa bouche qu'elle viendrait vivre avec moi après l'exposition.

Il me regarda fixement, durement, pointant en tremblant un doigt dans ma direction :

— C'est vous, oui vous, qui l'avez tuée ! Et ce meurtre vous a suivi toute votre vie, n'est-ce pas ? Maintenant, dans votre folie, vous voulez vous persuader que c'est moi qui ai assassiné Martha !

Il prit lui-même avec difficulté le verre d'eau placé sur sa table de nuit et but en tremblant de tout son être. Sa tête retrouva ensuite l'oreiller, et il se tut pendant quelques secondes. Puis, d'une voix chevrotante, le regard rivé au mien, il répéta que c'était moi le tueur, que je l'accusais pour me disculper.

— Je n'ai pas tué Martha, criai-je, je vous le jure! Mais quand je suis arrivé, vous veniez de partir, puisque *Blue Tango* jouait encore sur le phono. Avouez, avouez donc, et je m'en irai.

— Je n'ai pas tué Martha: je le jure sur la tête de ma fille adorée – j'ai eu Claudine très tard, à soixante-sept ans, elle a été le soleil de mes vieux jours... Mais, je l'avoue, j'ai ressenti une sorte de... culpabilité, cette nuit-là, puisque j'avais arraché Martha à son jeune amant.

Ses forces l'abandonnaient. Il poursuivit son récit d'une voix si ténue que je m'agenouillai près du lit, afin d'avoir l'oreille au plus près de sa bouche.

— En roulant vers Montréal, je pensais à ce garçon qui allait bientôt apprendre que la femme qu'il aimait le quittait.

Sa main tâta le dessous de son oreiller et en sortit un mouchoir. Le vieillard se moucha. Il se tut pendant quelques minutes, puis il murmura, dans un élan, mais d'une voix de plus en plus éraillée, qu'il lui était très pénible de revenir sur cette nuit, que la disparition de Martha avait été extrêmement dure à supporter.

— J'ai longtemps pensé, dit-il enfin, que son... suicide avait été directement lié à ma venue chez elle cette nuit-là... à son désespoir de ne pouvoir être ni avec moi ni avec ce garçon... Aujourd'hui, j'ai la réponse : c'est vous qui l'avez tuée, après avoir appris qu'elle vous quittait... Allez-vous-en !

Il avait terminé. Je me relevai et laissai sortir le trop-plein :

— Je l'ai trouvée morte, tuée à coups de couteau ! Je l'ai même enterrée. En-ter-rée, monsieur Saint-Amant ! J'ai trouvé Martha ensanglantée, par terre, sur le dos, la robe remontée jusqu'au cou. Elle a dû se débattre, c'est évident. Avouez-le : vous avez violé et tué Martha !

J'avais parlé très fort. Son regard se détacha de moi, il posa ses mains sur ses oreilles, il ne voulait plus rien entendre. Claudine et l'infirmière entrèrent précipitamment dans la chambre. Il leur fit signe d'un geste de la main de s'en aller, de nous laisser seuls. Elles quittèrent la chambre. Il resta un moment silencieux, puis ouvrit très grand la bouche avant de se tourner vers moi, accusateur :

— Pourquoi avez-vous enterré son corps ? Moi aussi, je pourrais vous accuser de meurtre : un crime passionnel perpétré par un amant de seize ans... Tout à fait plausible... Je ne vous ferai pas mettre en prison, vous étiez si jeune lorsque vous l'avez tuée !

Je rétorquai :

— Je ne regrette qu'une chose : ne pas vous avoir tué, vous, cette nuit-là. Si j'étais arrivé.plus tôt chez Martha, si je n'avais pas pris autant de temps à me faire beau pour elle, si j'avais roulé plus vite, je vous aurais surpris en train de la baiser, et je vous aurais tué, vous, qui veniez de lui faire la morale avant de la violer!

— Allez-vous-en maintenant, puisque vous ne voulez rien comprendre... Je vous jure que je n'ai ni violé ni tué Martha.

— Je sais que c'est vous, car le laps de temps entre votre départ et mon arrivée chez Martha a été trop court pour qu'une troisième personne ait eu le temps de la tuer et de disparaître. À moins que ce pervers ait été caché dans la maison tandis que vous baisiez Martha.

— Faites-vous soigner, monsieur Courtemanche, vous en avez besoin... Je ne vous en veux pas d'avoir tué Martha: un premier amour peut faire perdre la tête... Mais je suis extrêmement peiné de l'avoir dissuadée de continuer sa relation avec vous... Si je ne l'avais pas attirée vers moi, vous ne l'auriez pas tuée par désespoir.

Il me tendit la main avec de la pitié dans le regard. Il ajouta que, lorsqu'on va mourir, on comprend de mieux en mieux l'être humain. Il dit encore que quatre tableaux de la peintre décédée se trouvaient toujours dans sa collection personnelle. Il me les laissait en héritage amical; il le dirait à Claudine, afin qu'elle me les remît. Il m'offrit aussi une photo de Martha prise durant son dernier repas en sa compagnie. «Elle semble triste, vous verrez, mais le feu est là, toujours, ce feu qui a continué de brûler en moi... en vous aussi sûrement, même après sa disparition... La photo se trouve dans le premier tiroir de cette commode... Prenez-la.»

J'ouvris brusquement le tiroir et j'en extirpai la photo jaunie. J'observai longuement les yeux bleus, profonds, tristes, les lèvres pulpeuses retroussées en un sourire amer, la chevelure noire coupée en balai, la robe de soie mauve recouvrant une poitrine opulente. L'ensemble, à mon grand étonnement, ne remua rien en moi. Apercevoir, après quarante ans, le visage de celle que j'avais tant aimée me laissait froid. Il ne résonnait plus en moi, il appartenait à l'adolescent que j'avais été, au petit Jean qui était amoureux pour la première fois et qui enveloppait l'objet de son amour des attributs des dieux. J'enfouis la photo dans ma poche.

— On va m'injecter ma morphine, dit Antoine Saint-Amant. Je vous souhaite bonne chance dans votre recherche du coupable.

Il leva la main, que je refusai de serrer. Je dis :

— Je vous trouve dur d'avoir persuadé Martha de rompre avec moi, qui étais le père de son enfant!

— Elle a pris sa décision elle-même.

— Vous m'aviez arraché le cœur de Martha, et vous me l'avez appris ce soir!

— Vous m'avez demandé la vérité, monsieur Courtemanche.

La porte s'ouvrit, c'était l'infirmière et sa morphine. Je quittai la chambre rapidement. Une double rage m'habitait : une rage envers cet homme et une autre envers Martha Lupien.

Claudine m'attendait, assise dans le boudoir. Je lui dis, les dents serrées :

— Ce n'est pas ton père qui l'a tuée.

— Je le savais, Jean. Tu es venu ici pour rien.

— Non, pas pour rien.

Claudine prit ma main dans la sienne, demanda si je voulais l'accompagner chez elle pour «oublier tout ça». Je me dégageai en silence. Elle comprit et entra posément dans la chambre de son père tandis que je dévalais l'escalier à toute vitesse, enfilais ma veste et me hâtais vers la sortie, songeant que Claudine avait été un instrument du destin, une sorte d'agent déclencheur de la transformation de ma vie d'homme perdu, le lien entre moi et mon passé. Un instrument du destin, me répétais-je, fermant la porte de la superbe demeure.

William faisait les cent pas devant la maison.

— Ce n'est pas lui, dis-je.

Nous montâmes en vitesse dans la voiture.

— Il y a une troisième personne qui est entrée chez Martha et qui l'a violée cette nuit-là, continuai-je. Un des frères Laporte sûrement; Émile, l'aîné, probablement. Pour me faire mal à fond et jouir d'elle en même temps. Le gars devait rôder autour du chalet quand Saint-Amant est arrivé. Le salaud a dû se dire: «La folle baise Courtemanche, elle baise celui-là aussi, pourquoi pas moi?» Il a attendu que Saint-Amant sorte et, tandis que celui-ci transportait les tableaux dans la camionnette, le salaud est entré dans la maison en douceur. Il a attendu que l'autre démarre avant de réveiller Martha, de tenter un rapprochement, puis de la tuer à coups de couteau pour la violer tout à son aise. Il était peut-être encore dans la maison quand j'y suis entré. Il a dû sortir en vitesse par la fenêtre et s'enfuir. Il ne m'a sûrement pas vu l'enterrer. S'il avait été moins lâche, il m'aurait approché pour m'abattre, mais je l'aurais égorgé à mains nues. Maintenant, je suis coincé : je ne peux rien révéler à la police puisque je n'ai absolument aucune preuve.

William me fit remarquer qu'avouer, après quarante ans, avoir découvert un cadavre ensanglanté, puis l'avoir enterré, m'eût installé dans un sacré pétrin, car, ayant été l'amant de Martha en 1966, j'aurais très bien pu l'avoir tuée moi-même, cette nuit-là, puisqu'elle venait de baiser avec un autre, et l'avoir ensuite enterrée pour ne pas être accusé. Et, en admettant que la troisième empreinte digitale trouvée dans la maison de Martha eût été celle de Laporte, cela n'aurait pu assurer que c'était lui, l'assassin, le meurtre ayant tout aussi bien pu avoir été commis par moi. Par ailleurs, j'avais non seulement enterré le cadavre, mais je l'avais aussi exhumé quelques jours plus tôt. La terre fraîchement retournée le prouvait. Et que dire des empreintes digitales laissées sur les pelles ! Les enquêteurs m'auraient fait subir un interrogatoire en règle et j'y aurais laissé ma peau.

— Mais pourquoi, grand dieu, as-tu enterré le cadavre ? poursuivit-il.

— Souviens-toi, je travaillais au salon funéraire de Rawdon quand Martha a été assassinée. Qui aurait alors assisté monsieur Larivière pour embaumer son cadavre ? Moi ! Tu imagines la chose ? Être obligé de regarder ma bien-aimée toute nue, froide, se faire vider les veines par Larivière? Jamais! Tu comprends, William?

Soudainement, je ressentis une grande fatigue, une déception profonde, une rage aussi. Il me semblait que je tournais en rond depuis la découverte du tableau. Parfois, pensai-je, il est préférable de rester dans le brouillard plutôt que d'entrevoir au loin quelque chose d'inatteignable. Mais j'avais besoin de raconter à William les révélations de Saint-Amant.

— Les femmes sont toutes pareilles, dis-je, des faibles quand on les croit fortes. Martha Lupien ne faisait pas exception à la règle: elle a couché avec un homme alors qu'elle portait notre enfant dans son ventre. Oui, Martha était enceinte quand elle est morte, figure-toi! Je n'ai plus envie de retrouver son assassin, si ce n'est pour le féliciter. Il m'a rendu service, finalement.

Ce soir-là, William resta encore à dormir chez moi. Il repartirait pour Québec le lendemain pour affronter, disait-il, une Solange enragée. Il était plus que jamais décidé à rompre. Je doutais cependant fortement qu'il amorçât les procédures de divorce. À la dernière minute, il s'avouerait vaincu. William avait l'habitude de la souffrance, c'était devenu pour lui un mode de vie.

# 7

Une autre semaine venait de commencer. Je fis un saut au bureau, rue Saint-Jacques, puis un autre, rue Peel, où nichait entre ciel et terre mon courtier, qui me donna de bonnes nouvelles à propos des investissements en Bourse des *Entreprises Courte-manche* et me fit quelques propositions d'affaires. Tandis que leur président était au bord de la folie, mes entreprises avaient solidement les deux pieds sur terre et étaient plus performantes que jamais. Cela me laissait complètement froid. On m'aurait annoncé un crash que j'aurais pris la chose avec indifférence. En totale déroute, j'avais perdu tout désir de réussite, toute envie de m'enrichir. Une impression de couler à pic. Myriam Taillefer avait accepté de me recevoir en urgence. Sa journée était remplie, mais elle ne pouvait me laisser dans cet état d'anxiété. «Venez à midi trente», avait-elle dit, empathique. William avait attendu qu'elle ouvre la porte avant de s'en aller. Il viendrait me chercher dans une heure, puis repartirait vers Québec.

J'enlevai mon blouson et pris place face à la fe-nêtre, comme d'habitude. Les pins m'attendaient. Ils avaient perdu la fine couche de neige qui les re-couvrait la dernière fois. Je les regardai en silence, songeant que, si ma découverte du tableau de Martha m'avait bouleversé, déstabilisé, ma rencontre avec Antoine Saint-Amant avait fait pire en me révélant que j'avais vécu un premier amour non partagé, que tous mes agissements après la découverte du cadavre avaient été finalement basés sur une fausseté. «Que ressentez-vous à l'intérieur de votre corps?» demanda la psychologue, qui portait aujourd'hui une robe moulante à faire damner un saint. Le faisait-elle exprès? «Ne réfléchissez pas, reprit-elle, répondez tout de suite, Jean. C'est important.»

Je me mis à observer les courbes de son corps, fait pour l'amour, pensai-je. Cela faisait du bien de me complaire dans l'admiration de sa beauté. Je me reposais, en quelque sorte. Ses yeux verts dans les miens, elle attendait, immuable. Devais-je la laisser dans cet état d'attente, la faire languir pendant une heure, avant de repartir en lui serrant la main? Non, c'est moi que j'allais punir en me comportant ainsi, puisque l'angoisse, la terrible angoisse qui m'avait épargné pendant des années était là, tapie sur mes genoux, comme un serpent dangereux prêt à vous mordre au moindre mouvement. Je dirigeai une fois de plus mon regard vers la fenêtre salvatrice et je me laissai calmer par les pins gigantesques. Quelques minutes plus tard, j'ouvris la bouche:

— C'est comme si quelque chose m'avait été enlevé, quelque chose qui dominait ma vie depuis mes seize ans, comme une force... ou plutôt un désir puissant, irrépressible de la femme, de cette femme jamais morte, toujours vivante. Mais inatteignable.

Je me tus, me tournant cette fois vers Myriam, qui ponctua d'une voix triste :

— Ce désir-là, jamais assouvi, prenait toute la place dans votre vie.

— Je dois continuer à m'en délivrer, à me délivrer de Martha. Ce n'est qu'à cette condition que je... que je pourrai respirer et cesser d'avoir peur.

Je me levai et marchai vers la fenêtre, affirmant que j'avais peur des femmes, mais que je les désirais. C'est ça qui était contradictoire et que je voulais comprendre.

— En général, dis-je, on ne désire pas vivre avec un chien si on a peur des chiens, n'est-ce pas ? À moins qu'on les ait déjà aimés ! Mais c'est plus simple s'il s'agit d'un chien que d'un humain.

— Pourquoi avez-vous peur des femmes ?

— Parce qu'elles pourraient me détruire... C'est ce que Martha a fait.

Je me mis à marcher très vite autour de la pièce, fixant la porte. Puis je m'entendis dire très fort qu'un chien, ça ne faisait que mordre. Une femme, c'était autre chose. Je parlais de plus en plus fort, j'expliquais à quel point les femmes étaient dangereuses. Myriam ne bougeait pas, attendant que je me calme. Son cœur devait cogner, cela se voyait dans ses yeux. Elle devait avoir envie d'interrompre la séance, de me renvoyer chez moi. Alors, j'arrêtai mes cris et me réfugiai dans un coin de la pièce.

— Reste là, Myriam, murmurai-je, ne bouge pas. Je vais essayer de supporter ta présence sans te prendre dans mes bras et sans...

— Sans quoi ?

— Sans que tu m'aimes !

Myriam se remit à écrire dans son bloc-notes. Je fixais ses doigts qui traçaient les mots. Cela m'empêchait de paniquer. Écrivant toujours à une vitesse folle, elle dit d'un ton neutre :

— Vous vous sentez oublié, Jean ?

— Oui, on m'a oublié. Pour toujours.

— Que signifie pour vous le mot « amour » ?

— Je veux que tu me prennes dans tes bras, que tu penses à moi, que tu penses à moi, Myriam, que je sois ton unique. On ne m'a jamais aimé, comprends-tu ?

— C'est ça, Jean, que vous attendez des femmes avec qui vous couchez ? Que vous soyez leur unique ?

J'acquiesçai. Oui, c'était ça, je voulais compter pour quelqu'un, être son bien le plus précieux. J'avais haussé la voix, je parlais fort, de plus en plus fort, c'était presque un cri. Myriam leva la tête et me dit de me calmer. Je tournai les yeux vers les pins.

— Que ressentez-vous pour les femmes qui disent vous aimer ?

Hochant les épaules, je murmurai :

— Je ne sais pas... Rien. Rien du tout. Je ne sais pas aimer, tu le sais très bien.

Ce constat établi, je m'approchai d'elle.

— C'est quoi, aimer ? Tu peux me le dire, toi ?

Elle resta silencieuse. Je touchai sa main :

— Excuse-moi de m'être conduit comme un enfant, Myriam. Tu me pardonnes ?

146

Je pris un papier-mouchoir dans la boîte qu'elle me tendait, puis j'enfilai mon blouson.

— Je pense que ça y est, maintenant, dis-je, j'ai tout compris.

— Non, Jean, ce n'est que le début de votre longue marche vers vous-même. Enlevez votre manteau. Asseyez-vous.

Je me surpris à lui obéir. Je me réinstallai face à la fenêtre. Les pins, ces accompagnateurs de ma lente marche vers moi-même, comme elle disait, étaient toujours là. Les contempler de nouveau me faisait du bien. Myriam me demanda de lui dire ce que je ressentais dans mon corps. Je dis que je me sentais faible, fragile, fatigué. Fatigué de vivre. Je ne pus continuer. Je me levai afin de m'approcher de la fenêtre. La neige était revenue. Debout, en prise directe sur leur beauté, je regardais les pins majestueux se recouvrir de neige. M'absorbant complètement dans cette neige épaisse, ronde, qui se posait, légère et immaculée, sur les aiguilles des pins, il me semblait que je quittais mon corps pour me reposer de ce pauvre Jean Courtemanche. Je me suis soudain entendu murmurer:

— Elle était belle, dans la neige, ses mains froides sous mon chandail, mon sexe en elle... On devait partir en Asie... Mon père, lui, est parti en moto à New York. Je ne l'ai jamais retrouvé. Je ne l'ai pas cherché non plus, j'espérais le rencontrer par hasard dans une boîte de jazz. Si j'aime le jazz, c'est à cause de lui.

Le nez collé à la vitre, je parlai de Martha et de mon père, le pianiste de jazz à la veste d'aviateur. J'entremêlai les deux histoires. Je dis que j'aurais aimé être soulevé de terre par mon père, comme on voit dans les films : le père a son petit garçon dans ses bras et, soudain, il fait mine de le lancer dans le vide. Le petit garçon a peur et, en même temps, il est confiant, il sait que son père ne le laissera jamais tomber. Il a confiance, extrêmement confiance en lui. Au dernier moment, le père le reprend, l'enfant éclate de rire et dit : « Encore ! Encore, papa ! » Il aime être au-dessus du vide, dans les bras de son père.

— C'est ça dont j'avais besoin, répétai-je : être suspendu au-dessus du vide, sentir le danger imminent, et puis être repris, échapper de justesse à la mort grâce à cet homme, mon père, qui me rattrape au dernier moment et éclate de joie avec moi, petit homme sécurisé à jamais. Lâche-moi, papa ! Reprends-moi ! Lâche-moi, papa ! Reprends-moi !

Myriam parla enfin. C'est ça que j'attendais depuis longtemps. Elle commenta mes propos, disant que la vie du père est entourée d'un mystérieux prestige, que ses occupations, ses manies, ses gestes ont un caractère sacré, que c'est par le père que l'enfant communique avec le reste du monde. Elle s'approcha de la fenêtre et, à mes côtés – j'avais son parfum de jasmin dans les narines –, elle me souffla que le père est l'incarnation même de ce monde immense, difficile, merveilleux, qu'il est puissant, qu'il est la transcendance, qu'il est Dieu ; dans ses bras, rien de mal ne peut arriver à l'enfant, il se sent protégé, à l'abri du danger.

Je la regardai:

— Prends-moi dans tes bras, je t'en supplie!

J'attendis. L'éthique fut balayé, elle me prit dans ses bras avec une infinie tendresse. Je restai longtemps, sans bouger, contre le corps de cette femme qui me consolait. Après quelques minutes, elle se dégagea.

— Asseyez-vous, dit-elle.

Je m'assis.

— Quels souvenirs avez-vous de votre père, Jean?

— Aucun. Je ne l'ai pas connu. Je porte le vieux blouson de cuir qu'il a laissé à ma mère la dernière fois qu'elle l'a vu – elle était enceinte, et mon père avait refusé son nouveau rôle. C'est mon seul souvenir de lui. Du plus loin que je me souvienne, j'ai toujours possédé cette veste de cuir brune. À six ans, ma mère me l'a montrée et m'a dit: «Elle est à toi; elle appartenait à ton papa.» J'avais hâte de grandir pour la porter. À quinze ans, quand la taille de mon corps a enfin convenu à celle de la veste, je l'ai laissée dans la garde-robe de ma chambre: j'avais honte, elle n'était pas à la mode. Elle a dormi longtemps dans les placards des maisons et des appartements que j'ai habités au fil des années. Ce n'est qu'à quarante ans que j'ai commencé à la porter. Elle m'allait comme un gant; elle était vraiment splendide, cette veste, du beau cuir vieilli, le temps avait passé sur elle magnifiquement, me disaient mes blondes. Je ne m'en suis plus séparé. Regardez, c'est elle. Touchez.

J'approchai la veste de ses mains. Je me tus. Je me dis que je n'étais pas dans le bureau d'une psy pour parler de ma veste de cuir. Mais c'était plus fort que moi, je continuai, j'élevai la voix, je dis que mon père, John Wilson, ne m'avait jamais vu. Même pas bébé. Je criai, comme un adolescent en colère :

— Mon père m'a rejeté. Martha aussi. Cette femme a empoisonné mon existence, j'ai été son jouet, elle a abusé de moi, de ma naïveté, de ma jeunesse. Elle m'a menti. Trompé !

— Trompé ?

— Elle a couché avec un autre, alors que notre bébé était dans son ventre. Mais elle a été punie : elle a été tuée par un pervers de Rawdon ! Je remercie ce gars-là.

Je sortis la photo de ma poche et la lui tendis.

— C'est elle. Rien de spécial, hein ? Rien qui puisse rendre fou et détruire une vie, hein ?

Elle regarda la photo, puis me regarda. Son visage était triste. Je déchirai lentement, posément la photo et déposai tout aussi lentement les morceaux dans la poubelle. Je m'allongeai sur le divan. Je fermai les yeux. Je souhaitais que Myriam vînt me rejoindre. Elle ne le fit pas. Alors, je me concentrai sur ma respiration, comme elle me l'avait montré ; ça marchait à chaque fois. Tout devint léger. La douleur s'en alla. Je glissai dans le sommeil.

À mon réveil, Myriam écrivait toujours.

— Bien dormi ? demanda-t-elle.

Je me levai, enfilai rapidement ma veste et me dirigeai en titubant vers la porte.

Elle reprit, d'une voix égale :

— C'est tout, Jean ? Vous n'avez rien à ajouter sur votre père ?

— Tu me dis que je dois faire attention à ma respiration, je le fais, je me calme, et maintenant tu me replonges dans l'angoisse, tu parles encore de... celui qui... Ne me parle pas de lui, il n'existe pas. Ma vie a été gâchée à cause de lui, il a été ma honte, ma peur, durant toute mon enfance. Je pensais que Martha me l'avait fait oublier, mais elle m'a anesthésié pour me faire encore plus de mal. Où sont les *Kleenex* ?

Je me mouchai, puis je regardai attentivement Myriam afin d'apercevoir quelque chose de laid en elle, afin de ne pas l'aimer. Je ne voulais pas l'imprimer dans ma tête, comme j'avais fait avec l'autre, la Martha Lupien. Quant à mon père, c'était facile de l'oublier, puisque je ne l'avais jamais imprimé. Je ne le pouvais pas : je ne l'avais jamais rencontré. Je ne savais même pas de quoi il avait l'air, car ma mère n'avait pas de photo de lui. Je portais sa veste de cuir pour me prouver que, moi aussi, j'avais un père. Oui, j'en avais un, mais c'était comme si je n'en avais jamais eu.

Myriam me demanda de me rasseoir.

— Nous allons parler du rêve que vous avez fait, ici, à la deuxième rencontre, et que j'ai noté, suggéra-t-elle doucement. Dans ce rêve, vous me teniez la main en silence et vous étiez bien. Vous pensiez : « Elle n'a pas de poils au menton, mais je suis bien. » Vous voulez en parler ?

— Ne me retiens pas, Myriam, ne m'attire pas dans ton guêpier. Je ne veux pas t'aimer, je ne veux plus aimer aucune femme. C'est simple, non ? C'est la dernière fois que nous nous voyons. Je ne reviendrai plus.

Je sortis rapidement sans la regarder afin de ne pas faiblir, afin de l'oublier plus vite. Dehors, à la porte de l'immeuble, m'attendaient William et Hugo. Voyant mon air étonné, Hugo dit en riant que, comme William s'en retournait à Québec, il prenait le relais : je ne devais pas rester seul ; il serait mon deuxième ange gardien quand ma psy ne serait pas là. La blague sonnait mal. Je m'engouffrai dans la voiture. Je dis, hachant bien les mots, que j'exigeais que l'on ne parlât plus jamais de Myriam Taillefer devant moi. Ma thérapie était terminée, je ne reviendrais plus à son cabinet.

William fronça les sourcils.

— C'est trop court, Jean. Tu n'es qu'au début de ta démarche.

Je démarrai.

— Je suis en train de m'amouracher d'elle.

— Cela s'appelle le transfert, dit Hugo, un processus normal. Tu ne devrais pas arrêter tout de suite ta thérapie.

— Pourquoi je continuerais ? J'ai tout compris. Je viens d'ailleurs de « tuer » moi-même Martha dans le bureau de la psy. Elle ne méritait pas que je l'aime à ce point, que je laisse mes études pour elle. On va boire un verre ?

— Non, on va au loft, puis je roule vers Québec, grommela William.

152

Hugo toussa un peu, mal à l'aise, et demanda qu'on le déposât au café *Souvenir*. Il me retrouverait chez moi à dix-sept heures pour bouffer, si je le voulais. Un silence lourd s'installa. Puis William changea d'avis, il ne partirait pas tout de suite.

— On va parler tranquillement, dit-il. Reste avec nous, Hugo : on aura besoin de toi pour nous consoler. L'enfance, ça fait mal dans la cinquantaine.

Je réalisai que Hugo avait gagné la confiance de William et que ce jeune homme était notre seul ami. Je bénis le hasard qui l'avait placé sur ma route.

Nous rentrâmes en silence. Hugo et William firent du feu, je sortis le whisky, leur en offrit. J'entamai mon verre en regardant par la fenêtre. De lourds nuages s'avançaient dans le ciel de novembre. La nuit tombait. Hugo et William s'approchèrent de moi.

— Cette femme devait être à la fois extraordinaire et diabolique pour t'avoir ainsi envoûté, commença Hugo.

J'acquiesçai :

— J'étais dans une sorte de coma bienfaisant. Et une sorte d'enfer également, puisqu'elle me résistait, s'offrant et se refusant à moi.

— Tu es resté dans le coma, ponctua William. Un coma qui a continué toute ta vie. Martha t'a détruit. C'était une salope de te faire monter dans son bateau.

— Je viens de déchirer sa photo dans le bureau de ma psy.

— On va fêter ta délivrance et celle de William ! lança Hugo, les bras en l'air.

— Celle de William?

— Te voir souffrir l'affectait profondément, beaucoup plus que tu ne le crois. Il était même prêt, si tu ne continuais pas ta thérapie, à te faire interner. Oui, il faut fêter votre délivrance, les gars! Pourquoi pas New York? C'est là que ton père habite, hein, Jean? Ensuite, on continuera notre périple en passant par Toronto, où le tien demeure, hein, William?

Amer, William ironisa:

— Nos pères sont sûrement en train de trépasser ou de rafistoler de vieux instruments de musique. Ils n'en ont rien à foutre de nous!

J'ajoutai, tout aussi amer, que John Wilson, un musicien motard, un artiste, un éclaté, était sans doute mort d'une overdose ou disparu quelque part sur la planète.

— S'il est vivant, il a quatre-vingt trois ans, précisai-je, car ma mère m'a dit qu'il était âgé de vingt-sept ans quand sa grossesse a été confirmée.

William se ravisa: il avait envie de tenter le destin. Il pouvait, disait-il, se permettre de prendre une partie de ses vacances annuelles maintenant: cela lui permettrait de s'éloigner de Solange avant de la quitter pour de bon. Hugo, de son côté, affirma qu'il avait beaucoup de travail de fin de session, mais qu'il pourrait se joindre à nous après Noël. Il me secoua comme un prunier, puis jura, déterminé et enthousiaste, qu'il allait retrouver mon père; ensuite, il s'occuperait de celui de William. Il parla de la *Guilde des musiciens des États-Unis*, qu'il contacterait, il parla des pouvoirs quasi magiques du Web, il répéta qu'il fallait lui faire confiance. Je rétorquai qu'il perdrait son temps, qu'à son âge avancé John Wilson ne devait sûrement plus faire partie de la *Guilde des musiciens*. Mais Hugo n'en démordait pas, précisant que d'autres musiciens pouvaient le connaître. Il n'y avait rien à son épreuve, il était un crack en informatique.

Cette nuit-là, William ne repartit pas vers Québec et Hugo resta à dormir. Je me sentais comme un rescapé fragile, mais délivré d'un poids.

# 8

Le soleil de midi dardait ses rayons trompeurs donnant l'illusion que l'hiver ne viendrait pas. Lumineuse dans un tailleur pêche et des chaussures à hauts talons qui mettaient en valeur ses jambes au galbe parfait, Myriam Taillefer me souriait.

— Je savais que vous me rappelleriez. Asseyez-vous, Jean.

— Je ne pouvais me passer de toi, dis-je, prenant place face à la fenêtre. Trois semaines, c'est long. Merci d'avoir accepté de me recevoir. Je me suis conduit comme un goujat la dernière fois. Aujourd'hui, je vais te raconter une histoire, une très belle histoire.

Myriam ouvrit son bloc-notes.

— Tu peux enregistrer si tu veux, ainsi tu ne perdras rien, suggérai-je.

Elle referma son bloc-notes et sortit un magnétophone d'un tiroir. Elle ajusta le petit micro à mon veston, et la lumière rouge s'alluma. Myriam me regardait droit dans les yeux. Je pouvais commencer mon récit. Je le fis à voix basse. Cela coulait harmonieusement. J'étais calme, posé, paisible, comme si j'eusse été étranger à cette histoire.

« C'est un soir d'automne, dans la zone misérable du Bowery, à New York. Étendu dans son sac de couchage posé sur un matelas pneumatique, un vieil homme, du nom de John Wilson, a installé des écouteurs sur ses oreilles. Il ferme les yeux. Le piano de Russ Freeman se fait entendre, bientôt rejoint par la trompette de Chet Baker. *Imagination* de Chet Baker le remue profondément, comme chaque fois qu'il installe le CD du grand trompettiste dans son lecteur. Il était là, au *Haig Club*, à Los Angeles, en 1953, quand Chet avait enregistré ce morceau de jazz. Depuis New York, il avait traversé les États-Unis en train, afin de côtoyer le fabuleux musicien et de s'immerger pendant quelques semaines dans le cool jazz. Il avait connu Chet en 1946 à Berlin, alors que, tout comme lui, il était musicien dans l'orchestre de l'armée américaine. Les deux jeunes hommes avaient sympathisé tout de suite, bien que John fût de huit ans l'aîné de Chet. Celui-ci l'avait invité à venir faire de la musique avec lui à Los Angeles, après la guerre. John l'avait pris au mot, une première fois en mars 1948, et avait traversé les États-Unis pour rejoindre Chet qui, alors âgé de dix-neuf ans, avait déjà son orchestre et son pianiste, Russ Freeman. John avait dormi chez Chet, passant des heures à parler et à boire. Le lendemain soir, comme Russ était grippé, Chet avait demandé à John de le remplacer au piano dans le petit club de jazz où le *Chet Baker Quartet* était en vedette. Cela avait été une soirée inoubliable, et John en avait rapporté des photos qu'il gardait précieusement.

«Tout comme Chet, John rêvait d'être célèbre. Il ne l'a pas été. Oh, il a quand même enregistré un disque, gagné beaucoup d'argent comme musicien de clubs sélects, mais il a tout flambé dans l'alcool et l'héroïne, avant d'avorter sa carrière dans la cinquantaine. La loque qu'il était devenu lui avait fermé toutes les portes des boîtes de jazz de New York. Chet Baker, lui, est devenu un géant du jazz. Il est mort en 1988, à Amsterdam, les veines bourrées d'héroïne, en tombant de la fenêtre du deuxième étage de l'hôtel où il logeait. John en avait été très peiné.

«Oui, John Wilson se souvient. Sa vie n'est plus maintenant que souvenirs. Il se souvient de tout. Sa mémoire est excellente, il s'en étonne. Il aime se rappeler, il ne fait que ça. Allongé dans son sac de couchage, sur le plancher de son appartement exigu, il écoute Chet. Et les souvenirs remontent. Ils arrivent en rafales. Parmi eux, il en est un, récurrent, qui vient le hanter tous les jours. C'est le regard de Pauline Courtemanche. Il était trois heures, un certain samedi de septembre à Montréal, en 1948. Assis à une table de la *Casa Loma*, le pianiste américain décompressait en compagnie de la jeune femme, après avoir joué toute la soirée des mambos, des rumbas et des *slows* sirupeux pour animer un groupe de danseuses exotiques qui faisaient bouger sur la scène leur cul et leurs seins décorés de plumes roses. Soudain, Pauline lui avait dit: «*John, I am pregnant, my love.*» Il en avait eu des sueurs froides. Il n'avait su que répondre et avait terminé sa bière. Puis il était allé s'asperger le visage dans les toilettes. La tête lui tournait : non, non, il ne pouvait pas être père ; pas maintenant, alors que sa carrière commençait, alors qu'on venait de lui offrir une série de spectacles dans une petite boîte de jazz de New York. Seul le jazz l'intéressait vraiment. Il avait accepté le contrat de la *Casa Loma* pour les dollars, mais jamais il ne se serait établi à Montréal, pas même pour une femme. Il était né à New York et il aimait cette ville de tous les possibles, de tous les excès. Il était revenu s'asseoir près d'elle. Il lui avait suggéré de se faire avorter. Les larmes s'étaient mises à couler sur le visage de Pauline. Elle ne bougeait pas, elle le regardait douloureusement. Puis elle avait dit : « *I'll keep the child. I want this child...* » Le visage de John s'était durci : « *Go, go away, Pauline. You don't understand anything.* » Pauline avait dit : « *I am cold.* » Il avait posé sa veste de cuir sur ses épaules, puis elle s'était levée lentement. Elle avait marché vers la sortie sans se retourner. Il l'avait suivie. Et, tandis qu'il enfourchait rageusement sa moto, se dirigeant vers son hôtel miteux, elle avait hélé un taxi. John n'avait plus jamais revu Pauline.

« John pleure. Ses larmes coulent sur ses joues ridées. Il se souvient de ce qu'il a vécu après cette nuit de septembre, et son cœur se serre. Il se souvient des femmes qu'il a aimées, de Mary surtout, chanteuse de blues méconnue, qui lui a donné deux filles, Jacky et Loretta, qui vivent maintenant à Los Angeles, bien mariées, riches et mères de cinq enfants. Jacky et Loretta lui en veulent – Jacky, l'aînée, lui a écrit pour le lui dire – parce qu'il les a quittées, alors qu'elles étaient toutes petites, pour aller vivre avec une danseuse de cabaret dont il était amoureux. John avait rendu visite à ses filles pendant quelques mois, puis il avait cessé, enfermé dans sa vie de musicien de nuit. Un an plus tard, son ex-femme était partie vivre à Los Angeles avec ses filles. Il avait alors commencé à leur écrire, mais ses lettres étaient restées sans réponse. Elles devaient avoir été interceptées par leur mère, avait-il pensé. Les ponts étaient coupés irrémédiablement.

«John vit seul depuis vingt-cinq ans, dans Bowery, à New York. Il a des remords. Mais il n'en parle à personne. Pas même à Charly, son vieux copain noir avec qui il casse la croûte tous les jours. Les semaines se succèdent et se ressemblent. Sa routine n'a pas changé depuis plusieurs années: il fait sa marche quotidienne, il mange peu, il nourrit les pigeons, il fait un peu de ménage et il se couche très tôt, après avoir écouté, comme ce soir, un peu de jazz. Ce soir, comme d'habitude, les larmes coulent sur son visage, et il ne les essuie pas. Il attend la mort. «*My great friend*», comme il l'appelle. Il fait jouer *In My Solitude*, chantée par la grande Billie Holiday, accompagnée par l'orchestre d'Eddie Heywood. Il chante avec Billie les paroles qu'il connaît par cœur: *In my solitude / You haunt me / With memories of days gone by / In my solitude / You talk to me / With memories that never die / I sit in my chair / Filled with despair.* Il sombre dans le sommeil avant la fin de la chanson. La sonnerie du téléphone retentit. Il sursaute. Cela

doit faire un mois qu'il n'a pas entendu cette sonnerie. Il se dégage de son sac de couchage, marche
vers l'appareil posé sur la table de la cuisine, décroche
le récepteur. «*Hello*», dit-il de sa voix grave, triste,
tremblotante.

    — *May I speak to John Wilson, please?*

    — *It's me.*

    — *Are you a musician?*

    — *Yes… I was. Who is speaking?*

    — *Jean Courtemanche. My mother's name was Pauline.
I am your son.*»


Je venais de terminer mon récit. Les yeux de Myriam brillaient. Son sourire illuminait le bureau. Elle
saisit mes mains entre les siennes.

    — Vous avez retrouvé votre père! Comment
avez-vous fait?

    — Hugo, un jeune homme que le hasard a mis
sur ma route, un gars sans père, lui aussi, étudiant
en philosophie, sage comme un vieux bouddha, et
qui voulait m'aider à soigner mes blessures, a eu
l'idée de rechercher mon père. Il m'a promis qu'il le
ferait et il l'a fait. En quelques semaines seulement.
Il m'a remis le numéro de mon père, il y a deux
jours, sans rien m'expliquer: «J'espère que c'est le
bon John Wilson.» J'ai téléphoné immédiatement.
C'était le bon. L'histoire n'est pas finie, elle ne fait
que commencer. J'ai été bouleversé en entendant
la voix de mon père. Je ne peux plus m'en passer,
nous parlons ensemble comme en dehors du temps.
Je lui téléphone constamment, je le bombarde de

questions, et il me raconte son histoire de long en large. Je sens que ça lui fait du bien. Quand je lui ai demandé comment il préférait que je l'appelle, il m'a dit, tout bas : « *Call me Dad.* » Je prends l'avion demain pour New York.

— Votre histoire est touchante, dit-elle, retournant la cassette dans le magnétophone. Elle est le début de quelque chose d'important pour vous. Mais vous n'avez pas encore rencontré le meurtrier de Martha, n'est-ce pas ? Cela doit être moins important pour vous, maintenant que vous avez retrouvé votre père ?

Je hochai la tête avant d'ajouter que je me sentais maintenant totalement détaché de cette histoire, comme si elle avait été vécue par un autre que moi. Le fait d'avoir appris que Martha m'avait déjà quitté avant d'être assassinée avait accéléré le processus. J'ajoutai que je n'en voulais plus à Martha, puisque je savais maintenant que l'amour que nous partagions était destructeur. Je comprenais qu'en se laissant aimer par Antoine Saint-Amant, elle avait eu accès à un homme véritable, elle avait décroché de moi, de son fantasme de retrouver Alfred, son mari décédé – à qui je ressemblais. Je conclus en me tournant vers les pins :

— Je crois que Saint-Amant m'a dit la vérité : il était vraiment prêt à s'occuper de cette femme perdue et de l'enfant qu'elle portait – car elle était enceinte de moi !

Myriam eut un léger mouvement de surprise. J'ouvris les mains, comme en une parenthèse :

— Tu vois, je viens d'employer les mots «femme perdue» pour désigner Martha. Le fait d'avoir retrouvé mon père m'aide, je crois, à m'extirper du passé, à m'enraciner dans le présent.

Myriam semblait soulagée. Elle dit, posant ses doigts en une sorte de caresse sur le psoriasis qui recouvrait toujours la paume de ses mains :

— Vous parlez avec sagesse. Parfois une révélation, reçue au moment opportun, peut faire basculer, dans le bon sens du terme, une existence, et permettre de retrouver son identité. Vous vous étiez perdu très tôt, Jean. Il vous reste à vous engager dans le présent. Comment vous sentez-vous, dans votre corps, à l'instant même ?

— Euphorique. Je suis léger aussi, comme si j'allais m'envoler !

J'éclatai de rire et m'installai sur le petit tricycle qui se trouvait près de la fenêtre. Je pensais au garçon qui, dans le film *E.T.*, transporte son ami extraterrestre dans son panier de vélo. J'avais une envie folle de m'amuser, d'installer Myriam derrière moi et de m'envoler dans le ciel, jusqu'à New York.

— Tout n'est pas si simple, dit-elle. Vous croyez vous être délivré de Martha, mais elle est encore là, nichée en vous, accrochée aux parois de votre inconscient. Vous devez lui dire véritablement adieu.

Je me mis à rouler sur le tricycle, mes longues jambes repliées dépassant le guidon. Je fis deux fois le tour de la pièce, tandis que Myriam m'observait. Elle me demanda soudain de m'étendre sur le sofa. Je m'exécutai en riant.

— Calmez-vous, dit-elle. Fermez les yeux... Respirez profondément... Vous devez retourner en arrière pour la dernière fois.

— C'est vraiment important? demandai-je, les yeux fermés.

— Essentiel, Jean. Vous devez dire adieu à Martha.

Je souriais, le corps détendu. J'étais bien dans cet instant, j'avais envie de m'endormir sur le sofa, bercé par la voix de Myriam. Comme si elle avait deviné mon désir, elle me mit en garde : je ne devais pas m'endormir, je devais rester totalement éveillé.

— La blessure reliée à votre premier amour doit se cicatriser. Ainsi elle n'aura plus aucune influence sur votre présent. Respirez profondément, Jean... Retournez en arrière : vous venez d'avoir seize ans... Dites adieu à la femme-homme, comme vous l'appeliez alors.

Je respire profondément et je retourne de plein gré dans la maison de la femme-homme. La simple évocation de ce surnom me fait frisonner. J'ai la bouche sèche, soudainement, et les mains moites. Je reste dans cet état, je veux y descendre complètement, m'y vautrer avant d'en sortir à jamais. La femme-homme est là, tout près. Je regarde son visage, ses yeux, sa bouche, son corps, sa robe mauve, et l'odeur du feu de bois me monte aux narines. Elle parle. J'écoute sa voix basse, reposante. La musique de *Blue Tango* joue maintenant sur le phono. Les notes me rentrent dedans, me pénètrent jusqu'aux os. Je prends la femme-homme dans mes bras, son odeur de feu de bois est forte, mais j'aime ça, parce qu'elle vient d'elle, cette odeur, ça lui appartient, c'est cette odeur qui m'a envahi tout entier la première fois que je me suis uni à elle, la première fois que j'ai mis mon sexe en elle. Toute ma vie, j'ai voulu avoir une cheminée chez moi, regarder danser les flammes et sentir cette odeur qui me rend fou. Elle chante maintenant en se collant contre moi: j'écoute les mots «*Bluuuuuuuue Tangooooooooo*» et je sens ses seins ronds contre ma poitrine où le cœur me débat, je sens ses cuisses, son ventre chaud contre le mien, et je plaque gauchement, comme un gars de seize ans, mes lèvres sur les siennes. Ses lèvres à elle s'entrouvrent, sa langue rejoint la mienne, c'est trop, je ne savais pas que c'était ça, une femme, une telle puissance, une telle force et une telle douceur à la fois, je ne sais plus où je suis, qui je suis, je n'ai qu'une certitude: je suis vivant et c'est bon, terriblement bon. Meilleur que tous les *Cherry Blossom* de ce monde, que toutes les victoires au hockey, que tous les plongeons dans les chutes Dorwin. Ma main la tient doucement dans le dos. Alors, elle dit de sa voix qui fait dresser mon pénis: «Tiens-moi solidement, fermement, Jean.» Mon sexe est dur comme de la roche, il veut exploser, je me retiens, je dois terminer la danse. «*Bluuuuuuuue Tangoooooooooo*». L'accordéon m'emplit les oreilles, je danse avec la femme-homme, je ne porte plus à terre, je voudrais que ce moment-là dure toujours. Je ferme les yeux, je l'embrasse encore, je glisse ma main dans son corsage, c'est doux. «Vous êtes douce comme une rose, madame», que je lui dis. Elle rit, elle glisse par terre, mes mains se promènent partout sur son corps, sous sa robe de soie, elle guide ma main, c'est humide, chaud, c'est comme une forêt, un lac, une mer, un ciel, je suis dans le ciel et sur la terre à la fois, elle prends mon sexe et l'entre en elle, j'épouse son corps, elle souffle fort, elle gémit. «Retiens-toi, dit-elle, retiens-toi, Jean», je danse en elle, elle crie fort, cela sent le feu de bois, je meurs d'elle, je regarde son visage transfiguré, j'aime la femme-homme de tout mon être, elle est ma mère et mon père à la fois et tous les amis que je n'aurai jamais, et tous les pays que je ne visiterai jamais, elle est le début et la fin du monde. Je jouis, hors temps, avec elle, mon premier et seul grand amour. Puis il y a la césure, la brisure, le couteau dans la gorge, dans ma gorge à moi: elle est encore couchée par terre, mais elle ne bouge plus. Elle est morte. Je la regarde, je regarde son visage froid, ses yeux ouverts sur le vide, sa bouche figée, je la prends dans mes bras, dans mes bras d'homme de cinquante-six ans, je touche ce corps froid, ensan-glanté. Ma vie s'en va, je veux mourir moi aussi, me coucher à côté d'elle, sous la terre.

J'entends la voix de Myriam en écho:

— Restez vivant, Jean. C'est fini, la femme-homme est morte. Dites-lui adieu.

J'obéis et, allongé près de son cadavre, je laisse sortir toute ma peine, je la crie. Je lui dis vraiment adieu, comme jamais je ne l'ai fait auparavant. Je lui dis adieu et mon corps se tord, mes mains se pres-sent l'une contre l'autre.

Je ne sais pas combien de temps je restai ainsi. Soudain, j'entendis de nouveau la voix de Myriam:

— C'est terminé, Jean. Vous êtes ici, dans mon bureau.

J'avais le visage en larmes, mais j'étais bien. Je me mouchai et bus un peu d'eau.

Myriam parla :

— Avant que vous rencontriez Martha, vous aviez divinisé votre père, vous aviez besoin de le faire, afin d'exister à vos propres yeux et aux yeux des autres. Puis, vous avez connu cette femme, que vous avez divinisée aussi. Votre cœur s'est ouvert très grand, vous l'y avez fait entrer, et votre père mythique, le-pianiste-de-jazz-à-la-veste-d'aviateur, a pu aller se rhabiller : seule Martha existait. À sa mort, par amour pour William, vous êtes resté vivant, mais vous avez refusé le départ de cette femme. Toute votre vie, vous avez voulu désespérément la faire revivre à travers les femmes que vous avez eues dans votre lit. Cela ne sera plus le cas : le mythe a disparu, vous n'en avez plus besoin, vous avez fait le deuil de Martha. Jean Courtemanche est prêt à aimer une autre femme que Martha Lupien.

Myriam parlait, et je ne me lassais pas de la contempler, si belle dans son attention à moi, si belle assise en face de moi, là, tout près, dans le présent. Je me levai, m'approchai d'elle. À ma grande surprise et à ma grande joie, elle se laissa faire. Je pus embrasser ses paupières, son front, et même sa bouche, chaude, réconfortante. Je me disais que tout de Myriam restait à découvrir. Mais son corps se détacha rapidement du mien. Elle semblait regretter de s'être laissé toucher. J'attrapai sa main.

— Quand je serai guéri, m'aimeras-tu quand même, toi, la sauveuse d'hommes ?

— Oui, tu as raison : je suis une sauveuse d'hommes, c'est ma façon de survivre, de me sauver moi-même ; c'est ce qui a marqué ma vie. Ta guérison sera longue, ta blessure est profonde, mais le fantôme du passé ne te rattrapera plus, ajouta-t-elle, battant rapidement des paupières comme pour clore la confidence.

Elle venait de me tutoyer. Je tressaillis. Elle s'éloigna de moi et rejoignit son fauteuil. La consultation n'était pas terminée : pour chaque mot qu'elle allait maintenant prononcer, elle me demanda de dire, sans réfléchir, un autre mot qui me viendrait en tête. L'exercice exigeait une pleine concentration. M'asseyant à nouveau sur le tricycle, je m'exclamai que j'étais prêt, prêt à n'importe quoi, à vrai dire. Elle commença. Ses mots déclenchèrent chez moi des réponses vives, immédiates, sans aucune hésitation. À «oiseau», je rétorquai : «blessé» ; à «mère», «enfance» ; à «frère», «amour» ; à «femme», «Myriam» ; à «vagin», «ivresse» ; à «joie», «New York».

— Arrêtons-nous sur New York, dit-elle. Que ressentez-vous quand vous dites ce mot ?

— Je respire. J'entends la voix de mon père et je respire. Je voudrais qu'il me prenne dans ses bras, qu'il me berce, qu'il me chante des chansons.

Je me mis à chanter : *C'est la poulette gri-se / Qui pond dans l'égli-se / Elle va pondre un petit coco / Pour Jean-Jean qui va faire dodiche...* Les larmes venaient, je ne savais pas pourquoi, mais ça me faisait du bien. Je poursuivis la chanson jusqu'à la fin : *Elle va pondre un petit coco / Pour Jean-Jean qui va faire dodo / Do-diche do-doooo.* Je pleurais maintenant comme un enfant, assis sur le tricycle. Je me souvenais qu'à cinq ans ma mère m'avait acheté un tricycle, exactement comme celui-ci. Quelques jours plus tard, j'avais vu, assis sur son tricycle, un petit garçon du village se faire pousser par son père pour aller plus vite. Le père poussait sur le siège en courant derrière le petit garçon qui riait très fort. J'avais détourné la tête pour ne pas voir ça : j'avais mal en dedans. Le souvenir me revenait, très précis, comme si je venais de vivre la scène.

— J'aimerais que mon père me pousse, lançai-je à travers mes larmes.

Elle regarda l'horloge. Je sentis, à un léger frémissement d'un muscle de sa joue, qu'elle était peinée que la consultation fût déjà terminée. Elle se leva et me serra la main.

— Cela passe tellement vite parfois, murmura-t-elle.

— Je crois que je t'aime, Myriam, dis-je en tenant sa main, avant de la retourner pour en caresser doucement la paume craquelée.

— Vous m'aimez parce que je vous aide à vous retrouver. C'est un piège. J'ai été faible, tout à l'heure. Je m'en excuse.

— On ne s'excuse pas d'avoir été vrai.

— Faible, plutôt.

Je caressai sa main, puis, la tenant toujours entre les miennes, je dis que son maître, le grand Jung, avait aimé sa célèbre patiente, Sabina Spielrein, d'un amour passionné, extrêmement vivifiant, qui avait aidé Sabina à guérir. Myriam retira sa main et se mit à jouer nerveusement avec son alliance.

— La passion ne tient pas compte de la logique et de la raison, Jean. L'amour passion est aussi proche de la psychose qu'il est possible de l'être. Jung l'a d'ailleurs compris : il s'est senti coupable d'être devenu la victime de son propre désir, et il a quitté Sabina.

Elle marcha vers la porte. Je la suivis, disant que Jung avait rejeté ce qu'il y avait de meilleur en lui pour rester fidèle à une épouse qu'il n'aimait pas, mais qui était la mère de son enfant.

— Ça t'inspire ? demandai-je. Moi, je trouve ça absolument désolant.

Myriam s'arrêta devant la porte. Elle était devenue froide soudain, presque dure. Elle dit d'une voix à peine audible, comme si elle voulait se mettre elle-même en garde :

— L'amour passion peut devenir une folie, vous en savez quelque chose.

— Nous n'avons plus seize ans.

— Nous n'avons plus seize ans, mais nous ne sommes pas à l'abri de cette folie.

Elle poussa un soupir. J'entourai délicatement son visage, comme s'il se fût agi d'un objet précieux. Elle resta immobile quelques instants ; elle semblait lutter. Puis elle ouvrit la porte.

— À la semaine prochaine, Jean.

Elle me serra à nouveau la main, qu'elle garda quelques secondes entre les siennes.

Pour la première fois, je sortis du cabinet de la psychologue en souriant.

# 9

Central Park, New York. Les moineaux piaillaient. Deux hommes très grands marchaient lentement, bras dessus, bras dessous. L'un était voûté, l'autre pas. L'un avait les cheveux blancs, longs, clairsemés, lissés à l'arrière ; l'autre une épaisse chevelure poivre et sel retenue en queue de cheval. C'était John Wilson, mon père, et moi. Nous ne parlions pas, nous regardions droit devant nous. Nous nous étions retrouvés une heure plus tôt, chez lui, dans son pauvre nid de Bowery, au troisième étage d'un immeuble délabré. Le vieil homme m'avait reçu en me tendant sa large main tremblante. Ses yeux bruns délavés, tout petits, encore très vifs, et son sourire à moitié édenté mais chaleureux m'avaient plu tout de suite. J'étais encore plus tremblant que lui lorsqu'il m'avait dit, me faisant entrer dans son unique pièce exiguë et sombre : «*Come on in, Jjjean… Make yourself at home !*» Il m'avait fait asseoir dans son unique fauteuil, troué et souillé, tandis qu'il s'était installé sur une chaise, me fixant intensément, avant de murmurer, les larmes aux yeux, que je lui faisais penser à Pauline, ma mère. «*The same smile !*» Il avait hoché la tête, se mordant nerveusement la joue. Je lui avais alors annoncé qu'elle était morte d'un cancer dix ans plus tôt. Il avait rétorqué qu'elle était très belle à vingt ans, aussi belle que Sophia Loren. Je n'avais pas cru important de lui révéler qu'elle avait passé quarante ans de sa vie obèse, inactive, se contentant d'effectuer ses travaux ménagers et de regarder la télévision. Cependant, j'avais été content de lui dire que, jusqu'à sa mort, elle avait écouté les disques de jazz qu'il lui avait offerts durant les quelques mois où ils s'étaient fréquentés à Montréal – à cette époque, elle vivait à Rawdon, où elle travaillait à l'épicerie générale, mais elle se rendait à Montréal en autobus tous les samedis soirs pour danser à la Casa Loma; elle allait coucher avec John à son hôtel et terminait la nuit chez une tante qui habitait la ville. C'était grâce à l'audition de ces disques que j'avais moi-même commencé à m'intéresser au jazz. J'avais ajouté que c'étaient mes seuls souvenirs de lui. «*With your leather coat!*» avais-je ajouté, mais il n'avait pas relevé la remarque: il était trop ému pour parler. Il m'avait ensuite servi du thé dans une tasse ébréchée. Je n'avais jamais autant savouré une tasse de thé. Puis j'avais invité mon père à venir marcher un peu dans Central Park. Il avait accepté en riant. Un taxi nous y avait conduits.

Tenant son bras, je marchais à petits pas. Je ne cessais de penser: «Je suis avec mon père, à New York, je suis avec mon père, John Wilson, le pianiste de jazz!» Un chien passa tout près de nous. Il huma nos jambes. Sa maîtresse tira sur la laisse, et un bambin vint ramasser son ballon à nos pieds. John s'arrêta:

— *Do you have a wife, children, grandchildren?*
— *No, unfortunately, I don't.*

J'aurais aimé lui dire, oh combien j'aurais aimé dire à mon père, que j'avais des enfants et des petits-enfants, que chaque dimanche, mon épouse et moi les recevions à manger. Mais ce n'était pas le cas : j'étais célibataire, j'étais un homme à femmes, un dragueur quinquagénaire, un éternel adolescent fasciné depuis toujours par la beauté des femmes.

— *What about love?* demanda John, les sourcils froncés. *What about love, my boy?*

Je regardai au loin et me tus un moment. Je ne voulais pas épiloguer sur mes nombreuses histoires amoureuses et sur mes deux divorces : le vieux John penserait que son fils avait hérité de ses tares. Je ne croyais pas non plus utile de raconter mon tragique premier amour. Je me disais que j'avais déchiré la photo de Martha Lupien, que cette femme avait volé en éclats, que le passé était mort, que j'en avais fait le deuil. Aujourd'hui, je désirais vivre au présent, vivre ce parc illuminé par la présence de mon vieux *Dad* musicien qui venait de débarquer dans ma vie et à qui je voulais bien cependant parler de Myriam. Je dis :

— *I love my psychologist. She's great, Dad. I really love her.*

Je me tus. Je n'en dirais pas plus.

— *Be careful,* murmura-t-il, le visage soudainement grave. *It might be dangerous…*

Nous reprîmes notre marche en silence. Un jeune couple passa devant nous, enlacé. Suivant des yeux les corps qui marchaient au même rythme, John

175

répéta que je devais faire attention à ce type de relation. Puis, sans transition, il demanda :

— *What about music ?*

Je lui dis ma passion pour le jazz. Je lui dis aussi mon fantasme, depuis l'adolescence, de rencontrer mon père dans une boîte de jazz, de l'écouter jouer du piano, d'applaudir puis de m'approcher en lui tapant légèrement sur l'épaule. Il m'aurait reconnu tout de suite et m'aurait serré très fort dans ses bras.

— *You have a lot of imagination !* s'exclama John, les yeux roulant dans l'eau.

Il me tendit son lecteur CD :

— *Listen to that : Chet Baker. That's great, my son !*

J'installai les écouteurs sur mes oreilles. Le piano de Russ Freeman se fit entendre, bientôt rejoint par la trompette de Chet Baker. *Imagination* coulait dans mes oreilles comme si c'était la première fois que j'entendais ce célèbre morceau de jazz. J'écoutais attentivement, tenant toujours le bras de mon père et, en même temps, je le regardais suivre d'un balancement de tête le rythme de la musique, comme s'il avait, lui aussi, des écouteurs sur les oreilles. Je ne dirais pas au vieil homme que je connaissais et appréciais *Imagination* depuis longtemps : je voulais conserver intact le plaisir qu'il prenait à me faire découvrir cette pièce de son ami décédé.

Le morceau terminé, j'enlevai les écouteurs et me tournai vers mon père :

— *I would like to listen to you playing the piano.*

Le pianiste de jazz John Wilson hocha la tête de gauche à droite, pinça les lèvres et, montrant ses

176

mains aux doigts déformés par l'arthrite, murmura de sa voix grave :

— *I used to play* Imagination... *Keep it, my son. I give it to you.*

Profondément touché, j'acceptai le CD. Je dis, pour la première fois : « *Thank you, Dad.* » Et je pensai avec regret que je ne l'entendrais jamais jouer du piano ; il était arrivé trop tard dans ma vie. Je glissai le précieux CD dans ma poche. Je me dis que ce que je recevais maintenant n'était pas un objet, mais une présence qui impliquait le sentiment d'être accueilli, d'entrer en relation.

Nous prîmes place côte à côte sur un banc. Nous commençâmes à parler librement. Nos langues s'étaient déliées. J'étais à la fois excité et ému, comme délivré aussi. Une impression d'être enfin arrivé au port après une énorme tempête. Ma vie d'homme d'affaires et ma vie de séducteur s'estompaient, pour laisser place au petit Jean Courtemanche qui avait ressurgi. Je disais *Dad* souvent, j'aimais répéter le mot tendre qui sonnait bien dans ma bouche. John semblait apprécier ce *Dad* que je lui offrais en cadeau à toutes les deux minutes. Nous avions tant de choses à nous raconter encore. Je voulais tout connaître de la vie débridée de mon père-pianiste-de-jazz et ce dernier voulait tout connaître de la mienne, tout aussi débridée. John Wilson serait le bras de Jean Courtemanche. Notre amitié commençait. Je me disais que jamais je ne serais lancé en l'air puis rattrapé au dernier instant, que jamais je ne pourrais dire, dans un éclat de rire : « Encore ! Encore, papa ! »

Je devais en faire mon deuil. John Wilson, assis à mes côtés, n'avait pas été mon modèle, celui qui m'avait appris la vie. John Wilson ne m'avait jamais fait monter sur ses épaules, n'avait jamais joué au cheval avec moi; John Wilson ne m'avait jamais consolé, jamais encouragé ni grondé, jamais fait rire en me chatouillant; John Wilson ne m'avait jamais montré à fabriquer une fronde ou un arc, jamais montré à pédaler sur deux roues, à nager et à jouer au hockey, à conduire sa voiture, assis sur ses genoux; John Wilson ne s'était jamais rasé non plus devant moi, ne m'avait jamais montré comment nouer une cravate, planter un clou, pêcher ou monter une tente. Mais il était encore bien vivant, il avait toute sa tête, et le fréquenter était encore possible. Je le lui dis en anglais, et John approuva. Puis, comme s'il ne voulait pas mentir à son fils, ne pas lui donner une image dorée de la personne qu'il était, le vieil homme s'excusa, les larmes aux yeux, d'avoir été lâche, d'avoir disparu de ma vie en 1948. Je lui dis que je ne lui en voulais pas, mais que j'acceptais ses excuses.

Le soleil se coucha sur Central Park. Il dit que la tête lui tournait un peu, que c'était trop d'émotions pour son âge, qu'il voulait rentrer maintenant. Il expliqua que sa routine n'avait pas dérogé depuis vingt ans et suggéra une sieste, chez lui, dans le Bowery, là où il pourrait dormir tout son soûl. Durant ce temps, je pourrais regarder la tonne de photos qu'il affirmait posséder. J'étais ravi, je m'en délectais à l'avance.

Ce soir-là, je l'invitai à manger au *New Fouquet*, dans Manhattan; je voulais fêter en grande pompe notre rencontre. Nous ne la célébrâmes pas très longtemps : la journée avait exténué *Dad*, qui mangea en silence ses escargots à l'ail, son œuf poché et sa purée de carottes au gingembre, but trois gorgées de vin, puis annonça qu'il n'avait plus faim. Je suggérai un thé vert ou une camomille. *Dad* rétorqua, le plus sérieusement du monde, qu'il aurait aimé fumer un bon cigare de La Havane. Je lui expliquai en riant qu'on ne pouvait plus fumer dans les restaurants. « *That's pathetic*, s'insurgea-t-il, *I'll take a good coffee then.* » Lorsque je l'invitai ensuite à venir dormir à mon hôtel situé sur la Fift'Avenue, dans Manhattan, il refusa énergiquement, disant qu'il n'arriverait pas à dormir dans un cinq étoiles. Nous rîmes à gorge déployée. Il s'étouffa quelque peu, dit que son humour s'était endormi depuis plusieurs années et que ma présence l'avait réveillé. Il serra mon bras très fort en me regardant fixement, comme s'il eût voulu me photographier. Je le raccompagnai et revins dormir au quinzième étage de mon cinq étoiles. Je bus un *Jack Daniel* avant de me mettre au lit. Je m'endormis aux petites heures du matin, repassant en ma tête toutes les paroles que mon père avait dites, tous ses regards, tous ses rires, tous ses gestes. Je revis aussi en pensée les photos que j'avais regardées durant la sieste de *Dad*, surtout celle montrant un jeune pianiste fier et épanoui, le regard perçant, le cheveu noir lustré, la cigarette au bec, entouré de musiciens, dont Chet Baker, entouré aussi de jolies femmes aux robes sexy, collées tout contre lui.

William arriva à New York deux jours plus tard. Il avait voulu laisser au fils et au père le temps de s'apprivoiser un peu. Dès sa descente d'avion, il suggéra une visite à *Ground Zero. Dad* décida de nous accompagner sur le site. Il désirait absolument voir, lui aussi, les fameuses tours de lumière créées quelques années après la catastrophe du 11 septembre 2001. Nous nous arrêtâmes en silence devant ces *Hommages de lumière* qui éclairaient le ciel de New York, rappelant la destruction des tours jumelles du Wold Trade Center, tours gigantesques que William et moi avions visitées dans l'étonnement en 1998. Et nous nous approchâmes de la fosse grand ouverte, là où 2 700 personnes avaient été victimes de terroristes kamikazes, eux-mêmes victimes du fanatisme religieux. *Dad* s'exclama que Bush, devenu complètement crétin après le 11 septembre, et manipulé par Dick Cheney, était parti en guerre inutilement contre l'Irak. Serrant les poings, le vieil homme répéta que Saddam Hussein n'entretenait aucun rapport avec le réseau Al-Qaida, avant de conclure qu'il n'avait jamais voté pour Bush, «*this puppet!*» Tout près de nous, une photo entre les mains et les larmes aux yeux, une femme semblait réciter une prière, étrangère aux touristes qui l'entouraient, fixant la plaie béante, ce *Ground Zero* où un être cher avait sans doute péri en 2001. Je me dis que mon *Ground Zero* à moi, c'était mon âme : elle avait été longtemps aussi vide que cet immense trou mais, depuis l'entrée de John Wilson dans ma vie, de la verdure commençait à y pousser.

Quelques jours avant Noël, William reçut un courriel laconique, dans lequel Hugo se disait désolé de lui annoncer que les recherches commencées en vue de retrouver son père l'avaient conduit à un foyer d'hébergement pour vieillards à Guelph, en Ontario, là où, lui avait-on appris, un homme du nom de Claude Beaudet vivait, sans mémoire et sans parole, recroquevillé comme un fœtus. La nouvelle fut comme une douche froide pour William qui, me voyant vivre une lune de miel avec mon père, rêvait secrètement de retrouver le sien dans la même euphorie. Il décida quand même de se rendre à Guelph dès notre retour de New York. Il voulait le voir au moins une fois, disait-il, sentir sa main dans la sienne, sentir son âme, même s'il ne parlait pas.

Entre deux promenades avec *Dad*, nous fîmes tous les musées et galeries d'art de la Grosse Pomme. William prenait plaisir à méditer longuement devant chaque pièce précieuse, chaque tableau, chaque sculpture, chaque installation. Nous passâmes les trois derniers jours avant Noël dans un centre de méditation bouddhiste, le *Koan*, situé en plein cœur de Manhattan, en compagnie d'une cinquantaine de baby-boomers revenus de tout. Là, entre des murs peints en lilas et dans l'odeur de l'encens, nous apprîmes à bouger et à manger zen, selon les enseignements de Bhaktas Swami – de son vrai nom Henry Forsyth –, moine bouddhiste de race blanche, ex-producteur de disques, californien, recyclé dans la spiritualité et l'écriture de bouquins portant sur l'art de vivre en ne désirant rien. Henry Forsyth était drôle, brillant, serein. Il semblait honnête dans son désir de partager avec les autres un peu de la sagesse qu'il avait acquise auprès de son maître tibétain. Lors de la dernière conférence du colloque, Bhaktas Swami expliqua aux participants éblouis que le plus grand maître est la mort elle-même. En attendant ce moment ultime, Bhaktas Swami disait aspirer à l'illumination, c'est-à-dire à «la découverte du visage originel d'avant la naissance, celui-là même qu'a découvert Bouddha». J'appris que la véritable vision, c'est «quand il n'y a aucune vision, un vide dans lequel aucune image n'est même concevable».

Assis côte à côte sur un coussin posé par terre, les mains à plat sur les genoux, William et moi écoutâmes le moine parler longuement et avec éloquence, mais sans ostentation, d'une absence totale d'attachement. «Rien ne demeure, dit-il enfin d'une voix tranquille, les yeux rivés au-dessus de nos têtes comme si, déjà, il était dans une autre dimension. La jouissance des objets de plaisir garde l'humain prisonnier du monde de la matière, continua-t-il, pourtant rien ne subsiste, tout passe. Une telle absence d'attachement se compare à la sagesse pure et lucide de Bouddha; nous pouvons tous y avoir accès, car chaque être humain est Bouddha.» Les paroles du sage me ramenaient à mon attachement à la beauté de la femme: je me disais que j'y étais rivé comme la branche à l'arbre et qu'il me faudrait plus d'une vie pour m'en détacher! Bahktas Swami se leva enfin. Les assistants applaudirent discrètement, pour ne pas troubler l'atmosphère de paix qui régnait dans la salle. Je frottai mes jambes, devenues ankylosées à force d'avoir été pliées tout le temps de la conférence. William fit de même en souriant.

Le colloque auquel nous venions de participer était le dernier que Forsyth offrait en Occident. Je me sentais privilégié. Bientôt, le moine partirait au Soudan, «l'un des pays les plus pauvres de la planète, isolé par la communauté internationale pour avoir soutenu l'Irak dans son invasion du Koweït», nous rappela-t-il au cours du dernier repas que nous prîmes au *Koan*. Assis à notre table, Bahktas Swami annonça qu'avec la Relief International, une organisation humanitaire encore tolérée par le régime d'Omar el-Bechir, il allait vivre bientôt une expérience d'entraide dans un camp de réfugiés de la guerre du Darfour.

— Ceux qui désirent m'y accompagner, conclut-il en regardant William, sont les bienvenus. Il reste encore cinq places à combler.

Le regard du moine fut efficace: William me souffla qu'il était tenté de suivre Bhaktas Swami en Afrique.

— Je tourne en rond comme avocat et je n'ai pas d'enfant, dit-il entre deux bouchées de rouleau de printemps. Vivre une expérience d'abandon et de générosité m'attire. Toi aussi, tu pourrais venir au Soudan: cela te ferait du bien de quitter ta vie de vieux garçon égocentrique.

Piteux, la tête basse, j'expliquai que je commençais à peine à savoir qui j'étais.

— Laisse-moi le temps de me connaître un peu, laisse-moi le temps de connaître aussi mon père, dis-je d'un ton assuré.

William n'argumenta plus. Je savais très bien qu'il ne partirait pas au Soudan sans moi. Nous quittâmes le *Koan* en catimini et retournâmes à l'hôtel sans parler. William était visiblement très déçu de mon refus. Je dormis mal cette nuit-là, me culpabilisant d'avoir détourné mon frère de son désir de coopération humanitaire. Je rêvai que j'étouffais William et lui enlevais les yeux sans qu'il ne dise un mot. Je me réveillai angoissé. Je ne parlai pas du contenu de ce cauchemar à mon frère qui, cette même nuit, avait rêvé d'une sorte de tableau surréaliste dans lequel il était lui-même le sujet volant, immense papillon bleu et vert que j'avais épinglé sur un mur taché de sang.

Tel que prévu, Hugo nous rejoignit à New York la veille de Noël, des présents plein les bras. Il s'agissait de livres de spiritualité et de superbes dessins qu'il avait exécutés à l'encre de Chine, accompagnés de poèmes. Nous étions très émus de cette touchante attention. De son côté, *Dad* nous offrit des disques de sa vaste collection, sa seule richesse. Quant à moi, je les invitai tous les trois à venir passer quelques semaines avec moi, au printemps, dans ma villa en Corse. À cette nouvelle, Hugo me souleva de terre et me fit tourner dans les airs en criant que j'étais un homme de cœur fou à lier mais son père adoptif adoré.

C'est chez *Dad* que nous fêtâmes notre premier
Noël en famille. La trompette de Miles Davis jouait
sur l'excellent système de son que je venais d'offrir à
mon père, tandis que nous nous empiffrions de fruits
de mer, de fromage, de salades de toutes sortes, de
bon vin et de desserts «si cochons», disait Hugo,
qu'il en bavait de délectation. *Dad* riait en fumant les
cigares de La Havane que je lui avais offerts malgré ma
répulsion de le voir, à son âge avancé, avaler la fumée
destructrice. Les murs lézardés vibrèrent cette nuit-là
comme jamais ils ne l'avaient fait. À quatre heures
du matin, fourbus et un peu soûls, nous nous cou-
châmes, à l'instar de notre hôte, dans des sacs de
couchage posés sur des matelas pneumatiques, dans
le logis exigu du pianiste qui n'avait plus de piano
depuis des années, l'ayant vendu en 1980 pour pouvoir manger. *Dad* répéta plusieurs fois : «*You're so
original and so generous, my son !*» et se mit à ronfler.
J'étais bien, le temps s'était arrêté dans la splendeur
du non-désir, dans cette jouissance de l'instant, en
accord avec les sourires de *Dad*, du frère adoré et
du jeune philosophe qui avait permis que je retrouve
mon père à l'hiver de sa vie. Je quittai la réalité au son
des ronflements de *Dad*, le corps endolori, l'odeur
âcre du cigare dans les narines. Mais la joie m'inon-
dait, la lune de miel se poursuivait, tandis qu'une
souris dévorait les restes de fromage laissés sur le
comptoir. Au réveil, *Dad* nous servit des *scrambled
eggs*, les meilleurs de ma vie. Tout courbaturé, j'annonçai, emphatique, que le logis de *Dad* était un six
étoiles. *Dad* rigola. Ses rires me transportaient. Si
j'en avais eu le pouvoir, je l'aurais fait rajeunir, et

nous aurions fait du vélo ensemble jusqu'aux chutes Dorwin, à Rawdon.

Je passai l'hiver à faire la navette entre Montréal et New York, aussi peu soucieux de la bonne marche de mes affaires que de la santé des mouches. Je prenais l'avion comme d'autres prennent l'autobus, totalement absent de mon bureau, déléguant plus que jamais à mon assistant des tâches que celui-ci se montrait heureux d'accomplir. Tout allait bien : je me disais qu'une bonne fée devait veiller sur moi. J'achetai même, les doigts dans le nez, un autre immeuble-appartements, cette fois dans les Laurentides, à Saint-Sauveur, au pied des pentes de ski. Je poursuivais aussi ma thérapie, arpentant les sentiers de mon inconscient, guidé par Myriam Taillefer, que je regardais dans les yeux tout le temps que durait la consultation. J'avais délaissé la fenêtre et les pins gigantesques pour le regard de cette femme que je vénérais comme une sainte vierge brillante et de bon conseil, mais intouchable. C'est moi qui avais décidé qu'elle n'écrirait plus dans son bloc-notes, et elle avait accepté en souriant. Elle semblait même apprécier ce mode d'écoute. Je parlais en la regardant droit dans les yeux, toujours dans les yeux, sans faillir à ce devoir plutôt suave. Je parlais de ma vie passée, de toutes mes histoires amoureuses, de mes lectures, de mes voyages, de mes erreurs, de mes petites gloires, je riais, je pleurais, parfois je m'agenouillais aux pieds de Myriam, son regard toujours logé dans le mien. Je lui répétais que ma libido était comme engourdie, que je ne savais pas si un jour elle allait se déchaîner à nouveau. Je reposais mon corps et mon cœur, je lui disais que j'attendais celle qui serait ma dernière compagne, celle qui me fermerait les yeux. Myriam souriait, croisant et recroisant ses longues jambes, tout en caressant les paumes toujours aussi crevassées de ses mains. Myriam était ma *soul keeper*, comme disait Jung. Je croyais qu'avec elle j'apprendrais à respirer et à m'aimer.

Je sortais très peu le soir. J'avais laissé tomber le *Nocturne* et le *Continental* pour mon loft, où je cuisinais en écoutant du jazz avant de me plonger dans *Le livre tibétain de la vie et de la mort*, de Sogyal Rinpoché, puis de me mettre au lit. Tout tournait autour de mes séjours à New York et de mes rencontres avec ma psy. Je m'attachais de plus en plus à elle sans lui en souffler mot. Mais je racontais tout à William au téléphone. Il m'écoutait attentivement, heureux et envieux à la fois de me voir si paisible, si détendu, comblé par la présence de Myriam et de mon père. William avait manqué le bateau avec le sien : atteint de la maladie d'Alzheimer, Claude Beaudet était mort quelques jours avant sa venue à Guelph. William avait pu cependant entrer en contact avec l'une des sœurs de Claude Beaudet, Édith, qui l'avait reçu froidement dans sa vaste demeure décorée de photos de famille, sortant, au compte-gouttes, quelques renseignements sur la vie de son frère Claude, batteur de jazz dans les bars pendant trente ans et père d'un garçon, Andrew, qui vivait à Toronto avec son épouse et leurs trois enfants. Édith avait presque sommé William de ne tenter par aucun moyen d'entrer en contact avec Andrew : «Ce serait trop pour son cœur !» avait-elle dit en refermant la porte de sa demeure. Amer et triste, William avait rapporté quelques photos de Claude Beaudet, et les avait fait agrandir et encadrer. À la mi-avril, il s'était enfin décidé à quitter Solange, qui avait tout fait pour le retenir. Les cheveux nouvellement teints en roux, maquillée et parfumée, un string de dentelle entre les fesses, elle avait dansé pour lui une dernière fois, s'était allongée à ses pieds, implorant son pardon, les yeux boursouflés d'avoir trop pleuré. Elle était prête, disait-elle, à le suivre à Montréal, à changer de vie, à devenir douce, gentille, calme, sereine, à se convertir au végétarisme pour lui plaire. «Ne me quitte pas, laisse-moi devenir l'ombre de ton ombre» : elle récitait les paroles de la chanson de Brel en pleurant toutes les larmes de son corps reconstitué. William était resté stoïque. Le visage impassible, il avait fait ses bagages, n'emportant que deux valises de vêtements, mais un camion entier de livres et de tableaux. Solange l'avait regardé vider les bibliothèques et dégarnir les murs en s'arrachant les cheveux. «Dis-moi ce qu'il faut que je fasse pour que ton amour revienne !» criait-elle en le suivant pas à pas, jusqu'à ce que le camion de déménagement se garât en face de leur demeure luxueuse de la Grande-Allée, à Québec. «Je ne t'ai jamais aimée», lui avait-il dit alors. Solange s'était transformée en vipère. Lui secouant les épaules et lui postillonnant dans la figure, elle avait vociféré des menaces : «Je pourrais te demander une si grosse pension que tu devrais quêter pour vivre!» Mais William était parti quand même. Nous remisâmes ses livres et ses tableaux en lieu sûr, en attendant de nous trouver une grande maison non loin de Montréal. Deux semaines seulement après l'arrivée de William chez moi, le lamento de Solange prit fin: elle lui annonçait au téléphone qu'elle avait un nouvel amant extraordinaire – Bernard Laprise, avocat au criminel –, qui lui faisait l'amour comme un dieu. Elle ajouta qu'elle acceptait que le divorce soit prononcé, exigeant cependant une pension exorbitante. Mon frère ne s'était pas battu, se disant que c'était le prix à payer pour sa liberté.

Les quelques semaines que William et moi passâmes à Montréal, avant notre départ pour des vacances en Corse, furent agréables. Nous sortions peu, vivant en une sorte de cocon familial. Nous faisions du vélo et parlions durant des heures, heureux de «reprendre le temps perdu», disait il. Fin avril, je voulus convaincre mon père de venir habiter à Montréal, mais il refusa, expliquant qu'il était très attaché à New York. Je réussis toutefois à le faire changer de quartier après lui avoir déniché un grand studio dans Manhattan, sur la 59e rue, non loin de Central Park. Tandis que j'ouvrais la porte de son nouveau *home* luxueusement meublé, *Dad* répétait: «*I can't believe it! I can't believe it!*» C'était sa nouvelle réalité, une réalité qui lui mettait des étoiles dans les yeux. Quelques jours après son arrivée dans Manhattan, il supplia son vieil ami Charly de venir aménager chez lui. J'appris la nouvelle en arrivant au studio : «*Charly is living here now*», dit-il simplement. J'éclatai de rire : mon père avait du culot, et cela me réjouissait. Charly me serra la main, et je vis, dans son regard, qu'il me remerciait profondément. Je compris alors que la seule personne avec laquelle mon père s'était lié depuis trente ans était ce Noir jovial, ex-pianiste, ex-drogué, comme lui. Son grand ami.

# 10

*Dad* était prêt, il avait sa casquette sur la tête, sa grosse valise brune à la main, et une sorte de peur logée au fond des yeux. Sur le trottoir, fragile dans sa chemise délavée et son pantalon de velours côtelé trop grand pour lui, il attendait le taxi qui nous conduirait à l'aéroport John F. Kennedy. William avait voulu porter sa valise, Hugo, sa sacoche, mais le vieil homme s'était écrié : « *I can do it myself.* »

Ce voyage en Corse avait été planifié dans les moindres détails. Tout doucement, au fil des mois, j'avais préparé mon père à l'idée de prendre l'avion. Cela n'avait pas été facile ; *Dad* n'avait jamais utilisé ce moyen de transport, une énorme phobie. Il n'avait jamais quitté l'Amérique du Nord et voyageait toujours en train ou en autobus. Le seul fait d'évoquer le mot « avion » accélérait ses battements de cœur, disait-il, mais je n'avais pas lâché prise, continuant de lui vanter l'idée de partir en mai avec William, Hugo et moi, pour deux semaines idylliques en Corse, là où les blessures de la vie, lui disais-je, se dissolvaient dans l'eau turquoise et translucide de la Méditéranée. Je lui avais fait écouter le *paghjella*, ces chants polyphoniques corses si troublants mêlant trois ou quatre voix d'hommes, je lui avais dit aussi que la contemplation de cette île, surtout si on la visite avant la saison touristique, procure au visiteur un goût d'éternité. C'était d'ailleurs pour ce goût d'éternité que j'avais acheté et rénové il y avait vingt ans, à Sant'Antonino, une superbe demeure du XII<sup>e</sup> siècle construite en pierres de schiste et ayant appartenu à une famille de la noblesse toscane, même si j'avais alors le choix d'opter pour des coins du monde plus exotiques, comme les îles Seychelles dans l'océan Indien, lesquelles faisaient craquer William. Moi, j'étais tombé amoureux de la Corse, et cet amour ne s'était pas altéré d'un iota. Chaque fois que je mettais les pieds sur l'île, je me disais que j'étais enfin arrivé au port. Un port odorant, paisible et joyeux à la fois, où, me semblait-il, il n'y avait pas de place pour cette mélancolie insidieuse qui se collait souvent à moi lorsque je débarquais dans d'autres parties du monde. La Corse, c'était pour moi une mère aimante, protectrice et rieuse, une mère qui me laissait ma liberté aussi, tout en m'inspirant de folles idées de création, comme celle d'écrire un thriller – je m'y attelais, chaque printemps, depuis des années. Dès mon arrivée au port de Calvi, je louais une voiture décapotable et je roulais en sifflant vers Sant'Antonino et ma villa bien-aimée, que j'avais baptisée *Symphonie*, celle dont je ne me lassais jamais, celle qui me mettait des papillons dans l'estomac chaque fois que je l'apercevais entourée d'oliviers, de pins parasols et d'amandiers. Ce bijou précieux était niché à 490 mètres d'altitude, sur un piton rocheux qui domine la plaine alentour et la mer au loin. Durant quatre, cinq, parfois six semaines, je vivais entre ciel et mer, me régalant de fromage *broccio*, de pâtes farcies au *prisuttu*, d'aubergines à la *parmeghane*, de terrine de sanglier, de poivrons grillés à l'huile d'olive extraite et pressée dans le village même, de confiture de figue, de vin de myrte, et de ce miel, cet incroyable miel d'une pureté absolue. Je faisais de la plongée dans des eaux claires et j'abreuvais mon regard de la beauté violente, sauvage de ces fonds sous-marins. Ces abysses riches en coraux, en vastes prairies de plantes vertes appelées posidonies, vieilles de 100 millions d'années, là où évoluent des centaines d'espèces de poissons, devenaient pour moi le plus beau des paradis. Je me promenais aussi en montagne, enviant la vie tranquille des bergers, et j'assistais, frissonnant d'émotion, à de troublants concerts de chants polyphoniques. La Corse était un havre dans ma vie de fou. «Qui a vu la Corse ne l'oubliera jamais», avais-je dit à mon père. Et je lui avais montré d'époustouflantes photos de l'*île de Beauté,* prises par des reporters-photographes de la revue *Géo*, photos qui allaient enfin décider *Dad* à me suivre en Corse.

Mais mon père allait-il aimer l'*île de Beauté*? Allait-il dire, comme moi: «Ici, on se sent comme aux premiers jours de l'humanité?» Et surtout, allait-il pouvoir accepter de vivre le quotidien en compagnie de trois hommes, lui habitué à la seule présence de son vieux Charly?

Le trajet New York - Nice se passa plutôt bien. *Dad* but un verre de vin, mangea peu et s'endormit immédiatement après. L'escale à l'aéroport de Nice fut cependant désastreuse : il me répétait qu'il regrettait d'avoir quitté New York ; il ne fallait pas, maugréait-il, déloger un vieux poisson de son aquarium, il risquait d'en mourir. Ses habitudes étaient si incrustées en lui qu'il était maintenant totalement déstabilisé, au bord de la panique. William et Hugo tentaient vainement de le calmer et de le distraire en l'invitant à raconter des anecdotes de son passé tumultueux de musicien, mais *Dad* ne mordait pas à l'hameçon.

Lorsque, de Nice, nous prîmes enfin le NGV (navire à grande vitesse) qui relie cette ville à Calvi, il se mit à sourire. Il avait toujours rêvé, disait-il, de naviguer. Son père, qui avait été capitaine de bateau durant la guerre de 1914-1918, avait mis une aura autour du métier de marin. Le petit John avait grandi avec l'idée qu'être marin était le plus beau métier du monde, une véritable vocation, qu'il fallait presque avoir été choisi par Dieu pour bien l'accomplir. Hélas, John n'avait jamais navigué. Et lui, qui habitait depuis toujours à quelques kilomètres de l'océan Atlantique, n'avait vu la mer toute nue – sans les laideurs du port achalandé de New York, disait-il – que deux fois, très rapidement, dans la trentaine, lors de ses visites chez Chet Baker, à Los Angeles. Aujourd'hui il la contemplait, le visage illuminé. Sa joie était grande de pouvoir le faire à bord d'un superbe paquebot, en compagnie de son fils. Il répétait : «*It's gorgeous !*», il jouissait de tout son être, accoudé au bastingage, le visage baigné par les embruns. À mon grand étonnement, il ne souffrait pas du mal de mer, contrairement à moi qui, dès que je naviguais pendant plus d'une heure, étais pris d'une forte nausée.

Mais le vent se leva soudain, et nous dûmes quitter le pont pour nous asseoir à l'intérieur du bateau. *Dad* était devenu très loquace, prenant plaisir à converser avec William et Hugo. De mon côté, silencieux comme une carpe, je gardais mon corps vissé à mon siège, puisque le moindre mouvement me faisait dégobiller. Trois heures s'écoulèrent ainsi. Puis le bateau s'approcha de l'île que les Grecs appelaient *kallistê*, c'est-à-dire la plus belle. Et le miracle, auquel je ne m'habituerais jamais, s'amorça: d'abord une condensation bleutée apparut, où se dessinaient peu à peu les lignes brisées des reliefs de la Corse, toujours plus élevés, toujours plus spectaculaires que dans mon souvenir, et enfin, la puissante silhouette de granit et de calcaire, sculptée par le vent et les vagues, colorée d'ocre, de rose et de doré, se dressa dans le soir couchant, fabuleuse au-dessus des nuages. *Dad* avait la bouche ouverte, et sa main tremblait sur mon bras. Oubliant mon mal de mer, je bondis de mon siège. «Il faut vite monter sur le pont assister au miracle!» dis-je. Mon père, Hugo et William me suivirent, excités comme des enfants.

Accoudé au bastingage, *Dad* semblait émerveillé devant les puissants massifs flanqués de pentes, creusés de vallées, tranchés de gorges profondes et hérissés de collines couvertes de la végétation du maquis. William et moi les connaissions tous. Du doigt, j'indiquai quelques géants: «Le mont Padro...

le mont Artica... et le plus haut, mon préféré, le mont Cinto – 2 706 mètres ! Pourtant, cette île ne mesure que 183 kilomètres de long sur 85 de large ! » Je parlais presque tout bas, je murmurais afin de ne pas déranger les rares voyageurs – la saison touristique n'était pas encore commencée –, dont certains, caméra en main, mitraillaient l'apparition.

Au-dessus des tourbillons d'écume qui rugissaient à leurs pieds apparurent bientôt les tours de guet en roche volcanique rouge foncé mêlée de cristaux blancs, les donjons de granit rose, les citadelles de calcaire, les rochers taillés en cavernes par les vents, les villages agrippés à la roche nue, les chemins en belvédère sur la mer et les plages de sable blanc. Un silence se fit. Trop de beauté remue jusqu'au tréfonds de l'âme. Le port de Calvi et sa citadelle se dessinèrent bientôt dans l'orangé du soleil couchant. Nous étions arrivés.

Nous mîmes pied à terre et, avant que *Dad* s'écroulât, je louai une voiture afin que nous puissions nous rendre au plus vite à Sant' Antonino. Dès qu'il se fût installé sur la banquette arrière, *Dad* s'endormit jusqu'à l'arrivée, quinze minutes plus tard. Tout le monde était fourbu mais affamé. J'entraînai mes invités au *I Scalini*, coquet restaurant niché tout en haut de Sant' Antonino. Nous y savourâmes des brochettes d'agneau au miel et au cumin et des pâtes aux herbes du maquis, accompagnées d'un vin de clémentine, avant de nous sucrer le bec de figues fondant sur la langue. *Dad* était muet, perdu, mais il mangeait avidement. Empruntant des chemins en lacet, je conduisis ensuite mes passagers à la villa dont le nom, *Symphonie*, inscrit en lettres dorées sur une plaque bleue et illuminé de minuscules lumières, brillait doucement dans la nuit.

— Bientôt, dit Hugo en élevant les bras en un geste hiératique, ta vie sera comme une symphonie, Jean.

— Et la mienne, salopard? lâcha William, qui aidait *Dad* à sortir de la voiture.

— La tienne aussi, bien sûr! rétorqua Hugo.

Heureux comme des gamins d'être là, tous les quatre, réunis pour des vacances au bord de la mer, nous entrâmes dans la villa. Je fis la distribution des chambres. Celle que j'offris à mon père était dotée d'un grand lit recouvert d'une couette au motif représentant *La nuit étoilée* de Van Gogh. «Wow!» s'exclama *Dad*, avant de se coucher immédiatement, tout habillé.

## 11

Les cigales font entendre leurs stridulations dans le petit matin corse. Il fait déjà très chaud. *Dad* et moi déjeunons sur la véranda. Bien réveillé, souriant, *Dad* m'annonce qu'il est prêt à aller saluer la mer. Comme William et Hugo dorment encore, je laisse un mot aux fainéants leur disant que nous sommes à la plage et que je viendrai les chercher à onze heures pour pique-niquer tous ensemble de victuailles que j'achèterai en allant les chercher.

Nous roulons vers Algajola, paisible station balnéaire dotée d'une longue plage de sable blanc. Assis à mes côtés dans la décapotable louée, *Dad* sourit, les cheveux au vent. Durant le cours trajet, je fais encore l'apologie de la Corse. Il écoute, attentif. Une fois arrivés, *Dad* sort de la voiture le premier et reste là, comme s'il ne pouvait plus avancer, fixant l'étendue turquoise, les yeux plissés. Il a oublié sa casquette; il n'a rien pour se protéger les yeux du soleil, intense ce matin. Je lui offre mes lunettes fumées, que le vieil homme installe sur son nez fin. Il est toujours immobilisé près de la voiture. Il regarde. Il prend dans ses yeux le bleu infini, le bleu des vagues, la lumière qui éclabousse tout, une lumière enivrante qui étourdit. Pourtant, c'est le même soleil qu'à New York, le même soleil qui chauffait son corps d'enfant quand il jouait, lui petit immigré irlandais, dans les rues de Brooklyn, avec les petits immigrés noirs et portoricains.

— *It's like a dream*, dit-il.

Je fais oui de la tête et le prends par le bras.

— *Come on, Dad.*

Nous marchons dans le sable blanc. J'installe la chaise longue et le parasol. Il reste planté là, debout face à la mer. Il n'enlève pas ses vêtements ni ses chaussures. Il a perdu momentanément ses réflexes, envoûté par la mer, la grande séductrice. Je regarde aussi et chavire comme chaque fois que j'arrive ici. J'enlève mes vêtements et mes sandales. Mon corps blanc s'offre au soleil et mes jambes me transportent jusqu'à la mer. Je me retourne. *Dad* est toujours debout, très digne, jambes écartées, scrutant les vagues. C'est sa première visite à la mer. Et elle le frappe de plein fouet dans toute sa magnificence. Alors je l'imagine en train de jouer du piano sur cette plage de sable blanc, dans la quatre-vingt-troisième année de sa vie, en présence du fils qu'il vient de connaître. Je refuse de voir le temps qui a passé sur lui. Je refuse de dire que jamais je ne l'entendrai jouer du piano. Oui, mon père jouera du piano en Corse. Je marche dans les vagues. Je respire. Je me dis que rien n'est impossible à l'homme, même à quatre-vingt-trois ans. Je me souviens d'avoir vu au Japon un vieillard danser. Ses membres tremblaient un peu, mais il dansait la vie, il parlait si fort avec son corps que j'en avais tremblé moi aussi, comme je me dis que je tremblerai pas plus tard que cette semaine, lorsque John Wilson posera ses longs doigts déformés par l'arthrite sur les notes du piano. J'en ai la certitude.

Pour l'instant, le vieillard délace ses chaussures. Les lunettes tombent de son nez. Il ne les ramasse pas tout de suite, occupé qu'il est à se déshabiller. Il apparaît en caleçon troué, remonté plus haut que le nombril. Son long corps blanc, recouvert de poils tout aussi blancs, laisse voir une charpente encore solide, sans gras. Il porte sur la poitrine une petite croix en or, et, sur l'avant-bras gauche, le tatouage d'un bateau à voile. Il entre dans l'eau et vient vers moi. Il s'approche tout près. On dirait un enfant intimidé ou apeuré par la présence d'un étranger; la mer lui en impose, l'effraye presque, il est redevenu un bambin qui découvre la mer. Il touche mon bras et dit: «*It's terrific! Thank you, Jjean!*» Mon cœur se gonfle d'émotion. Je reste à ses côtés, de l'eau jusqu'aux cuisses, savourant l'instant. Le pianiste mythique est à mes côtés dans la mer. Le pianiste à la veste brune d'aviateur n'est plus assis sur sa moto, quittant Pauline enceinte de lui, il est juste à côté de moi. J'ai cinquante-sept ans aujourd'hui. Mon père ne le sait pas, bien entendu. Alors, je le lui dis:

— *Dad, it's my birthday, I am fifty-seven years old today.*

— *Happy birthday, Jjean!* répond-il en écho.

C'est la première fois que mon père me souhaite bon anniversaire, ce «bon anniversaire» que j'ai entendu si souvent prononcé par ma mère et mon frère, et plus tard par mes amoureuses. Je lui demande de répéter les souhaits, j'ai besoin de l'entendre prononcer les mots en français. Je lui en montre la prononciation en articulant très lentement chaque syllabe : «Bon an-ni-ver-sai-re!» John répète : «Bon an-ni-ver-sai-re!» Je le prends par le bras, nous nous avançons un peu plus loin dans les vagues. Cette fois, nous avons de l'eau jusqu'à la taille. Lorsque je me mets à nager, *Dad* reste debout, m'observant en souriant. Puis il se met à nager, lui aussi. Comme il n'y a pas de marée en Corse, la mer est presque toujours calme, sauf, bien sûr, au cours des tempêtes. Le vieillard nage donc en toute quiétude, ses minces cheveux blancs collés sur son crâne, les yeux plissés et la bouche ouverte. J'aime le voir prendre du bon temps dans cette eau limpide, lumineuse sous le soleil. Mais il ne nage pas longtemps, il revient près du rivage, où il marche, l'eau courant sur ses orteils. Cela est suffisant pour lui. Je m'éloigne à la brasse vers le large, heureux, totalement heureux, ne désirant rien.

Nous restons longtemps dans l'eau, lui à marcher, moi à nager. Lorsque nous en sortons, la faim nous tenaille l'estomac. Tandis que *Dad* s'allonge dans la chaise longue, je pars cueillir William et Hugo à la villa. À l'instant où je monte dans la voiture, *Dad* secoue énergiquement sa grande main au-dessus de sa tête en signe d'affection. À mon tour, je lève la mienne et l'agite longuement. Ce geste me renvoie à mon adolescence durant laquelle j'ai si souvent envié les autres garçons qui, en sortant de la voiture de leur père venu les reconduire à la patinoire, recevaient la salutation de la grande main, qui signifiait : « Je t'aime, tu es mon fils, je suis fier de toi, à bientôt ! » Je les regardais, amer, se saluer joyeusement avant que la voiture redémarre. La grande main que les pères agitaient en direction de leur fils me faisait mal, car elle voulait aussi dire : « Nous sommes liés à vie, je te protège, même de loin, rien de mal ne peut t'arriver, passe un bel après-midi. » Moi, jamais mon père ne m'avait reconduit à la patinoire, jamais il ne m'avait envoyé la main. Je marchais de la maison à la patinoire, les patins et le bâton de hockey sur l'épaule. Je rentrais dans la cabane et enfilais mes patins en silence, une boule au fond de la gorge, tandis que les autres garçons riaient en se lançant des boutades. Mes farces à moi n'arrivaient jamais à décoller : je sentais que les autres faisaient partie d'une sorte de confrérie de gars « normaux » de laquelle j'étais irrémédiablement exclu. Aujourd'hui, à cinquante-sept ans, mon père m'envoie la main.

Le pique-nique sur la plage fut hilarant, entre une farce à saveur sexuelle que Hugo lançait dans un piètre anglais – afin que *Dad* puisse participer à la conversation, nous avions décidé de parler anglais – et une pensée philosophique de William, qui se disait inspiré par la mer. *Dad* riait beaucoup, s'essuyant constamment les yeux. Au dessert, Hugo, qui zieutait tous les hommes qui se baladaient sur la plage, annonça qu'il souhaitait rencontrer un Corse solide et intelligent, berger de préférence. Il s'imaginait, disait-il, les yeux levés au ciel, en train de s'unir avec un bel homme aux épaules larges dans une cabane de berger, au son des bêlements des moutons et dans l'odeur des plantes du maquis.

— *What do you think about that, Johnny ?* demanda-t-il.

*Dad* éclata de rire si fort que les rares touristes qui se prélassaient non loin du groupe sur la plage se retournèrent.

Soudain, une idée lumineuse me traversa l'esprit. Tandis que mes trois compères riaient comme des fous, je me levai et je dis que je m'absentais pour quelques minutes. *Dad* quitta sa chaise longue en même temps : il désirait marcher un peu afin de digérer. Hugo lui prit le bras et l'accompagna gentiment. J'en profitai pour souffler à William que je m'en allais retrouver mon bon ami Constantino, qui habitait à dix minutes de la plage.

— J'ai terriblement envie de faire une surprise à *Dad*, dis-je, tout excité.

— Ne perds pas les pédales parce que tu as rencontré ton père, me sermonna William. Laisse-le s'acclimater à l'endroit, ne le surprends pas trop avec tes excentricités dont il n'a rien à foutre.

— Éteignoir ! Tu verras que ce que j'apporte à *Dad* n'est pas une excentricité. Cela a été son pain quotidien pendant des années. On est en Corse, William. Avec MON PÈRE ! Te rends-tu compte ? Réalises-tu ce que ça veut dire pour moi ? Le réalises-tu ? Laisse la peur au fond de la cave, pour une fois !

— Attention à l'euphorie. C'est une tornade qui peut te dévaster.

Cette remarque me renvoyait encore en arrière, cette fois à l'époque où je m'étais amouraché de Martha. William m'avait alors mis en garde : « Cette femme est dangereuse, il va t'arriver malheur. »

Constantino me reçut à bras ouverts. Il demanda, le front plissé :

— Heidi n'est pas avec toi ? Tu l'as oubliée à Porto-Vecchio ?

— Porto-Vecchio est bien loin maintenant...

Dans son regard, je vis qu'il avait compris : Heidi, ma quatre centième blonde, ne faisait déjà plus partie de ma vie. Mi-figue, mi-raisin, j'expliquai qu'elle m'avait accompagné à Montréal, puis qu'elle était repartie en Allemagne...

— Là où elle pourra dénicher un homme qui saura l'aimer, ajoutai-je.

— Je vois : tu ne changes pas.

— Tu te trompes, Constantino, je me dirige petit à petit vers la fidélité.

Constantino ferma un œil, avança les lèvres :

— Toi, fidèle ? Les poules auront des dents avant !

— Non, je me soigne... avec une psychologue pas piquée des vers.

Constantino éclata de rire, servit un client avant de revenir à moi, se frottant les mains sur son tablier.

— Répète ce que tu viens de dire, Jean, pour que je rigole encore !

— Je suis en thérapie, mon vieux. Et j'ai rencontré mon père, que je n'avais jamais vu. Pianiste de jazz. Quatre-vingt-trois ans. Avec toute sa tête.

Constantino ne riait plus. Il me scruta, l'air inquiet.

— Écoute, dit-il, je ferme à cinq heures. On ira prendre un pot ensemble?

— Pas le temps aujourd'hui, mon père m'attend sur la plage. Mais j'ai un service à te demander: je voudrais t'emprunter ton piano.

— Quoi?

— Ton piano. C'est une surprise que je veux faire à mon père. Tu comprends, il n'a pas joué de piano depuis vingt ans... Et moi, je ne l'ai jamais entendu jouer. J'aimerais l'entendre. Ce serait, ce serait...

Constantino vit mon émotion et comprit. Il dit, m'entourant les épaules:

— Laisse-moi le temps d'organiser tout ça. Mon piano n'a pas été accordé depuis des lustres... Tu le voudrais pour quand?

— Demain.

— Je vais voir si Mariotti peut l'accorder.

— Merci, tu es un frère. Je te laisse les sous pour l'accordement et le transport. Tu as besoin de combien?

— Je te l'offre, vieux fou.

— Arrête! Tiens, prends ça.

Constantino prit l'argent que j'avais déposé sur le comptoir et me le fourra dans les poches.

— Un cadeau, c'est un cadeau. Je t'apporterai le piano, accordé, dans ton salon, d'ici deux jours.

Il installa sur la porte de la pâtisserie un carton où était inscrit le mot FERMÉ. Ouvrant les bras, il demanda, un immense sourire aux lèvres:

— Un calvados ?

— Pas le temps, je te l'ai dit, nous le prendrons quand tu viendras porter le piano.

— Allez, allez, juste un petit verre…

— Ne me tente pas, je t'en prie.

Je m'apprêtais à sortir lorsque Constantino lança :

— En fait, mon cher Jean, c'est à la Corse que tu as été le plus fidèle ! Tu y reviens chaque année, avec, presque chaque fois, une nouvelle compagne… Combien en as-tu eu, en fait ?

— Arrête, je vais me tourner en ridicule !

— J'insiste : combien ? Bon, je vais te poser la question autrement : avec qui es-tu venu ici plus de deux années consécutives ?

J'acceptai de jouer le jeu – après tout, Constantino me prêtait son piano ! – et je commençai l'énumération :

— Hélène, ma première épouse, m'a accompagné ici trois fois. Josée, ma deuxième, deux fois, Nathalie, deux fois également. Quant aux autres, elles ont eu le bonheur de fouler l'*île de Beauté* au moins une fois. Certaines n'y sont pas venues du tout car, les ayant rencontrées en hiver, je n'avais pu étirer la passion jusqu'en mai ou en septembre, époques, tu le sais, où je lève habituellement les voiles vers la Corse.

— Tu n'as pas eu d'enfant, finalement.

— Non, hélas.

— Il n'est jamais trop tard pour bien faire.

Je levai les sourcils en signe d'impuissance, lui rappelai que je venais d'avoir cinquante-sept ans. Il me voyait, ridé, tremblant et appuyé sur une canne, reconduisant mon enfant à l'école ? Non, il était trop tard, je ne serais jamais père.

— Bach a eu des enfants passé la soixantaine…

— Ouais...

— Bon anniversaire, Jean !

Constantino sortit le calvados, nous trinquâmes à notre amitié indéfectible, j'avalai le liquide doré d'un trait et courus rejoindre les autres.

Je les regarde de loin. Je ne veux pas les approcher tout de suite : ils semblent si heureux tous les trois, à trois âges différents de la vie, marchant en silence sur la grève. De temps en temps, Hugo se penche pour ramasser un coquillage, qu'il prend délicatement entre ses mains pour mieux l'observer sous toutes les coutures, avant de le rejeter. La distance se creuse momentanément entre Hugo et les autres, mais il les rejoint en deux enjambées. Le trio s'éloigne petit à petit, pour ne devenir que trois points au loin. Je m'allonge sur le sable. Je ferme les yeux et, tout en me laissant bercer par le bruit des vagues, paresseuses cet après-midi, je commence mes exercices de respiration. Tout s'estompe, *Dad*, William, Hugo, le piano, mon petit moi, je n'entends plus que le chant calmant, guérisseur.

Ce soir-là, nous décidons d'aller écouter un concert de chants polyphoniques dans un sanctuaire situé non loin de Pigna. *Dad* s'est fait beau ; il a revêtu un habit tout blanc : c'est Charly qui lui a prêté son costume de fête – « *You may meet a beautiful woman in Corsica !* » lui a-t-il dit avant qu'il parte. Assis à mes côtés dans la voiture, *Dad* babille maintenant comme un enfant heureux. Hugo et William sont assis à l'arrière, silencieux, le laissant exprimer sa joie.

Sur la route qui mène de Sant' Antonino à Pigna, le blanc sanctuaire de Lazio, dont le crépi vétuste n'enlève rien à sa splendeur baroque, apparaît dans le soleil couchant. Il abrite, ce soir, quelques touristes désireux de se tremper dans la magie des chants polyphoniques. Ce n'est pas encore la haute saison, et une cinquantaine de personnes seulement assistera au concert *a cappella* donné par le groupe Tavagna. Nous prenons place au centre de la nef. À ma gauche, Hugo et William contemplent, émerveillés, le sol marqueté de marbres polychromes et les pièces d'or roman qui ornent le sanctuaire. À ma droite, un *Dad* sérieux. Dans le chœur, en demi-cercle, une quinzaine d'hommes, le dos droit, les bras détendus, attendent, immobiles, le signal du maître de chant. Soudain, une main se pose sur une oreille, une première bouche s'ouvre, une voix puissante en jaillit, donnant le ton : « *Salvi, salvi settemmmm…* », rejointe par une autre, plus rocailleuse, plus basse : « *…emmmmmbre* ». Les deux voix s'unissent dans leur diversité pendant quelques secondes, et une troisième, plus aiguë mais tout aussi puissante, s'insère. Les voix troublantes se répondent, se chevauchent, puis toutes les autres se glissent à leur tour, se fondant dans une harmonie totale. Un frisson me parcourt. Ce mystérieux *Salvi settembre*, dont je ne comprends pas un mot, me remue chaque fois que je l'entends. Hugo a les yeux rivés au visage du Corse d'une trentaine d'années qui a engagé le chant. Fier, énergique, son faciès aux lignes très pures s'accorde à merveille avec son corps, qui semble musclé sous la chemise noire ajustée. Hugo est déjà possédé, happé par le visage du chanteur qui exprime avec sa voix toute la tristesse et la magnificence du monde.

À la fin de ce *Salvi settembre*, personne n'applaudit. On n'applaudit pas quand c'est trop beau. «*Libe-raaaaaaa me*», entonne maintenant la voix du jeune Corse, toujours aussi droit, aussi fier, aussi sauvage. Je sais que, déjà, mon père n'est plus de ce monde; il touche à la musique des anges, celle qu'il entend, la nuit, lorsqu'il dort. Il écoute tellement que sa bouche s'ouvre d'elle-même. Ses mains croisées sur son ventre ne bougent pas. Ses genoux s'écartent doucement, son corps se repose. Il rêve. William ne bouge pas, lui non plus. Il écoute, les bras croisés, le visage extrêmement concentré, la complainte aussi puissante, aussi bouleversante que la mort. Soudaine-ment, je n'ai plus peur: la vie reprend ses droits dans la splendeur de ce moment aussi guérisseur que la mer l'a été pour moi cet après-midi. Je m'étonne d'apprécier autant les chants polyphoniques, que j'ai pourtant écoutés maintes fois. Peut-être suis-je prêt aujourd'hui à mieux les entendre: mes oreilles se sont ouvertes, dirait-on, tous mes sens semblent délivrés depuis ma rencontre avec mon *Dad*.

C'est la fin du concert. Les applaudissements fusent. Un rappel, deux rappels, trois rappels, on ne veut plus partir. Puis, c'est le lâcher prise: les spec-tateurs, éblouis, se dispersent. Hugo se dirige vers le chœur, il va directement vers l'ange. L'ange lui sourit. Hugo le félicite, lui serre la main. Les deux jeunes hommes échangent quelques paroles. William murmure à mon oreille : «Hugo a rencontré son Waterloo!»

Pâle, nerveux comme un adolescent amoureux, Hugo ramène l'ange vers nous. «Je vous présente Félicien», dit-il, les yeux brillants. Félicien nous regarde l'un après l'autre, puis nous salue. À cet instant précis, je crois bien qu'Hugo s'est trompé : ce jeune chanteur n'est pas plus homosexuel qu'Hugo n'est pape! Jamais le refuge de berger ne sera visité, jamais Hugo ne serrera ce Corse dans ses bras. J'ai du flair pour ces choses-là, je me trompe rarement.

On commence à se serrer les mains lorsque la sonnerie du cellulaire de Félicien se fait entendre. Il prend la communication et dit de sa voix aux sonorités chantantes : «J'arrive… Oui... Deux boîtes, je n'oublierai pas... À tout de suite, ma chérie!»

Ce «ma chérie» est comme une douche froide sur Hugo. Tout le scénario qu'il a échafaudé durant le concert vient de s'écrouler. Pour se donner une contenance et fuir au plus vite, il demande où sont les toilettes. Félicien répond qu'il doit y aller aussi ; il va les lui montrer. Hugo esquisse un pauvre sourire et le suit.

C'est en riant que nous nous dirigeons tous les cinq vers les cabinets. Seul Hugo ne rit pas : le «ma chérie» doit lui marteler le crâne. Chacun entre dans un cabinet. Hugo et Félicien optent pour les urinoirs. D'où je me trouve, je peux entendre ce que disent les jeunes hommes. J'entends d'abord Félicien demander d'une voix feutrée :

— On va prendre un verre ?

C'est inespéré : Hugo répond très vite qu'il accepte, mais qu'il n'a pas de voiture à sa disposition, puisque nous devons rentrer tout de suite à Sant' Antonino. Félicien réplique qu'il le raccompagnera à la fin de la soirée. Il ajoute :

— Je te dépose au bar de la citadelle de Calvi – c'est superbe, tu vas voir, le bar est juché au-dessus de la mer ! –, je fais la commission pour ma femme et je te retrouve.

Je sors du cabinet. Hugo s'approche.

— Je vais prendre un verre avec Félicien, dit-il. Il va me reconduire ensuite à Sant' Antonino.

Et il s'envole avec sa nouvelle flamme, le sourire fendu jusqu'aux oreilles.

Dans la voiture qui nous ramène, *Dad* baragouine : «*A new love story ! Great !*» avant de s'endormir profondément, la tête posée sur l'épaule de William.

Aux petites heures du matin, un bruit de portière me réveilla. J'entendis ensuite, dans le ronronnement du moteur, une voix rauque et tendre qui disait dans la nuit, non loin de ma fenêtre : «Ciao, Hugo... Je t'appelle demain.» En écho, rauque, émue, celle de notre Hugo répondit : «Ciao, Félicien.» M'étais-je trompé ? Félicien devait aussi aimer les garçons !

Hugo frappa à ma porte :

— Dors-tu ?

— Oui ! Mais entre, Roméo !

212

Assis sur le rebord du lit, il raconta sa soirée. J'écoutai ses révélations comme un père attentif. J'appris que Félicien avait une épouse, mais qu'il était secrètement attiré par les hommes depuis toujours. Dès les premières minutes de leur face-à-face, dans le chœur de la cathédrale où le concert venait d'avoir lieu, le rayonnement, la force intérieure et l'énergie de Hugo avaient ébranlé ses résistances. Le reste s'était déroulé comme dans un rêve. Dans le bar de la citadelle de Calvi, les deux jeunes hommes avaient parlé un peu, puis étaient allés s'asseoir au bord de la mer. L'émotion qui les habitait les terrifiait. Surtout Félicien, qui n'avait, disait-il, jamais vécu pareille attirance. «Ton visage est fascinant, angélique et diabolique à la fois, attirant comme la lumière pour les papillons de nuit.» C'était les mots qu'il avait employés pour décrire ce qu'il ressentait. Hugo me les récitait, tout excité. Il raconta encore que Félicien lui avait dit qu'il avait l'impression de voir la mer pour la première fois, lui pourtant né à Calvi, à deux pas de cette Méditerranée familière. Le chanteur avait ajouté, comme s'il récitait un poème – et Hugo semblait ressentir une vive émotion à en répéter les mots exacts : «Tu es comme le vent d'hiver qui mord, qui emporte tout sur son passage, qui peut même détruire. J'ai peur, car j'ai une femme que j'aime.» Doria, celle qu'il avait épousée cinq ans plus tôt et de qui il avait eu deux petites filles, l'attendait dans leur maison, à Calvi, tout près du lieu où Félicien et Hugo étaient assis en cette nuit magique. Mais ils ne s'étaient pas touchés, précisait Hugo, que regardés.

213

Et, dans la splendeur tragique des premières roses qui embaumaient le port de Calvi, dans l'odeur salée du varech rejeté sur le rivage par la mer, ils avaient plongé, tête baissée, dans l'aventure qu'ils acceptaient de plein gré, de vivre.

Intrigué, immobile, Hugo semblait maintenant attendre mes commentaires. Je me taisais, secoué par ses révélations. Je pensais à Doria et aux deux petites filles de Félicien. Je murmurai enfin, amer :

— Pour le meilleur et pour le pire !

Hugo me fixait, attendant que je lui dise le fond de ma pensée. Mes véritables commentaires ne tardèrent pas.

— Tu n'as pas le droit de briser cette famille pour une histoire de cul ! dis-je enfin.

— Ce n'est pas une histoire de cul. Tu crois peut-être que les gays ne vivent que des histoires de cul ? Qu'ils sont incapables d'aimer ? Que seule leur queue les dirige ? C'est ça que tu veux dire ?

— Je trouve simplement que tu ne penses qu'à ton petit moi ému par la beauté de ce gars, par sa voix qui t'a fait chavirer dans ce sanctuaire corse. Tu oublies la réalité de Félicien. Si j'avais su que les chants polyphoniques t'auraient à ce point fait perdre la tête, jamais je ne t'aurais amené au concert.

— Papa s'énerve, devient plus catholique que le pape.

— Je ne suis pas à l'aise avec les coups de foudre qui brisent les familles, c'est tout... Pourquoi aller chercher un gars marié qui aime sa femme, alors que la planète regorge de gars libres ?

— Thèse qui mérite réflexion, ironisa Hugo. Je vais dormir là-dessus.

Hugo quitta la chambre. Dans l'encadrement de la porte, il ajouta, sans doute pour couper le climat tendu qui venait de s'installer, que Félicien avait suggéré, pour le lendemain, une visite dans un lieu mystérieux situé dans la région du Niolo, au centre de la Corse, un pic de montagne troué d'une arche ouverte sur des chaînes rocheuses, un chef-d'œuvre naturel exceptionnel : le Capo Tafonato.

— On s'y rend en empruntant le sentier GR20, précisa-t-il. William et toi pourriez venir avec nous. Qu'est-ce que tu en dis ?

Il scruta mon visage. Je répondis que je connaissais le site. Je lançai, le regard complice, qu'ils pouvaient y aller en amoureux. Puis je lui demandai de m'excuser pour mon ingérence dans ses affaires de cœur. Hugo revint vers moi, me donna une tape sur la joue et quitta la chambre le sourire aux lèvres. Je me rendormis en me questionnant sur mon attitude envers lui. Entamer une relation avec une personne mariée, je l'avais moi-même fait plusieurs fois. Que se passait-il donc ? M'étais-je transformé à ce point ? La morale était-elle devenue mon livre de chevet ? Ou bien étais-je jaloux du bonheur de Hugo ?

# 12

*Dad* n'est pas sur la véranda, comme la plupart des matins à pareille heure. Il n'est pas non plus dans sa chambre à faire son lit, ni dans la salle de bain à prendre sa douche, ni dans la cuisine en train de boire son café. Je cherche mon père comme on cherche un vieux chat qui aurait subitement disparu, je me hasarde dans des coins improbables, à l'extérieur de la maison, aux alentours des amandiers et des oliviers, et plus loin encore, à la limite du terrain, là où les roses et les fleurs de jasmin attirent les oiseaux-mouches. Mais *Dad* n'est nulle part. Une évidence impossible à nier. Disparu? Sûrement pas. Il doit se promener dans le sentier qui conduit à la mer à travers le maquis. J'entreprends d'aller à sa recherche. Après quelques minutes de marche, l'inquiétude s'empare de moi: et si *Dad* s'était mis dans la tête de se rendre, seul, à la plage d'Algajola? À son âge, il lui faudra bien deux bonnes heures. Aura-t-il pensé à apporter de l'eau, de quoi manger? Des images de bandits corses ricochent dans ma tête. Je me mets à courir.

Soudain, je l'aperçois qui marche lentement, sa casquette bien installée sur la tête, un petit sac sur son dos voûté. Essoufflé, je demande:

— *Where are you going, Dad?*

Il garde un long silence. Il semble agacé.

— *Nowhere, I'm just walking*, répond-il enfin sans arrêter son pas.

— *Have you eaten?*

— *Yes, don't worry, I'm fine.*

Je marche quelques minutes à ses côtés, lui faisant remarquer que nous avons prévu pour aujourd'hui une croisière à Bonifacio, ville située à l'extrême sud de l'île, juste en face de la Sardaigne. Comme il ne réagit pas, je tente de le séduire : Bonifacio, c'est une splendeur. Perchée à quatre-vingts mètres au-dessus des tourbillons d'écume, l'éclatante falaise de calcaire entaillée de grottes mystérieuses et de criques sauvages a même été décrite par Homère dans son *Odyssée*. L'archipel d'îles qui baignent tout près et qu'on appelle les Lavezzi sont tout ce qui reste de la langue de terre qui reliait jadis la Corse à la Sardaigne. On peut les voir de près, y accoster même. Je m'exclame :

— *Unbelievable, Dad! Don't you want to see that?*

Mais l'homme n'écoute pas. Il regarde droit devant lui, comme un gamin las de subir les exhortations d'un parent qui veut lui faire accepter une excursion. Je me tais, continuant de marcher à ses côtés. Quelques minutes s'écoulent dans les mille bruits d'insectes, les chants d'oiseaux et les bêlements lointains de moutons, puis j'ouvre la bouche pour aborder cette fois un autre sujet, plus intéressant, me semble-t-il, pour mon père : les révolutionnaires corses. Il lève la main en signe d'agacement. Je lui

218

demande s'il préfère être seul. Il ne répond pas, mais sourit. Je baisse les bras. Et je reste là, sans bouger. *Dad* continue sa route. Cependant, je crains de laisser le vieillard seul sur ce chemin désert. Je décide de le suivre de loin, sans qu'il ne s'en aperçoive. Auparavant, toutefois, je veux savoir s'il a de l'eau et de quoi manger dans son sac. *Dad* répond par un vague signe de la tête. Je reste là à le regarder s'éloigner à petits pas. Mon père me désarme, et j'aime être désarmé par lui. J'aime être à l'écoute de ses moindres besoins, je ne le brusque jamais, je le laisse décider, comme on fait avec un enfant gâté. Mais lorsqu'il est à cinq mètres de moi, je me remets en marche derrière lui. Nous marchons comme cela pendant une vingtaine de minutes. L'endurance du vieillard m'étonne. Je ris tout seul et j'ai faim, terriblement faim. Faim de nourriture et faim de sexe. Je me console en me disant que la nourriture viendra dans une heure environ. En arrivant à Algajola, je mangerai tout de suite des œufs à la coque, des brioches au miel, des figues juteuses, tout cela accompagné d'un café au lait, mon premier de la journée, toujours si délicieux – une habitude qui ne me lâche pas malgré les remontrances de Hugo, qui veut m'initier au «thé vert anticancéreux». Quant à la faim de sexe, elle est plus difficile à satisfaire, maintenant que j'ai décidé d'attendre que le cœur de Myriam s'ouvre à moi. Jean Courtemanche est décidé à ne rien forcer, à être patient, à ne plus batifoler, décidé à être patient comme un vieux religieux.

Mes longues jambes, que j'entraîne quotidiennement à Montréal, se lassent de trottiner derrière
le vieillard. Je change donc de tempo et, oubliant la
demande de mon père, je me retrouve soudain tout
près de lui. Il sent ma présence et se retourne. Je
souris. Arrêtant son pas, il dit, essoufflé :

— *You are afraid, my son. You think that I'm going to
die if you leave me alone. Don't worry. Be confident.*

Hochant la tête, je réponds :

— *OK, Dad, I'm going back home.*

Oui, je serai confiant, je le laisserai vraiment seul
sur ce chemin, je n'interviendrai pas dans son destin.
Je risque quand même une dernière question :

— *At what time do you want me to get you to the beach,
Dad?*

Il éclate de rire et m'explique que je dois vraiment le laisser se débrouiller seul. Voilà quatre-vingt-
trois ans qu'il vit, mais il n'a jamais eu la chance de
marcher, seul, dans un sentier sauvage qui mène à la
mer. Aujourd'hui, il a ce bonheur ; il veut en profiter
pleinement. Aura-t-il soif, chaud, sera-t-il fatigué ?
Sans doute. Sûrement. Et puis après ? Que se passera-
t-il s'il n'arrive plus à marcher ? Si son cœur cesse de
battre ? Il mourra, tout simplement.

— *Dying is not so sad, you know, it's just a stage of life*,
dit-il, s'épongeant le front et le cou.

Je lui demande s'il croit à la vie après la mort.
Il répond qu'il n'en sait rien, qu'il ne se pose pas la
question, que cela n'a pas d'importance. À quinze
ans toutefois, les questions existentielles le préoc-
cupaient. On lui avait dit qu'il y avait un paradis, un
purgatoire et un enfer. Aujourd'hui, en cette belle fin

de mai, en ce matin lumineux, il croit, oui il croit que l'âme ne meurt pas.

— *Be a nice boy, Jjjean*, ajoute-t-il, *and leave me alone. Completely alone, OK?*

Je le regarde une dernière fois, si beau dans cette matinée, si puissant et si faible à la fois, jambes écartées, mains sur le sac à dos, avec sa tête qui tremble légèrement et ses yeux noirs délavés qui pénètrent les miens, si beau dans son obstination à vouloir se rendre seul à la mer. Je m'approche et le prends dans mes bras. «*I love you, Dad.*» Son corps est chaud, humide. J'ai envie de lui dire d'enlever son coupe-vent, envie aussi de vérifier le contenu de son sac, mais je me retiens et repars en sens inverse.

Je cours vers la villa. Je mange une bouchée, je prends des vivres, de l'eau et une serviette, et je roule à toute vitesse vers la plage d'Algajola, où je gare ma voiture. De là, je me dirige au pas de course vers le sentier pédestre où je trouve mon père assis par terre, une main sur la poitrine, en train de reprendre son souffle. Je m'assieds à ses côtés, le fais boire, l'aide à enlever sa chemise, lui mouille lentement le visage et le torse, lui offre des figues qu'il mange goulûment. Il avoue, d'une traite, qu'il n'a pas apporté assez d'eau, qu'il a mal évalué la distance entre la villa et la plage, qu'il a une tête dure, très dure, qu'il aurait dû s'habiller plus légèrement, qu'il est un con de la pire espèce et qu'il est navré de m'avoir inquiété. Il ajoute, touchant mon bras, qu'il veut retourner à NewYork: ses habitudes ont été bousculées, et ce n'est pas bon pour son cœur.

221

Je fais un effort pour garder mon calme et lui dis que son cœur se porterait très bien s'il le ménageait. En Corse comme à New York. Mais il hoche la tête de droite à gauche plusieurs fois, m'assurant qu'il doit retourner à ses habitudes. Et puis, il s'ennuie déjà de son vieux copain Charly, laissé tout seul dans l'appartement à Manhattan. Il ferme les yeux et soupire. Il semble épuisé, incapable de marcher. Je le prends sur mon dos et l'amène à la voiture, où il s'affale sur la banquette arrière. Il est inutile de lui demander s'il souhaite aller à la mer. Le vieillard ne désire plus qu'un chose : retourner à New York et à ses habitudes. Il le répète, alors que je conduis, enragé, m'en voulant de ne pas l'avoir forcé à rebrousser chemin une heure plus tôt. Il me faut me rendre à l'évidence : mon père ne s'amuse déjà plus en Corse. Bien entendu, l'excursion prévue ce jour-là à Bonifacio n'aura pas lieu.

Dès notre arrivée à la villa, il se dirige vers sa chambre, la tête basse. Je jette un coup d'œil au jardin : assis sous un amandier, Hugo lit en attendant la venue de Félicien. De son côté, William cueille des roses sauvages, attentif aux chants d'oiseaux, vivant son moment zen du midi, instant de grâce qui semble le combler totalement. Je les rejoins, la mine déconfite.

— Où étiez-vous passés ? demande William.

— Une longue histoire. Disons, en résumé, que, primo, *Dad* voulait se rendre seul jusqu'à la mer en passant par le sentier, mais qu'il a flanché, à moitié mort ; secundo, qu'il veut retourner à New York.

Mon job consiste maintenant à le dissuader de prendre l'avion. Pas facile. Priez pour moi!

Je me rends à la chambre de *Dad*. Blafard, les mains plus tremblantes que jamais, il est occupé à faire sa valise. Je touche son bras, lui dis doucement qu'il n'a pas à avoir honte de ce qui vient de se passer. Il me regarde d'abord silencieusement puis, s'asseyant sur le lit, il marmonne qu'il nous dérange tous, que sa présence ici n'est pas de tout repos : nous devons avoir bien d'autres choses à faire, juge-t-il, que de s'occuper d'un vieux grincheux. Il dit enfin que ce voyage le fatigue beaucoup et que partir est la bonne solution.

Je m'assieds à ses côtés et lui entoure les épaules. Je le regarde dans les yeux, lui explique que sa présence auprès de moi, ici, en Corse, m'est extrêmement bénéfique, je peux le jurer. Voilà plus de vingt ans que je viens sur cette île, c'est ici que je suis le plus heureux, c'est ici que je respire le mieux. Mais c'est la première fois que j'y amène mon père. Sa présence ajoute à ma joie.

John pince les lèvres. Il dit qu'il a besoin de solitude. Je suis son fils retrouvé, mais (il hésite avant de le dire) il n'est pas attaché à moi. Alors que Charly, avec qui il a tissé des liens pendant cinquante ans, est tout ce qu'il a au monde. Charly lui manque. Beaucoup. Il veut retourner à New York. C'est dit. Cela blesse mon cœur, comme si, une seconde fois, il partait sur sa moto loin de moi, comme s'il me rejetait une fois de plus. Je murmure : «*I understand, Dad.*» Mais c'est faux : je ne comprends pas, je ne comprends rien du tout, j'ai plutôt mal au cœur. Je domine cependant la tristesse qui s'abat sur moi comme une chape de plomb et lui rappelle tranquillement que nous ne sommes ici que pour trois semaines. Trois semaines de sa vie auprès de son fils, est-il capable de prendre ça, de laisser couler le temps tout doucement, de ne rien forcer, d'accepter cette séparation d'avec son vieux copain Charly ? Les retrouvailles n'en seront que meilleures : tout ce qu'il aura à lui raconter au retour, les conversations, les musiques, les odeurs, les couchers de soleil, la mer, tout ça à emprisonner dans sa mémoire et sur pellicule pour lui !

Mon père hoche la tête de haut en bas, comme pour se convaincre de rester en Corse. Il sait que le moment est décisif. Alors, il se passe quelque chose d'étrange : il enlève les vêtements qu'il a déjà placés dans sa valise et murmure : « *I am selfish, like a little boy. Excuse me. Excuse me.* »

Je lui suggère de faire un somme. À son réveil, s'il le souhaite, il pourra rester seul, ici, tandis que William et moi irons à la plage. Je mets à sa disposition mon appareil photo ; il pourra faire des photos des environs ou ne rien faire du tout et écouter son jazz. « *I'm sorry* », répète le vieillard, tandis que je ferme la porte de la chambre.

Félicien arrive au même instant. Hugo, un sourire béat sur les lèvres, court vers la voiture rouge. Il s'y engouffre, fragile, comme le sont tous les amoureux à l'ébauche de leur histoire. Le jeune Corse se penche vers lui et l'embrasse. Je regarde la scène comme s'il s'agissait d'un film. Je sais que les prochaines séquences seront lumineuses, mais qu'elles se termineront à la fin du court métrage, à moins d'un miracle.

William s'approche avec les serviettes. Son visage rayonne. «Tu es prêt? Enfin seuls tous les deux! murmure-t-il, jetant un coup d'œil en direction de la chambre de *Dad*. Je ne te cache pas que la présence constante du vieillard à nos côtés commence à m'énerver...»

Sa réflexion me laisse perplexe, mais je ne la commente pas. William ne semble pas trop apprécier la présence de *Dad*. C'est son droit, mais j'aurais préféré qu'il soit content de me voir heureux, content de voir son frère vivre une sorte de lune de miel avec son vieux père retrouvé.

Nous revînmes de la plage à la tombée du jour. Les cigales s'égosillaient encore dans les oliviers tandis que nous descendions de la voiture en sifflant. Notre excursion avait été superbe. Nous avions marché longtemps en silence sur la grève, puis nous nous étions endormis dans les chaises longues. Un bonheur tranquille. William l'avait dit à son réveil: jamais il n'avait ressenti une telle paix. Ce n'était pas la première fois que nous prenions nos vacances ensemble en Corse, mais c'était la première fois qu'il savait qu'il n'avait pas à retrouver Solange au retour, puisqu'il vivait maintenant chez moi. Cela le rendait joyeux, extraordinairement détendu. Il ne cessait de blaguer, de parler encore et encore.

Derrière nous, un camion freina. Le piano! Le piano arrivait. Quel synchronisme! Tout sourire, Constantino ouvrit la porte du camion et deux déménageurs costauds en sortirent, équipés de courroies pour transporter l'instrument jusqu'au salon sans le faire souffrir et sans trop se faire souffrir eux-mêmes. William parut surpris:

— Tu l'as fait! s'exclama-t-il, une moue sur les lèvres.

Sa réaction me désarçonna. Ma sérénité se troublait soudainement. Je répliquai dare-dare:

— Oui, je l'ai fait. Je ne comprends toujours pas pourquoi tu es contre cette idée.

— Le piano ne fera pas de miracle, Jean. Tu n'as pas eu de père et tu n'en auras jamais. Accepte-le. John Wilson, que tu appelles bien naïvement *Dad*, n'est que le fantôme du père que tu aurais dû avoir.

— Je t'en prie, ne gâche pas ma joie, William.

Il se gratta la tête.

— Désolé. Tu me connais: les surprises ne me font pas bander. Elles me font plutôt fuir.

Non, le cynisme de mon frère n'allait pas gâcher ma joie. Je respirai profondément et me tournai plutôt vers la scène qui s'offrait à moi. Je regardai les trois hommes transporter le magnifique piano à queue, et une image de mon passé ressurgit dans ma mémoire. Je me revis, à la table de la cuisine, à Rawdon, écoutant ma mère me parler de John Wilson, le pianiste de jazz enfui sur sa moto. Je revis son regard illuminé tandis qu'elle disait: «C'était un excellent pianiste, ton père. Ses doigts étaient longs, souples. Quand il jouait, j'oubliais tout, j'aurais pu le suivre n'importe où s'il me l'avait demandé... Je t'ai gardé dans mon ventre pour conserver, toute ma vie, une image de lui. »

Les déménageurs déposèrent le piano à l'entrée du salon. Constantino demanda :

— Où veux-tu qu'on le place ?

— Là, près de la fenêtre.

J'étais excité par la vue de l'imposant instrument qui allait bientôt vibrer sous les doigts de mon père ; du moins, je l'espérais. Une porte de chambre s'ouvrit. *Dad* en sortit, les yeux écarquillés. Il resta là, immobile, étonné, face au piano laqué noir qui brillait sous les derniers rayons du soleil couchant. Il avait tout compris. Le piano, c'était pour lui.

Je fis les présentations. M'approchant de *Dad*, je dis :

— *Constantino Bianci, my friend... John Wilson, my father.*

Les deux hommes se serrèrent la main chaleureusement. Constantino sentait que le moment était solennel.

— Je vous laisse à votre joie, fit-il. J'ai du travail à la pâtisserie. Garde le piano le temps qu'il faut.

— Merci, tu es un véritable ami.

Constantino et les déménageurs quittèrent la maison. Pendant quelques secondes, personne ne bougea. Puis John s'approcha du piano. Il y posa délicatement les doigts, comme s'il touchait aux pétales d'une rose. On sentait le fin connaisseur. « *Jesus, what a rich sonorousness !* » dit-il à mi-voix, comme pour lui-même. Il s'assit, regarda ses doigts déformés par l'arthrite. Je ne bougeais toujours pas, profondément attentif, fasciné.

Le miracle va-t-il se produire? *Dad* se frotte les jointures, écarte les doigts, les fait bouger longuement du mieux qu'il peut en une sorte de gymnastique qui se veut réparatrice, ajuste le siège du piano et se lance, comme un ancien joueur de hockey qui, à quatre-vingt-trois ans, saute sur la patinoire pour impressionner son petit-fils. L'ex-pianiste de jazz désire prendre corps dans un salon illuminé par le soleil couchant de la Corse, sous le regard de son fils, et plaquer pour lui d'habiles accords, mais l'arthrite a fait son œuvre: ses doigts ont des ratés et ne réussissent qu'à faire entendre de faibles sons. Les quelques notes que j'entends s'infiltrent quand même en moi par la porte du cœur, détachées du temps, semblant jaillir de l'âme même de mon père, dont les doigts déformés veulent, pour un moment, tricher avec la maladie. Soudain, la voix du vieil homme se fait entendre. S'il ne peut jouer, il va pallier en chantant. Ses doigts effleurant à peine les notes, il chante: «*In my solituuuude, you haunt meeee / With memoriiies of days gone byyy…*» C'est puissant et fragile à la fois. On dirait la mer déchaînée pour la première strophe et un ruisseau qui murmure pour la seconde. Les sons rocailleux sortent facilement de sa bouche grande ouverte. Il est seul avec lui-même, seul avec les mots qu'il semble savourer de tout son être et qui m'éclaboussent agréablement. Les longs doigts ramassés en boules sautillent maintenant sur les notes du clavier sans émettre de son, tandis que son pied droit rythme la mélodie. Je ferme les yeux, et un miracle se produit : il me semble que j'entends distinctement une magnifique musique jouée au piano par John Wilson, accompagné par un virtuose de la trompette, Chet Baker lui-même. Je suis au *Haig Club*, à Los Angeles, et c'est mon père qui remplace Russ Freeman au piano, ce soir. La chanson terminée, *Dad* enchaîne avec une autre : « *You don't knooow what love iiis / Until you've learned the meeeaning of a blues / Until you've loved the looove you've had to loose...* » C'est inespéré. Je me dis qu'il va s'arrêter, s'étonner lui-même, puis s'excuser d'avoir chanté aussi longtemps. Mais non, John Wilson semble ensorcelé, pris dans un tourbillon duquel il ne peut s'extirper. Je n'ose pas applaudir, de peur qu'il ne s'arrête net de chanter. Après *You Don't Know What Love Is*, c'est : « *The thrill is goooone / The thrill is gooone / I can see iiiit in your eyes...* » *Dad* chante, et le piano de Constantino vibre pour moi, moi tout seul, bien sûr. Le mariage entre la voix et le piano est parfait, c'est encore mieux que ce que j'avais imaginé depuis mon enfance, c'est le nirvana que je savoure, les yeux toujours fermés. Pourtant, il s'en est fallu de peu pour que le miracle ne se produise pas. J'ouvre les yeux et regarde William : son cynisme l'a quitté, et son visage ému est la preuve qu'il communie avec ma joie et avec celle de mon père.

Après *The Thrill Is Gone*, *Dad* éclate de rire. Nous pouvons maintenant applaudir. Cela ne semble pas le surprendre : il est habitué aux applaudissements.

Il dit simplement: «*Thank you! Thank you!*» Il n'est plus le même, il semble revivre. Pendant quelques instants, il garde son regard fiévreux, un regard qui semble contenir à la fois la fierté d'un jeune artiste en pleine gloire et la joie d'un vieil homme comblé. Je suis muet, comblé moi aussi, fixant amoureusement son visage. William se dirige vers le frigo. Il s'exclame: «*Let's drink to that, John!*» Il ouvre une bouteille de champagne que nous partageons dans l'euphorie. Réunis autour du piano, nous trinquons au talent de John Wilson et à la richesse encore intacte de son expression artistique. Me tenant par le cou, William chante très fort avec *Dad*: «*Summer tiiiiiiime*». Cela fait des siècles que je n'ai pas entendu chanter William. Je le lui dis. Il rit en me passant une main dans les cheveux.

La bouteille est déjà terminée. Tandis qu'il retourne au frigo en faisant quelques pas de danse, William lance: «À tes cinquante-sept ans, mon frère!» Il en sort un gâteau au fromage – c'est mon préféré – surmonté des chiffres cinq et sept et de petites bougies qu'il allume. Je comprends alors que Constantino a dû cuisiner ce gâteau, puis l'apporter en même temps que le piano. Énergiquement, le champagne aidant, *Dad* plaque les premiers accords du traditionnel *Happy Birthday to You*. Il a réussi! William dépose le gâteau sur la table. Je ne porte plus à terre: mon père me joue *Happy Birthday*! C'est le cadeau suprême. Lorsque William entonne les paroles de la chanson, reprises en écho par *Dad*, je ne bouge pas, j'écoute de toute mon âme les voix du père retrouvé et du frère bien-aimé. Avant de souffler les bougies, je fais un vœu : je prie l'infini de garder mon père vivant encore longtemps. Entre deux bouchées de gâteau qui fond dans la bouche, Dad ne cesse de me remercier pour le piano. J'ouvre une deuxième bouteille de champagne et, la verve intarissable, les mains gesticulant, il parle de ses débuts à New York comme pianiste de jazz, de son amitié pour Chet Baker, «*the prince of cool jazz*», et de la peine qu'il a eue lorsqu'il a appris la mort dramatique du trompettiste junkie survenue en 1988 à Amsterdam. Il parle aussi des nombreuses femmes de sa vie, et de Pauline. Il raconte longuement sa descente dans l'enfer de l'héroïne, il pleure en se souvenant de ses deux filles et de ses cinq petits-enfants, qu'il n'a jamais vus.

J'ouvre une bouteille de whisky, et *Dad* tend son verre.

— Arrête, Jean, il a assez bu, tu ne trouves pas ? me sermonne William.

Mais *Dad* en veut, il insiste, la bouche molle :

— *It's your birthday, Jjjean !*

J'acquiesce à son désir. Avec le whisky, Charly, son *black brother*, comme il le surnomme, arrive sur le tapis. Charly, c'est son frère de sang, son compagnon de vie. Il raconte leur vieille amitié bâtie sur leur passion commune pour la musique, une amitié née dans les bas-fonds de New York, où ils carburaient tous les deux à l'héroïne. Ils avaient vaincu leur dépendance ensemble, et leur amitié était devenue solide comme le roc. Elle était sans tache, sans bavure, empreinte de respect et de petites attentions, avec comme toile de fond la pauvreté. Depuis que Charly habitait avec lui à Manhattan, dans l'appartement que je lui avais acheté, ils ne s'endormaient jamais, dit-il en rigolant, sans avoir… fait la vaisselle ensemble.

Je l'écoutais parler et j'étais bien, je riais et blaguais en buvant allègrement. William buvait peu, il écoutait, lui aussi, mais sans rire, songeur. Il devait sans doute penser à son propre père, mort sans qu'il ait pu l'embrasser. À minuit, *Dad* manifesta le désir d'aller marcher un peu pour digérer et mieux respirer. Il se tenait la poitrine à deux mains, et son visage était pâle. Il se leva de table en marmonnant qu'il avait eu une grosse journée. Nous l'escortâmes, le soutenant jusqu'à la véranda où il s'effondra quelques secondes plus tard, foudroyé par un infarctus.

La culpabilité me saisit. Ainsi, je détruisais à mesure que je construisais, j'étais un «destructeur-né». Je me le répétais, tandis que je tentais avec acharnement de réanimer mon père. William se taisait. L'ambulance arriva très vite et, mieux équipés, les deux infirmiers amorcèrent les manœuvres de réanimation, avant d'installer *Dad* sur une civière. Je montai dans l'ambulance et m'assis à ses côtés, tenant nerveusement sa longue main froide.

Pendant le trajet vers l'hôpital d'Ajaccio, je m'excusai auprès de mon père de ne pas l'avoir empêché de boire autant. Je lui dis adieu aussi, je lui répétai que j'étais heureux d'être son fils et que je garderais précieusement le souvenir de ses yeux illuminés par la beauté de la mer le jour de notre arrivée en bateau, de notre baignade du lendemain dans la Méditerranée, de sa voix qui chantait *In My Solitude*, puis des accords de *Happy Birthday*.

Son décès fut constaté en arrivant à l'hôpital. On me permit de rester quelques minutes avec lui. Tenant toujours sa main froide, je réalisai que mon vieux *Dad* m'avait été prêté pour une période de quelques mois seulement, dont l'apothéose avait été ce concert-surprise de mélodies de jazz, cérémonie d'agonie arrosée de champagne et de whisky, dans les souvenirs qui remontaient à la mémoire de *Dad* comme des bulles qui viennent crever à la surface de l'eau. Le vieux pianiste de jazz bouillait ce soir-là, et j'alimentais le feu. Mais la casserole était fragile comme du verre et elle avait éclaté sous la pression du feu en folie. Le piano était un piège né de ma soif d'euphorie, cette même euphorie qui me propulsait très haut quand je vivais un coup de foudre et qui me ramenait rapidement au sol comme un cerf-volant. Que serait-il arrivé si *Dad* avait vécu plus longtemps? me demandais-je. Me serais-je lassé de lui? Lui aurais-je tourné le dos après quelques mois de lune de miel?

Ce soir-là, le visage de Myriam surgit dans ma tête. Dans le silence de ma chambre, je pensai longuement à elle. Il me semblait qu'elle me souf-flait à l'oreille que je n'étais pas coupable de la mort de mon père, que j'étais un homme bon. Je ressentis une forte envie de lui raconter la marche dans la mer, les chants polyphoniques, le piano, lui parler des quelques heures bouleversantes où j'avais eu accès à la beauté de l'âme de *Dad*, où le mythe du pianiste à la veste d'aviateur s'était enfin incarné pour mon plus grand bonheur. Je dis à ma *soul keeper* que le concert de *Dad* avait été l'un des plus beaux moments de ma vie.

J'ouvris la fenêtre. La nuit était douce, odorante. Je m'enfouis sous les couvertures, sombrant dans le sommeil. Je fis un rêve : c'était l'aurore, j'étais allongé dans le lit de Myriam, elle prenait mes mains et les posait sur ses seins. Puis nous nous unissions. Notre étreinte était violente et douce à la fois, comme une forte caresse enveloppante, nos larmes se mêlant à nos râles. Toujours dans ce rêve, je m'endormais enfin, mon sexe en elle, tandis qu'elle répétait doucement mon nom.

# 13

L'air embaumait le jasmin. Les grandes fleurs jaunes se gorgeaient de soleil et les oiseaux-mouches faisaient aller leurs ailes à une vitesse inouïe. Aucun bruit, aucune musique, si ce n'était les stridulations de la cigale. Assis au jardin, nous lisions. Je ressentais encore de la culpabilité quant à la mort subite de mon père, mais je me pardonnais. C'était William qui m'avait incité à le faire. «Autrement, disait-il, cela va gâcher la tranquillité qui commençait à s'insinuer en toi depuis le début de ta thérapie.» Je peux donc dire que, ce matin-là, j'étais bien, attentif à la beauté des fleurs, à leur odeur, attentif aussi à la présence aimante de William et à celle de notre ami Hugo, qui avait permis la rencontre de mon père. Je me disais que, peu m'importait ce qu'il adviendrait de l'homme que j'étais, j'entendais la cigale, je sentais le parfum du jasmin, j'étais bien, là, en cet instant précis, entre William et Hugo.

Je fermai les yeux et me remémorai les funérailles que nous venions de vivre ce matin-là, au bord de la Méditerranée. Ému jusqu'au fond de l'âme, j'avais envoyé à la mer les cendres de *Dad*, comme il en avait manifesté le désir dans son testament rédigé quelques années plus tôt. Charly me l'avait lu en pleurant, la veille, au téléphone – j'en avais profité pour lui dire de garder l'appartement de Manhattan, je lui en faisais cadeau : c'était lui, l'héritier de John Wilson. Trois personnes seulement participaient à la cérémonie : William, Hugo et moi, revêtus, pour l'occasion, de blanc, nous tenant par les épaules, regardant ensemble vers le large. Une sorte de première communion face à la mer qui emportait les restes de l'homme qui avait été mon père pendant quelques mois. Nous étions restés longtemps comme ça, immobiles, regardant la mer, avant que Hugo ne lût à haute voix un passage du *Livre de la vie et de la mort*, de Sogyal Rimpoché. Il s'agissait d'une prière de saint François d'Assise, insérée au livre sacré du maître tibétain : «*Fais que je ne cherche pas tant à être consolé qu'à consoler, à être compris qu'à comprendre, à être aimé qu'à aimer ; car c'est en donnant que l'on reçoit, c'est en pardonnant que l'on est pardonné, et c'est en mourant que l'on naît à la vie éternelle.*» Ma culpabilité semblait se dissoudre dans le vent qui emportait les cendres de mon père, laissant place, en moi, à la paix. Une paix fragile, certes, mais indéniable. Après les funérailles, nous étions allés casser la croûte chez Constantino, qui m'avait serré très fort dans ses bras en disant : «Tu l'as entendu chanter et faire quelques accords au piano : garde ces notes en toi pour les jours gris.» Ensuite, j'avais téléphoné à Myriam pour lui apprendre la mort de *Dad*. Je lui avais aussi raconté dans les moindres détails les quelques jours passés en sa compagnie, ajoutant que je ne comprenais pas

comment j'avais pu autant m'attacher à cet homme.
Elle avait commenté doucement mon question-
nement. J'avais écouté sa voix comme on écoute
une musique lointaine, calmante. Il était normal,
expliquait-elle, qu'après avoir connu mon vrai père
– pauvre, vieilli, arthritique, mais sensible, fascinant,
comme le sont tous les artistes écorchés –, je me
fusse attaché à ce John Wilson, qui portait en lui
tout un passé tumultueux, palpitant, en dehors des
sentiers battus. L'euphorie de la rencontre, dont
j'avais fait ma drogue toute ma vie, avait encore
joué ici, atteignant un point culminant lorsque
John Wilson avait chanté puis posé ses doigts sur
le piano : je pouvais exister, mon père était un géant
du jazz, un homme fort de qui je pouvais enfin être
fier. Le petit Jean Courtemanche de Rawdon était
comblé : il avait un père formidable, tel qu'il l'avait
imaginé dans ses rêves. Mais le petit Jean avait perdu
la tête et voulu que son *Dad* l'accompagne dans son
nirvana. John Wilson avait tellement plongé dans
l'ivresse avec son fils qu'il en était mort. Même la
cérémonie des funérailles participait encore, selon
elle, à cette euphorie de la rencontre, à cette apothéose de la fête du père retrouvé. J'avais peu connu
mon père, mais je le portais maintenant d'une façon
tangible en moi. Il me nourrirait jusqu'à ma mort.
«Votre vie commence, avait-elle conclu. Je vous
souhaite d'être heureux.»

J'avais évité de lui parler de mes sentiments à son
égard, de cet amour qui gonflait mon cœur quand
j'entendais sa voix par-delà l'océan, mais j'avais dit,

très vite, que je serais de retour au Québec dans quelques semaines.

Je rouvris les yeux. William m'observait, son livre sur les cuisses. Je lui demandai où il en était dans sa lecture des pensées du dalaï-lama. Il se mit à lire : « *On ne trouve jamais le bonheur tant que l'on n'a pas cessé de le chercher.* » Puis il ajouta très vite, me fixant :

— C'est décidé : je pars au Darfour Nord, au Soudan, dans le désert, à 25 kilomètres d'El Fasher, dans un camp de réfugiés, le Zamzar. Ils sont 35 000 à croupir là...

— Ouf! Pour une surprise, c'est une surprise.

Il continua, comme s'il voulait me persuader de le suivre :

— Pendant qu'on écoute les chants polyphoniques, qu'on se baigne dans la mer et qu'on lit nos auteurs fétiches, eux sont violés, torturés, tués. J'ai vu des photos : les enfants ont le ventre gonflé par la faim et les gens meurent comme des mouches, atteints par le choléra. Depuis le début du génocide, au cas où tu ne le saurais pas, 200 000 personnes sont mortes et 2 millions ont été déplacées... Tous mes arrangements sont déjà faits. Je ne t'en ai pas parlé parce que tu aurais probablement réussi à me détourner de mon projet.

— Avec qui pars-tu ?

— Avec l'équipe du docteur Kader Zeroual, un médecin algérien membre de *Relief International*. J'ai réussi à me joindre au groupe grâce à Henry Forsyth – tu te souviens, le moine de New York ? –, et aussi par un concours de circonstances : une aide humanitaire s'est désistée à la dernière minute. Je prends sa place. Je creuserai des latrines et je serai aide-infirmier.

Il se tut. Je me tus aussi. Alors, il osa demander :

— Tu m'accompagnes ? Tu pourrais creuser des latrines...

Sa voix tremblait. Il connaissait déjà ma réponse.

J'encourageai William à partir, je dis qu'il devait le faire pendant qu'il n'était pas encore trop vieux, mais que moi, non, je n'étais pas prêt à faire le sacrifice de mon confort. Il pouvait me juger s'il le désirait, mais je me voyais mal dans la peau d'un creuseur de latrines. William détourna la tête, ajoutant qu'il partait dans deux semaines.

Bouleversé, ne sachant quoi dire, je me mis à lire. Mais la nervosité l'emporta et je me tournai vers Hugo.

— Qu'est-ce que tu lis, toi, jeune homme, à cette seconde précise ?

— Des choses troublantes, écrites par le physicien Capra.

Hugo posa son livre.

— Dans la physique classique, dit-il en articulant chacun des mots comme s'il voulait me convaincre, il y avait cette notion que les objets sont faits de substance matérielle. Tu es d'accord avec ça, hein ? Bon. Mais attention, lorsqu'on grossit ces objets, nous dit Capra, lorsqu'on cherche à savoir de quoi ils sont faits, on découvre qu'ils sont faits d'atomes, et les atomes, de particules. Des particules qui ne sont pas constituées, elles, d'une substance matérielle ; ce sont plutôt comme des amas d'énergie. Et ces particules sont en transformation constante. On ne voit donc jamais aucune substance matérielle : on assiste plutôt à un processus in-in-ter-rom-pu de transformation. Ça dépasse l'entendement, ça touche le spirituel, le mystère avec un grand m. La physique rejoint ici la pensée philosophique.

Hugo observa pendant quelques secondes un oiseau-mouche qui butinait le nectar d'une fleur de jasmin. Puis il poursuivit, me fixant de son regard illuminé :

— Il n'y a *pas* de substances, Jean. Cela, Bouddha en avait l'intuition : l'univers est un processus de transformation, qui agit selon des patterns, mais sans aucune substance matérielle. La matière n'existe pas, mon cher ami. Elle n'existe pas ! Ce qu'on appelle la matière est, en fait, de l'énergie : mettons-nous ça dans la tête une fois pour toutes. Écoute ça (Hugo prit son livre et lut) : « *L'univers est engagé dans une danse cosmique ininterrompue. C'est un système composé d'éléments inséparables, sans cesse en mouvement, animés par un continuel processus d'interaction. Il implique des dimensions plus vastes et transcende le langage ordinaire et la logique raisonnante.* »

Il leva la tête.

— Attention, Jean, ça va te donner un coup.

Il lut, très lentement :

— « *L'homme en fait partie intégrante. Ce système reflète une réalité située au-delà du monde de la perception sensorielle ordinaire.* »

Il avait réussi: j'étais complètement sonné. Il se tut un instant, comme pour me permettre de digérer tout ça, puis il releva la tête et ajouta, très bas mais très distinctement:

— La physique moderne peut nous entraîner dans deux directions, Jean: la bombe nucléaire ou Bouddha.

Ce constat établi, Hugo reprit sa lecture, cette fois en silence, détaché de moi, dans sa bulle de tristesse. Car Hugo était en peine d'amour: Félicien, c'était fini. Félicien avait désamorcé son coup de foudre, deux jours plus tôt, dans la splendeur du Capo Tafonato. Hugo n'avait pas insisté, trop secoué, trop bouleversé pour dire quoi que ce soit. Il était revenu de sa journée hébété.

Je risquai:

— Tu arrives à te concentrer? Je te félicite. J'en serais incapable à ta place.

— Je pense constamment à lui, tu le sais bien. Lire Capra m'aide à oublier un peu. Je me jette à corps perdu dans ses théories. Sinon, je capoterais. J'ai l'impression que j'ai accepté trop vite la brisure. Quand Félicien m'a dit: «C'est un amour impossible: je ne peux ni te suivre au Québec ni vivre au grand jour, en Corse, une relation amoureuse avec toi», j'ai ajouté, comme un imbécile: «Ta culpabilité face à tes enfants détruirait, de toute façon, notre histoire.»

Mal à l'aise aux côtés de William, qui ne lisait plus mais fixait ses ongles, un pli amer sur la bouche, je me levai pour aller préparer le souper. Nous le prîmes en silence.

La soirée se passa dans le même silence lourd. William resta dans sa chambre, digérant mon refus de l'accompagner dans son projet d'aide humanitaire. Mais le lendemain midi, il retrouva son sourire triste et s'excusa de m'avoir boudé.

— Je suis un con, dit-il, je n'ai pas le droit de te forcer à te donner à l'humanité. Chaque être humain est libre de faire ce qu'il veut de sa vie. Mais, tu comprends, j'aurais aimé partir avec toi. On avait toutes sortes de projets étant jeunes. Tu te souviens ? Tu voulais devenir architecte, et j'aurais été dessinateur pour toi dans le même bureau. Maintenant, on est vieux, on n'a pas eu d'enfant, on pourrait travailler ensemble au bien des démunis, des rejetés de la planète !

Il s'emportait, faisait de grands gestes avec ses mains. D'une voix de plus en plus forte, il me pointa du doigt :

— Ce serait l'occasion de se retrouver, de faire des choses ensemble pour les autres ! Tu veux mourir abruti, toi ?

Je ne savais quoi dire pour le consoler. Je me contentai de répéter que je n'étais pas un aussi bon gars que lui, que je n'en avais rien à foutre, au fond, de ce qui se passait en Afrique. Il s'approcha de moi, tout près, saisit mes poignets :

— Si tu savais comme je ne suis pas un bon gars ! Je suis simplement un désaxé, Jean.

— Un désaxé ? Arrête de dire des imbécilités !

Hugo entra, *Le Monde* en main, et mit fin à l'échange houleux.

— *Come on*, William, dit-il, viens sur le patio : il y a des choses dans le journal qui te concernent.

Je me mis aux casseroles, préparant des crêpes pour le dîner.

Assis sur la terrasse, Hugo et William parlaient maintenant avec animation. De la fenêtre largement ouverte, je pouvais les voir et entendre leur conversation, menée de main de maître par Hugo. Outré, le journal en main, il fustigeait Omar el-Bechir, le président du Soudan qui, «dans l'univers climatisé de sa résidence privée de Khartoum», disait-il, n'aimait pas entendre parler du génocide qu'il orchestrait au Darfour.

Hugo se mit à lire d'une voix forte l'article du journal. On y écrivait que des *milices janjaweed*, armées par le gouvernement de Khartoum, massacraient et terrorisaient les habitants accusés de soutenir les rebelles hostiles au régime. Les 7 000 militaires de l'Union africaine chargés de protéger la population étaient impuissants. Et Khartoum refusait l'intervention de l'ONU. Les organisations humanitaires avaient été obligées de partir, sous la menace de ceux qui voulaient contrôler la région.

— *Relief International*, la dernière organisation «tolérée», a dû fermer sa clinique, lança-t-il. Tu ne pourras pas y aller, mon vieux. Ça fait chier !

— Christ ! jura William, pour une fois que je m'apprêtais à faire quelque chose de bien !

William ne jurait que rarement. Il devait être profondément déçu. Moi, je jubilais : il resterait avec moi, nous redeviendrions soudés comme lorsque

243

nous étions enfants, comme lorsque notre vie avait commencé, comme lorsque nous avions appris à nous protéger ensemble de la souffrance et de l'humiliation. Je me mis à échafauder des projets en faisant sauter allègrement les crêpes. Il entra dans la cuisine, un pli sur le front, m'annonçant laconiquement qu'il ne partait plus au Darfour. Il poussa un profond soupir et s'enferma dans sa chambre sans toucher aux crêpes. Hugo me rejoignit quelques secondes plus tard, arguant que l'aide internationale serait venue plus vite si le sous-sol de l'Afrique avait contenu du pétrole. Nous mangeâmes nos crêpes sans enthousiasme, devisant sur l'égocentrisme des pays développés.

L'après-midi se passa à faire du ménage dans la maison. Hugo se déhanchait en astiquant les parquets. J'avais mis Nina Simone, la chanteuse noire préférée de William. Je savais qu'il devait écouter depuis sa chambre. Mais il ne réapparut pas de la journée. Vers vingt-deux heures, il quitta enfin son antre, désireux de prendre un bain de mer. Nous l'accompagnâmes à la plage d'Algajola.

La mer était belle, paresseuse, et, sous les étoiles, je me sentais jeune à nouveau. Une impression que tout était possible, que ma vie aurait de plus en plus de sens, qu'il me restait encore des moments d'éternité à expérimenter. Tandis que, étalés dans nos canots pneumatiques, nous nous laissions bercer par les vagues, je me demandai à haute voix s'il n'était pas trop tard pour envisager le bonheur à deux.

— Prends-moi, je suis disponible ! ironisa Hugo. Avec moi, tu as le sexe, l'intelligence, la beauté. Quoi de mieux ?

— J'aimerais bien, dis-je, mais le sexe de l'homme me laisse totalement froid.

— Dommage ! Je t'aurais promis fidélité et dévouement jusqu'à la fin de tes jours.

Hugo se tourna vers William.

— Et toi ? Tu ne voudrais pas vérifier si...

William rougit.

— J'ai déjà assez de problèmes comme ça. Je crois que je vais rester seul jusqu'à ma mort.

J'éclatai de rire.

— Mais Solange n'est pas le prototype de toutes les femmes !

— Chat échaudé craint l'eau froide.

— N'oublie pas, mon frère, que tu vas commencer bientôt ton apprentissage de séducteur. Tu habites avec moi maintenant : tu entres dans un autre monde.

— Il faut me laisser aller à mon rythme, Jean. Pour l'instant, tout ce que je souhaite, c'est de me connaître. J'ai l'impression que je n'ai pas vécu, que je ne sais pas qui je suis, tu comprends ? Et, en même temps, l'idée de me retrouver soudainement à cinquante-trois ans, à Montréal...

— Je vois que tu t'es habitué au malheur, ponctua Hugo. L'homme est un être adaptable : il s'adapte parfaitement à tout, même au malheur, qui peut être sécurisant, puisque c'est du connu. L'humain a peur de l'inconnu.

— Ta théorie ne s'applique pas à mon cas, puisque je serais parti sans peur au Darfour creuser des latrines : l'inconnu par excellence.

— Platon disait que...

— Non, ne commence pas avec ton Platon ! Je t'ai déjà dit que je lui préférais le dalaï-lama.

Le ton était sec. Hugo n'insista pas. Nous nous laissâmes bercer encore un peu par les vagues avant de nager énergiquement puis de nous étendre sur le dos pour étudier le ciel. Ma pensée se dirigea vers Myriam. Nous n'étions en Corse que depuis quelques jours et, déjà, je ressentais le manque de ma *soul keeper*. J'en fis part à mes compagnons. William réagit brusquement, comme si une abeille l'avait piqué. Il me mit en garde : cette femme n'était pas pour moi. D'après lui, il ne m'arriverait rien de bon si je persistais dans mon désir de m'en faire une amoureuse.

— Pourquoi dis-tu ça ? demandai-je.

— Une intuition. S'il est une chose que j'ai apprise au cours de ma stupide carrière d'être humain, c'est l'importance d'écouter mes intuitions. Si tu m'avais écouté quand je te disais de fuir Martha Lupien, ta vie n'aurait pas été tordue comme elle l'a été. Et si j'avais écouté mon intuition quand j'ai rencontré Solange, j'aurais fui tout de suite et aurais attendu de rencontrer un autre type de femme. Une femme qui ne m'aurait pas étouffé.

Un petit vent frais se leva. Je m'emmitouflai dans ma serviette de plage. Hugo me demanda si je pouvais l'héberger. Avant que j'aie eu le temps de lui répondre, il souleva un pan de la serviette.

— Ne suis-je pas ton fils spirituel? roucoula-t-il, frottant sa tête contre mon épaule et se pelotonnant contre moi.

— On va prendre une boisson chaude et manger un morceau à la *Taverne corse*? coupa William, qui enfilait déjà son bermuda.

Hugo se montra déçu.

— Tu n'es pas bien ici, Will?

— Je grelotte et j'ai faim. Je n'ai pas mangé de crêpes, moi.

Comme je trouvais Hugo plutôt envahissant, le souhait de William me plut. Je me levai sur-le-champ et, secouant mon trousseau de clés sous le nez de Hugo, je lui demandai s'il avait envie de conduire notre décapotable de location. Il fit la moue.

— J'étais si bien contre ton grand corps, Jean.

— Allez, suis-nous: la *Taverne corse*, à Sant'Antonino, est un endroit superbe!

— Sa terrasse est toute petite, mais jouit d'une vue spectaculaire sur les montagnes, renchérit William, dont les dents claquaient.

Hugo s'approcha et se mit à lui frotter énergiquement le dos.

—Will a froid? Pauvre petit Will!

— Wow, ça fait du bien! s'exclama William.

Hugo avait réussi à le dérider. Tout le long du trajet, Hugo massa William, qui se laissa faire, rigolant comme un enfant.

La taverne semblait presque vide, à la déception de Hugo, qui rêvait encore de rencontrer son berger. Je lui suggérai de revenir en juillet, alors que des

247

centaines de touristes se promènent dans le dédale des petites rues pavées du village de Sant' Antonino et font la fête partout. Nous nous installâmes sous la tonnelle couverte de vigne vierge. William commanda un pavé de thon au vinaigre balsamique ainsi qu'un *irish coffee*, tandis que je choisissais pour Hugo et moi des gâteaux aux abricots et un vin de myrte. Nous étions bien, tous les trois, assis dans nos chaises en fer forgé, devisant sur l'amitié, « ce cadeau de la vie », disait Hugo, qui ponctuait ses propos d'une main baladeuse tantôt sur la cuisse de William, tantôt sur la mienne. Nous restâmes à parler jusqu'à la fermeture.

Le lendemain, William irradiait de joie. Il ne reparla plus du Darfour, ayant vraisemblablement pris le parti de se délecter des plaisirs que nous pourrions dorénavant vivre sans entrave. Le mot est fort, mais je n'en trouve pas d'autre pour définir ce que ce début de vacances en compagnie de *Dad* avait amené comme contrainte pour William. La présence de John l'agaçait. Si sa mort avait représenté pour moi une épreuve, elle avait été pour mon frère synonyme de délivrance en quelque sorte, non seulement en ce qui avait trait à notre séjour aux côtés du vieillard en Corse, mais également aux années durant lesquelles j'aurais fréquenté mon père : William devait appréhender mes déplacements vers Manhattan, qui auraient alors été sûrement fréquents. En venant habiter avec moi à Montréal, il désirait retrouver le lien qui avait été le nôtre à l'adolescence, un lien fusionnel brisé momentanément par l'arrivée de Martha dans ma vie, puis par son déménagement à Québec. Il devait se dire que notre belle amitié ne rencontrerait désormais plus d'obstacle Moi aussi, j'irradiais, mais pour une tout autre raison: j'allais bientôt revoir Myriam. J'avais pris la résolution de ne pas faire d'abus d'alcool, de bien dormir et de pratiquer la natation et la marche rapide quotidiennement, afin d'être beau et frais à mon retour de vacances. Par ailleurs, comme j'avais dit à mon conseiller financier, à mon comptable ainsi qu'au gérant du Nocturne de ne me téléphoner sous aucun prétexte, mon esprit était libre de toute inquiétude. De toutes façons, je crois qu'un crash en Bourse ou le feu dans mon bar ne m'aurait donné aucune sueur froide. Seule m'importait la transformation de mon être commencée grâce à Myriam. Et à la rencontre providentielle de mon père, je dois l'avouer. Car, même après sa mort, et malgré le sentiment de culpabilité qui m'habitait encore, je conservais une joie profonde. J'avais l'impression de renaître. Je me disais que je changeais de peau, comme les serpents, et que jamais plus je ne serais celui que j'avais été pendant quarante ans, que cette transformation était irrémédiable.

Ce matin-là, William se montra particulièrement attentionné. Il se leva le premier, courut chez Constantino acheter des brioches aux olives, nous fit des œufs bénédictines et célébra mon réveil avec *Méditation*, tiré de l'opéra *Thaïs* de Massenet et interprété au violoncelle par Yo-Yo Ma, air touchant dont je ne me lassais jamais. Hugo sortit de sa chambre complètement nu et nous retrouva sur le patio. Feignant de ne pas remarquer notre air à la fois surpris et amusé, il nous demanda si nous avions bien dormi et se jeta sur ses œufs.

— Tu fais du nudisme? demanda gauchement William, en s'efforçant de garder les yeux sur son assiette.

— J'aime être nu, répondit Hugo, la bouche pleine. Nous sommes venus au monde entièrement nus, n'est-ce pas? Voir le sexe des humains n'est pas quelque chose d'avilissant. C'est plutôt sain. Cela te dérange, Will?

— Pas du tout, voyons!

— Alors, tu te mets nu, toi aussi? Allez, les gars, un peu de courage, foutez-vous à poil, il fait tellement chaud! Les vêtements sont indiqués pour nous protéger du froid.

Je lançai que, si je me déshabillais facilement devant une femme, il m'était plus difficile de le faire devant un homme. William opina du bonnet. Hugo changea de sujet après avoir laissé tomber que nous n'étions que deux vieux croulants.

Après le déjeuner, William suggéra une excursion à la réserve naturelle de la presqu'île de La Scandola, site étonnant composés de grottes et de failles d'origine volcanique, refuge privilégié de nombreuses espèces animales et végétales, époustouflant sanctuaire marin situé au nord du golfe de Porto, là où la silhouette des balbuzards et des cormorans se découpe sur des falaises ocres et où les eaux claires offrent le spectacle de fonds sous-marins riches en coraux, en algues et en poissons. Inscrite sur la liste du patrimoine mondial de l'Unesco, La Scandola allait devenir pour Hugo un inoubliable *happening*, le rendre *high* sans effets secondaires autres que ceux d'une sudation abondante et d'un sourire perpétuel sous le soleil. Son appareil photo, sa caméra vidéo et ses jumelles ne le lâchèrent plus. Il enregistrait les appels troublants des oiseaux marins, cadrait et recadrait les splendeurs qui s'offraient à lui, ses longs doigts nerveux appuyant sur les boutons, et ses yeux, lasers émerveillés, parcourant inlassablement tout ce qui bougeait dans les airs, sur la mer et dans les grottes. William et moi l'assistions dans sa tâche, transportant ou installant le trépied pour la vidéo, sortant une nouvelle cassette de sa sacoche ou lui indiquant un point précis du spectacle naturel. J'étais à la fois patient et amusé, ravi aussi de constater à quel point le jeune homme jouissait du cadeau que je lui avais fait en l'amenant en Corse. J'avais l'étrange et persistante impression que ce garçon-là allait rester, jusqu'à ma mort, mon fils spirituel, celui que je n'avais pas fabriqué avec mon sperme mais avec mon âme. Hugo semblait tellement heureux, ce jour-là, qu'il en oubliait même de zieuter scientifiques et touristes qui se pressaient dans cet exceptionnel milieu écologique. William et moi y étions venus quelques fois, mais on aurait dit, ce printemps-là, que notre admiration était plus grande qu'elle ne l'avait jamais été. Était-ce dû à la présence de notre jeune ami dont l'intensité du plaisir rejaillissait sur nous ?

Sans doute. Mais il y avait plus que ça : il y avait le fait qu'une nouvelle vie commençait pour William, que c'était ici qu'il prenait son véritable envol. Son bonheur me touchait.

Quelques heures plus tard, en bordure de La Scandola, à Punta Mucchilina, Hugo allait vivre son baptême d'émois subaquatiques dans l'un des plus beaux sites de plongée de la Corse, auprès d'un moniteur personnel aguerri. Bien sûr, William ou moi aurions pu lui montrer les rudiments de ce sport zen par excellence, mais nous n'étions ni l'un ni l'autre spécialistes de la plongée sous-marine, et je souhaitais pour Hugo un baptême sans anicroche.

Après une explication des règles élémentaires de sécurité (communication par signes, manœuvre d'équilibration des oreilles) et la présentation du matériel de plongée (masque, palmes, détendeur, bouteille d'air comprimé, stab, ceinture de plomb), Hugo suivit son maître sous l'eau. William toucha mon bras. Il semblait ému. Ses yeux me fixaient tellement que j'en ressentis une gêne. « Tu te souviens de notre première plongée, Jean ? fit-il. C'était à la Grotte aux Pigeons, en mai 1998 exactement. Tu étais légèrement apeuré, tu craignais de vivre sous l'eau une solide claustrophobie ; mais, au retour de ton baptême, tu m'as dit que tu t'étais senti très bien durant tout le temps de l'immersion. »

Moi, je me souvenais surtout de la grande Heidi qui nous accompagnait ce jour-là. Une blonde Allemande au regard bleu de mer. Son corps souple et ferme m'allait comme un gant, et sa façon de me toucher me donnait des convulsions. William ne s'en souvenait pas. J'éclatai de rire.

Hugo revint de sa première balade sous-marine des étoiles plein les yeux. Il décida sur-le-champ qu'il allait continuer à faire de la plongée à son retour au Québec.

Ce soir-là, il se coucha très tôt, tandis que William venait me retrouver dans ma chambre pour parler de «notre nouvelle vie», disait-il. Allongé près de moi, les mains derrière la tête, il parlait et riait beaucoup, devisant sur les plaisirs que nous aurions à cohabiter. Il était visiblement très heureux d'être à mes côtés, sans tierce personne pour briser notre intimité. Jamais je n'avais vu William si détendu, si rieur.

— J'ai envie de me remettre à dessiner, lança-t-il soudain, et tu seras mon modèle. Tiens, je pourrais faire une bande dessinée dont nous serions les héros, toi et moi. Deux frères qui voyagent autour du monde, qui découvrent les différentes sociétés des insectes, des animaux, des bêtes sauvages, et qui meurent heureux, très, très vieux, au bord de la mer, en Corse.

Et les humains dans cette histoire? Y en aurait-il autour de nous? Il répondit dans un souffle que nous nous suffirions à nous-mêmes. Mais les femmes, insistai-je, les avait-il oubliées? Non, il n'avait pas envie de les inclure dans notre histoire: les femmes qui nous avaient entourés avaient gâché notre enfance, puis notre vie d'adulte, dit-il en énumérant sur ses doigts notre mère, Martha Lupien, Solange et « toutes les blondes que tu as plantées là car elles te tombaient sur les nerfs », ajouta-t-il.

— Tu n'as pas besoin de femme, toi, pour être heureux ?

— Les femmes, c'est pour la procréation, tu le sais bien.

Je lui demandai s'il blaguait. Il soupira profondément, arguant qu'il n'avait pas envie d'aborder ce sujet épineux. Ces derniers mots le firent éclater d'un grand rire cynique.

Il courut à la cuisine chercher la bouteille de whisky.

— Tu bois autant que moi maintenant ? demandai-je.

— Je fête avec toi notre nouvelle vie, c'est tout. On s'est retrouvés, c'est formidable, n'est-ce pas ? Ne t'en fais pas, je ne deviendrai jamais alcoolique !

À deux heures du matin, après avoir raconté toutes les histoires crues de son répertoire, William s'endormit dans mon lit, un sourire béat sur les lèvres. Je n'eus pas l'indélicatesse de le réveiller pour lui dire d'aller dormir dans sa chambre.

Deux jours plus tard, nous amenâmes Hugo à Ajaccio visiter le musée Fesch, qui abrite une exceptionnelle collection de peintures italiennes. Hugo se pâma devant les Botticelli et les Bellini. William admira, pour la dixième fois sans doute, les chefs-d'œuvre qui l'émouvaient à chacun de nos séjours en Corse.

— Tu cherches à savoir qui tu es, William ? lui dis-je à l'oreille. Un artiste, à n'en pas douter. Tu aurais dû étudier en arts visuels...

— Je me demande ce que je suis allé foutre en droit !

— Rappelle-toi, tu voulais faire plaisir à maman : son fils allait devenir avocat, quelle fierté pour elle ! Et puis, le droit, c'est rentable.

— Surtout si on est croche ! s'exclama Hugo, qui avait entendu notre échange. Tu l'es, toi, ou pas ? demanda-t-il en donnant un coup d'épaule à William.

— Je suis droit comme un i. Je n'ai pas choisi le droit criminel, là où les avocats des bandits sont grassement payés pour leurs services. Je défends les droits des pauvres artistes, moi !

— T'as jamais eu envie de t'occuper des meurtriers ? Sauver un chef de la mafia de l'emprisonnement à vie, procès après procès, moyennant des millions de dollars, ça ne t'a jamais tenté ?

— Jamais. Je suis d'ascendance bouddhiste, tu le sais...

Nous nous assîmes sur le banc qui faisait face aux Botticelli. William semblait plus loquace que jamais. Il se mit à parler des dessins qu'il faisait adolescent, du plaisir qu'il prenait à me dessiner. Je lui rappelai son désir de publier une bande dessinée avec la femme-homme comme héroïne, de mon désir à moi de le voir prendre des leçons de peinture auprès de Martha. William battit des paupières.

— Ne me parle plus d'elle, d'accord? Celle qui a fait bifurquer nos vies dans le mauvais sens ne m'intéresse pas.

Hugo coupa la conversation en nous entraînant au sous-sol visiter la collection napoléonienne, un amoncellement que William jugea décevant après avoir regardé avec dégoût l'empereur debout, assis ou à cheval, en bronze, en albâtre, en ivoire, sculpté, peint ou gravé sur des rasoirs, des couteaux, des plats. Hugo engagea une longue conversation avec un des gardiens du musée, bel homme d'une quarantaine d'années aux yeux en amande qui lui raconta la fin de la vie de Napoléon, déporté à l'île Sainte-Hélène, où il mourut cinq ans plus tard d'un cancer de l'estomac. Le gardien lui parla aussi des écrits du célèbre empereur né à Ajaccio et s'attarda sur ses livres autres que politiques, particulièrement *Dialogue sur l'amour*, qu'il affirmait avoir lu plusieurs fois. Hugo écoutait attentivement, comme s'il se fût agi d'une histoire palpitante. Une demi-heure plus tard, Hugo et Joseph échangeaient leurs adresses.

Hugo était de nouveau en orbite. Cette fois-ci cependant, une véritable idylle allait naître entre lui et le gardien du musée Fesch. Hugo dormit à Ajaccio cette nuit-là et ne quitta plus Joseph jusqu'à la fin de notre séjour en Corse. Il n'avait pas rencontré un berger, mais un féru d'histoire et un maniaque de la marche en montagne, qui adorait dormir dans des refuges au son du bêlement des moutons. Ce qu'ils firent le week-end suivant leur rencontre. Hugo promit à son nouvel amoureux de tout faire pour faciliter sa venue au Canada. Il me demanda même de lui offrir un job et de me porter garant de Joseph Asco. Je lui promis de faciliter l'immigration de son nouvel ami au Canada. William me mit en garde : je ne devais pas me mêler de ça. Mon altruisme, disait-il, pourrait me jouer de vilains tours. Ce à quoi je répondis que j'avais retrouvé mon père grâce à la générosité de Hugo. Je ne devais jamais l'oublier.

## 14

De nos sièges, situés à l'arrière de l'avion, nous pouvons voir les roues de l'engin se poser sur la piste. Les yeux rivés au hublot, je regardais le paysage défiler à toute allure. À chaque atterrissage, c'était la même chose : une sensation de proximité avec la mort, puis un soupir de soulagement à l'arrêt de l'avion, avant de saisir mes bagages et de me diriger vers les douanes. Je me mis à siffler. Mourir en sifflant doit être plus agréable que de mourir en avalant sa salive! pensai-je. L'avion s'immobilisa. À cet instant précis, le visage de Myriam se dessina dans ma tête. Dès ma sortie de l'avion, je lui téléphonerais. Je lui laisserais un message drôle et tendre, auquel elle ne pourrait pas résister.

Assis à ma gauche, Hugo mâchait sa gomme comme un forcené tout en détachant sa ceinture. «Ne bougez pas, je sors les bagages à main», dit-il. Déjà, il était dans l'allée, ouvrant le compartiment.

— N'oublie pas la sacoche et la valise de *Dad*, fis-je. Je les garde en souvenir.

À ma droite, William dormait. Je touchai son bras, lui dis que nous étions arrivés. Il ouvrit les yeux, me fit un sourire affectueux et me parla du plancher des vaches qu'il préférait aux envolées dans le ciel. Je rétorquai sottement que je préférais les envolées amoureuses. Il eut un rire forcé et s'étira. Je quittai mon siège, souhaitant que le passage aux douanes soit plutôt lent afin de pouvoir téléphoner tout à mon aise à Myriam. Tandis que j'attendais en file, je composai fébrilement son numéro. J'eus de la chance : entre deux clients, Myriam prit la communication. Je lui dis que je venais d'arriver à Montréal, que je souhaitais la voir ce soir même, que je voulais la serrer dans mes bras, l'embrasser. Après quelques secondes de silence, elle refusa, la voix à peine audible. Elle avait bien réfléchi et avait conclu qu'elle ne pouvait plus s'occuper de moi. Non, je ne pouvais plus être son client. Elle n'avait rien à ajouter. J'insistais, la gorge nouée, je cherchais les mots pour la convaincre de continuer de me recevoir en consultation. Je ne pouvais, précisais-je, m'imaginer recommencer le processus avec un autre psy. J'avais besoin de son aide.

— Nous sommes déjà allés trop loin, dit-elle enfin d'une voix autoritaire.

Elle avait repris son aplomb. Je sentais que l'instant était crucial. Je suppliai :

— Je ne te parlerai plus d'amour, jamais.

Elle se tut quelques secondes. J'entendais sa respiration nerveuse qui venait, aurait-on dit, scander la mienne. Mais elle ne raccrochait pas : cela me donnait de l'espoir. Elle me demanda enfin de m'intéresser à d'autres femmes qu'elle. Ce n'était qu'à cette condition, disait-elle en appuyant sur le mot «condition», qu'elle pourrait demeurer ma thérapeute. Je lui jurai que je me conduirais désormais en client, en véritable client, et que je m'ouvrirais à d'autres femmes. Alors, elle me donna rendez-vous pour le mois suivant, jour pour jour, à quinze heures.

— Dans un mois seulement?

— Libre à vous de choisir un autre thérapeute, dit-elle.

Je soupirai, la remerciai et lui dis que je serais dans son bureau à l'heure et au jour dits. Elle me souhaita de faire la rencontre d'une femme qui pourrait devenir ma compagne de vie et me salua laconiquement. J'avais l'impression de recevoir une douche froide. Je raccrochai et inscrivis la date du prochain rendez-vous à mon agenda électronique. Le visage de William, qui avait entendu mes propos, exprimait une satisfaction non déguisée. «Je te l'avais dit», fit-il. Je ne relevai pas sa remarque et présentai mon passeport au douanier.

Nous allâmes reconduire Hugo chez lui. Il nous remercia pour l'incroyable voyage et nous serra très fort dans ses bras. Nous filâmes vers le loft. En arrivant, William ouvrit les fenêtres toutes grandes, se doucha, enfila son peignoir de soie et me demanda si une pizza me faisait envie. On pourrait commander.

— Je m'en vais au *Nocturne*, dis-je. J'ai besoin de m'aérer.

Il sembla estomaqué. Il bredouilla qu'il ne comprenait pas que j'aie envie de sortir. N'avais-je pas sommeil? N'étais-je pas, comme lui, fourbu, après toutes ces heures de vol ? Je rétorquai que mon désir de rencontrer une femme l'emportait sur ma fatigue. Je parlai du refus de Myriam d'être mon amoureuse ; je devais absolument l'oublier. Et pour l'oublier, il me fallait rencontrer une autre femme. C'était urgent, il en allait de ma santé mentale. Comprenait-il cela ? Il s'allongea sur le sofa et alluma le téléviseur. Je lui dis qu'il pouvait fouiller dans ma collection de films de répertoire.

— Je te commande une pizza ? demandai-je.

Il fit signe que non, puis, me fixant tristement :

— Reste avec moi. J'ai besoin que tu sois là.

Je rétorquai qu'il pouvait m'accompagner au *Nocturne*. Il refusa : il détestait les bars, ne le savais-je donc pas ?

Je commandai la pizza, me douchai, et nous la mangeâmes sans nous regarder. William avait mis du John Coltrane très fort, si fort que je lui en fis la remarque.

— J'ai besoin de m'étourdir, dit-il.

— Et les femmes ? Elles peuvent te faire plus de bien que la musique, tu sais.

— Lâche-moi avec les femmes, tu vas en faire une idée fixe, Jean !

Je quittai le loft rapidement, sans le saluer. Mais je revins une demi-heure plus tard, l'air coupable. De son côté, il s'excusa de s'être conduit en gamin, me remercia d'être revenu si vite et inséra *Blue Velvet* dans le lecteur de DVD. Il éteignit la lumière. Nous pouvions regarder le film, j'étais à ses côtés.

J'avais vu cent fois *Blue Velvet*, mais, à chaque visionnement, je découvrais quelque chose de neuf dans cette histoire à la fois morbide et touchante. Était-ce à cause du passé du héros, du jeu tout en nuances de Dennis Hopper, à qui, pour une raison obscure, je m'identifiais, des images qui donnaient le frisson, de la beauté d'Isabella Rossellini ? Je ne saurais dire, mais je peux affirmer aujourd'hui que le fait de regarder *Blue Velvet* en compagnie de mon frère me procura, ce soir-là, une émotion artistique très forte. C'était comme si je le regardais avec ses yeux à lui. De son côté, William semblait extrême-ment troublé et fasciné par le film de David Lynch. Au point de souhaiter voir, en ma compagnie pré-cisa-t-il, la totalité des œuvres de ce cinéaste qu'il ne connaissait pas. Il s'endormit heureux, sur le sofa, quelques minutes avant la fin du film. J'éteignis le téléviseur et quittai le salon sur la pointe des pieds.

Étendu dans mon grand lit, je me remémorai les paroles de Myriam, qui me firent moins souffrir que je ne l'avais d'abord cru, sans doute parce que je me raccrochais au fait que je la reverrais dans un mois. Je me disais que tout n'était pas perdu, que l'espoir était encore là, tapi sur mes genoux, comme un chat tranquille mais éveillé, prêt à sauter. Par ailleurs, le temps ferait son œuvre et calmerait mes ardeurs en sa présence, montrant ainsi à Myriam qu'elle ne de-vait plus craindre les foudres de ma passion. Alors elle-même se ferait prendre à son insu par l'amour, et nous pourrions amorcer une relation saine. Je fis mes exercices de profonde respiration, songeant que tout se passerait comme je le désirais si j'arrivais à cultiver la retenue et la patience. Je quittai la réalité, les ronflements de William dans les oreilles. Je décidai de lui faire plaisir : demain, nous irions jouer au billard, comme deux frères heureux de cohabiter.

Aux petites heures du matin, le poids d'un membre étranger posé sur ma poitrine me réveilla. William était venu me retrouver et s'installait tout près en toussotant, son long bras posé en travers de ma poitrine, comme il le faisait parfois, enfant.

— Je ne te dérange pas trop ? murmura-t-il, comme s'il avait entendu ma pensée.

— Non, non, ça va.

Il grommela quelque chose d'inaudible et s'endormit. Je me levai pour aller boire de l'eau. En revenant, je pris place à l'extrémité du lit. Dans son sommeil, William se rapprocha immédiatement et, cette fois, posa sa main sur ma poitrine. Décidément, me dis-je, il a besoin de moi.

Le déjeuner fut agréable. William se précipita au dépanneur pour acheter du lait, de la farine et des œufs et se lança dans la préparation de crêpes. Tandis qu'il s'occupait du café, je téléphonai à mon assistant, à mon comptable et au gérant du *Nocturne*. Je leur dis d'emblée que je mettais ma plus grande confiance en eux et que je m'octroyais encore deux semaines de vacances avant de reprendre le collier. « J'ai envie, dis-je, d'aller à la pêche avec mon frère. » William pouffa de rire. Lorsque je raccrochai, il me donna un coup de poing sur l'épaule :

264

— Ah bon, on s'en va à la pêche, alors ?

— Aux femmes, oui ! répliquai-je. Tu dois te trouver une compagne. Il n'est pas bon pour l'homme d'être seul, dit la sainte Bible.

Le sourire de William disparut.

— On ne va pas jouer au billard ?

— Pendant une heure ou deux, oui, mais ensuite, place aux femmes !

William versa le café dans les tasses. Il avait perdu sa gaieté. Je crus même discerner sur son visage une sorte de peur contenue, peur qu'il garda tout au long de la partie de billard que nous disputâmes dans un salon tranquille du boulevard Saint-Laurent, en compagnie de quatre joueurs aguerris qui émaillaient leurs bons coups de jurons dont l'écho joyeux venait ricocher sur un William amer, et sur moi, qui ne pensais qu'à une chose : m'unir à un corps de femme, celui de ma psy, bien sûr. Mais j'évitais d'en parler à William : j'avais compris que je ne devais pas aborder ce sujet devenu tabou. Je me disais que mon frère était «en arrêt de femme», comme on dit «en arrêt de travail», mais que, dans peu de temps, il allait avoir besoin, comme tout le monde, d'activer sa sexualité.

En revenant de notre partie de billard, j'abordai, l'air de rien, le nouveau mode de vie de William. Allait-il commencer bientôt à tâter le terrain en vue de travailler en droit des artistes ou préférait-il attendre un peu ? Il poussa un soupir si long que je me tus. Je compris que ce sujet était également à prendre avec des pincettes. En fait, William est en convalescence, me dis-je, une longue convalescence durant laquelle il doit simplement se faire plaisir. Nous nous arrêtâmes à l'épicerie pour regarnir le frigo. Il retrouva sa bonne humeur. Il batifolait dans les allées, dansait presque en choisissant sa crème glacée préférée, ses palourdes et son saumon, touchait fréquemment ma main ou mon bras. Ses yeux brillaient, son sourire irradiait.

Nous préparâmes le souper ensemble, au son de la voix de Nina Simone. William chantait en faisant rissoler les palourdes. Moi, j'avais un pli sur le front. Alors que je n'avais qu'une envie, lui parler de Myriam et de la tactique que je me préparais à déployer lorsque mes séances de thérapie reprendraient, je me sentais muselé, je ne pouvais me confier, par crainte de le voir à nouveau morose. Aborder le sujet de la femme et de l'amour lui déplaisait, je le savais maintenant.

— On écoute ce soir un autre film de David Lynch ? demanda-t-il, léchant sa cuillère.

— Oui, si tu veux.

J'avais plutôt envie de lire, tout seul, en silence. Ou de marcher, seul. Ou d'aller prendre un verre en lisant le journal, dans un café. Tout seul. Sans lui.

Les jours se succédaient et se ressemblaient. William ne me lâchait plus. Nous faisions tout ensemble. Lorsqu'il m'arrivait de m'isoler dans ma chambre, il venait me retrouver et m'accaparait, comme un enfant pendu aux basques de sa mère. J'en étais arrivé à avoir hâte de retourner au bureau.

Pire, à regretter de l'avoir incité à quitter Québec. Un soir, exactement la veille de la reprise de mon travail, la sonnerie de mon cellulaire retentit. Je me surpris à le sortir, tout content, de ma poche. Je reconnus la voix au bout du fil : c'était Claudine, la fille d'Antoine Saint-Amant, qui m'annonçait la mort de son père, «une délivrance survenue après une longue lutte, comme si son corps se refusait à mourir, comme si le cancer prenait plaisir à l'achever lentement», murmurait-elle de sa voix rauque, celle qui m'avait tant plu il y avait déjà plusieurs mois, lorsque nous nous étions rencontrés au *Nocturne*.

— Je sors de chez le notaire, continua-t-elle. Le testament m'a été lu. Mon père te laisse en héritage quatre tableaux de Martha Lupien. Tu peux venir les chercher quand tu veux. Ils sont chez moi, au 181, Circle Road.

— 181, Circle Road... Mais c'est l'adresse de ton père !

— Oui, il m'a laissé sa maison en héritage.

L'appel de Claudine me réjouissait. C'était inespéré : je pourrais enfin quitter le loft, quitter ce huis clos, respirer un peu et voir une femme ! Je répondis que je serais là dans quelques minutes, si cela lui convenait. Elle éclata de rire, ajoutant, espiègle, que j'avais changé de rythme : c'était la hâte de tenir entre mes mains des tableaux de valeur qui me stimulait, ou plutôt celle de la voir ? Je répondis que c'était celle de la voir, bien sûr.

William toussa assez fort, comme pour me rappeler qu'il était là.

— Je t'attends, dit-elle. Je serai assise dans le jardin. On est bien dehors, ce soir, l'air est bon.

— J'arrive dans une demi-heure.

Je raccrochai.

— Tu sors ? questionna William d'une voix étouffée.

J'acquiesçai et me précipitai dans la douche. Lorsque j'en sortis, il était debout au milieu du salon, figé comme une statue, les mains dans les poches, le visage anxieux.

— Tu vas où ?

— Chez Claudine Saint-Amant. Son père m'a laissé des tableaux en héritage.

— T'as le feu au cul ou quoi ? T'es tout excité, comme un gars de seize ans qui s'en va baiser pour la première fois !

— Oui, c'est un peu ça !

J'entrai dans la chambre m'habiller en vitesse. William me suivit.

— Fais-la languir un peu !

— Non, William.

— Tu reviens quand ?

— Je ne sais pas. Une semaine ?

J'éclatai de rire nerveusement. J'avais l'impression que je sortais de prison. Je boutonnai ma chemise, laçai mes chaussures, me passai un coup de peigne.

— Si tu reviens avant vingt-deux heures, on pourra aller marcher sur le mont Royal.

Saisissant ma clé de voiture et ma caméra numérique, je lui dis de ne pas m'attendre. Je dévalai les escaliers, courus vers ma voiture.

Je mis un CD de Leonard Cohen dans le lecteur, fis jouer *Dance Me to the End of Love* à plein volume et roulai vers le 181, Circle Road. L'appel de Claudine était providentiel. À quoi bon focaliser sur un amour impossible? me dis-je. Myriam Taillefer est ta thérapeute, elle ne désire pas être ton amoureuse. Ne lutte pas, oublie-la, vis le présent. Quitte le tordu, le compliqué, l'utopique et saisis le suc de l'instant. Accepte l'appel amoureux de cette femme. Pourquoi te massacrer? La vie est si courte, Jean.

La lumière tourna au rouge. J'éteignis Cohen.

Derrière la clôture en fer forgé, je l'observe. Claudine est assise dans son nouveau jardin, belle dans sa robe soleil et ses sandales, si désirable dans le noir de ses yeux et la mélancolie de son sourire. Je veux la photographier, avant même de… de quoi, au juste? De lui serrer la main? De l'embrasser? J'ajuste ma lentille, je lui demande de ne pas bouger, de ne pas changer de position. Elle fait ce que je lui demande, elle ne bouge pas, abandonnée à mon regard. J'immortalise son visage, ses mains qui replacent sa chevelure, ses épaules, ses seins. Je veux faire un zoom sur ses yeux. Je dis:

— Ne bouge pas.

Elle rit, la mélancolie s'enfuit, elle rejette la tête en arrière et son rire se mêle au bruit d'eau de la fontaine qui coule, tout près de sa chaise longue. Je referme la clôture. Je continue de la photographier, de saisir sa beauté et sa grâce, je tourne autour de la chaise, je lui répète de faire comme si je n'étais pas là. Alors, elle rit de plus belle. Je n'ose pas la toucher, je la regarde sans rien dire. Je savoure ce moment de toutes les fibres de mon être. Comme elle est belle! Je l'avais oublié dans ma hâte de retrouver le meurtrier de Martha et de conquérir ma thérapeute. Claudine se lève, s'approche, pose ses lèvres sur les miennes.

— Ça fait longtemps, dit-elle. Qu'est-ce que tu es devenu? Viens, assieds-toi.

Je pousse un long soupir, ouvre les mains, la regarde.

— J'ai vécu tellement de choses depuis le soir où j'ai rencontré ton père...

— Dis-moi ce que tu as vécu, Jean.

Alors, je cède. Je parle de ma passion folle pour ma thérapeute, de cet amour impossible que j'ai nourri pendant des mois, de la rencontre de John Wilson, mon père. Je raconte tout: Noël à New York, chez lui, en compagnie de William et de Hugo, le départ vers la Corse toujours avec mon vieux *Dad*, William et Hugo, ma baignade dans la mer aux côtés de mon père, le concert de piano, la joie qui m'inonde en cette soirée magique, l'alcool à profusion et la mort vite arrivée, en pleine fête, la mort qui saisit à jamais, qui enlève pour toujours le sourire édenté du père. Claudine écoute avec attention. Je lui raconte encore les funérailles, les cendres dispersées dans la mer, la présence chaleureuse de William et de Hugo. Je parle de ma nouvelle vie à Montréal avec mon frère, de son angoisse d'être abandonné par moi. Je lui dis aussi que je n'ai pas touché à une femme depuis huit mois. Depuis elle, en fait. Elle

270

agrandit les yeux, devient songeuse, m'invite à aller marcher dans le parc Pratt.

Nous parlons peu maintenant. Elle prend ma main, affirme qu'elle est seule depuis l'année dernière, qu'elle ne m'a pas oublié, même si nous n'avons passé qu'une nuit ensemble. Nous nous taisons, nous sommes bien dans ce vert tendre, elle et moi, deux humains pris dans la danse des jours, dans ce parc odorant. À minuit, au pied d'un saule pleureur gigantesque, sa tête sur mes genoux, Claudine me sourit. Je la regarde, je ne me lasse pas de la boire des yeux. Je soulève son corps et le serre contre ma poitrine. Mais une peur s'empare soudain de moi : j'ai peur de voir Claudine à travers le prisme du passé, peur d'être ligoté, emprisonné par son amour à elle, de ne plus pouvoir respirer, comme chaque fois que je me suis lié à une femme. Pour exorciser cette peur, j'affirme que nous pourrions habiter en Corse... Elle pose une main sur ma bouche, me dit de ne pas aller trop vite, de laisser plutôt faire la vie. Je caresse sa chevelure, pose mes lèvres sur les siennes. Nos bouches s'ouvrent, se referment dans un mouvement lent, nos corps ondulent, soudés l'un à l'autre. Mes lèvres rejoignent sa nuque, ses épaules nues. Nous quittons le parc Pratt enlacés et retournons dans sa nouvelle demeure. Je reconnais l'odeur de l'encens, le dragon du sofa. Déjà, Claudine a donné une couleur personnelle aux lieux.

— C'est maintenant chez moi ici. Tu veux voir les tableaux que mon père t'a laissés ? demande-t-elle, me tirant par la main.

Nous entrons dans une vaste pièce, sorte de capharnaüm où se trouvent, pêle-mêle, plusieurs œuvres d'art, tableaux, sculptures, poteries, bijoux posés ici et là sans organisation précise. Contre le mur, quatre huiles de Martha, dont le toréador, le seul tableau qu'elle avait gardé de son passé, la seule toile qui décorait son vieux chalet de Rawdon. Lorsque j'étais entré chez elle la première fois, j'avais aperçu ce fier toréador. C'était d'ailleurs la vue de ce tableau qui m'avait poussé à lui demander de se remettre à peindre. Aujourd'hui, le toréador est à moi. Les trois autres tableaux me représentent : je me souviens des heures irréelles, comme hors du temps, durant lesquelles j'avais posé pour Martha. C'était l'automne, il pleuvait très fort et elle pleurait en pensant à son défunt mari – auquel je ressemblais –, l'Amérindien mort noyé avec leur fils de douze ans dans la rivière Ouareau. Alors, moi aussi, je m'étais mis à pleurer. « Ne retiens pas tes larmes, avait-elle dit, je vais les peindre. »

Le passé me rattrape à nouveau. Non, c'est trop dur, je ne peux accepter d'accrocher ces toiles chez moi. Je le dis à Claudine, qui me suggère de les vendre. D'après elle, je pourrais en obtenir un bon prix, puisque la cote de Martha Lupien commence à grimper. Elle m'offre de s'en occuper elle-même ; elle connaît le milieu de l'art. Je dis que je vais y réfléchir. Elle a compris et m'amène dans sa chambre. Le Klimt est toujours accroché au mur. Et le dragon brille encore de tous ses éclats sur le couvre-lit. Elle allume une bougie. Nous nous embrassons longtemps, debout au milieu de la chambre. Je glisse mes mains sous le corsage de sa robe blanche, je touche à la peau douce, j'emprisonne ses seins. Nos bouches s'unissent avec délectation, nous avons tout notre temps. Nous nous étendons sur le lit comme on se glisse dans l'eau d'un lac aux eaux chaudes, en pleine canicule. Je lui dis que j'aimerais voir devant moi son corps comme jamais je n'ai vu aucun corps de femme, c'est-à-dire libre de toutes les images passées. «Toi, aimée pour ce que tu es.» Je touche au ventre de Claudine, comme si c'était la première fois, à son sexe au travers de la soie. Elle se laisse faire, étendue sur le dos, les yeux fermés, toujours, les lèvres et le cœur entrouverts, le clitoris comme une fleur offerte. Je la dévêts doucement et continue d'effleurer son sexe. Mes doigts se changent en papillons, ma langue s'approche. Il s'agit de bien préparer le lieu sacré de l'amour, ce lieu que je connais si bien. Claudine gémit, elle respire très fort, laissant jaillir la rosée. C'est comme si nous continuions l'œuvre de chair commencée il y a un an. Je la contemple dans chacune des phases d'un plaisir qu'elle semble goûter dans une extase totale, je refais les gestes qui l'enivrent, je ne pense qu'à elle. Je caresse ce corps, recevant ses gémissements comme une musique. «Déshabille-toi», dit-elle soudain d'une voix rauque si sensuelle que j'enlève rapidement mes vêtements comme un jeune garçon la première fois. «Ferme les yeux, Jean.» Elle caresse longuement mon corps puis mon sexe de ses lèvres, de ses mains, je frémis tout entier, elle n'attend plus, insère mon sexe en

273

elle. La volupté est incomparable. Je bouge en son corps, je pars très loin avec elle.

Lorsque j'ouvris les yeux, le lendemain matin, et la découvris à mes côtés, sa main sur ma poitrine, un sourire se dessina sur mes lèvres. J'étais bien. Une certitude que j'étais arrivé au port. Je posai un baiser sur son front.

— Tu as bien dormi? demanda-t-elle en me souriant.

Je la pris dans mes bras, embrassai ses paupières, puis sa bouche.

— Je veux attraper une maladie chronique de toi.

Elle fronça les sourcils.

— Les maladies chroniques sont tenaces, persistantes. Elle s'acharnent, sont indélogeables.

— Oui, c'est ça, je veux me loger en toi.

— Tu dis ça parce que je suis nouvelle dans tes bras.

Je la fis taire. Nous repartîmes vers l'union des corps, vers cet amour sexuel, cet opium qui crée une mort momentanée et que certains amoureux appellent avec justesse «la petite mort». Claudine était fougueuse, ce deuxième matin de notre histoire, et je la laissai faire. Elle demandait des caresses en des points précis, dirigeait mes doigts, me mordait, me griffait, pleurait, riait, descendait du lit, m'observait, saisissait ma caméra et photographiait mon corps. J'en étais, à vrai dire, intimidé, répétant que je n'avais plus trente ans. Mais c'est cela qu'elle aimait justement, ce corps quinquagénaire encore beau, fort, touchant avec les marques qu'avait laissées le temps. C'est Claudine qui me fit l'amour, ce matin-là. Elle semblait experte dans l'art de soumettre l'homme à une grande excitation, celui de le faire entrer dans un état duquel il ne voudrait plus s'extirper. En fait, elle était experte dans l'art de se faire aimer. Elle le savait, et c'est cela qui me faisait un peu peur.

J'eus soudain l'image de William en tête. Que venait-il faire dans cette zone intime de mon être, pourquoi surgissait-il avec son air triste, alors que j'étais si bien dans ce nirvana qui durait depuis mon arrivée chez Claudine? Je tâchai de chasser son image dérangeante. Je dus me concentrer pour ne penser qu'à mon plaisir et à celui de Claudine. La sonnerie de mon cellulaire retentit. Elle me fit signe de prendre la communication. C'était lui. Un William nerveux, contrôlant.

— Tu travailles aujourd'hui, fit-il remarquer. Il est neuf heures.

— Je ne suis plus un enfant, William, l'as-tu oublié?

— Je t'attends pour déjeuner.

Il raccrocha. J'étais redescendu sur terre. Claudine m'observait, soucieuse.

— Vous avez une relation étroite, dit-elle.

— Lui, tu veux dire.

Oui, il fallut bien redescendre sur terre. Tandis que Claudine se dirigeait vers la salle de bain, je songeai à ce que la cohabitation avec William signifierait maintenant.

Elle m'appela:

— Tu viens prendre ta douche avec moi ?

Je la rejoignis et ne pensai plus qu'à notre bonheur d'être ensemble. Je déjeunai chez elle, ses yeux logés dans les miens, oubliant la demande de William. Elle me parla de sa thèse de doctorat, de son nouveau recueil de poésie, elle parla, parla encore et encore, avant de sursauter : il était dix heures et elle devait aller chercher sa mère à l'aéroport dans quinze minutes ! Elle courut s'habiller, me serra très fort dans ses bras et me dit de bien verrouiller la porte en quittant, ajoutant que je pouvais aussi rester là, tranquillement, à boire mon café. Elle ne reparla pas des tableaux. Moi non plus. À vrai dire, je n'avais pas du tout envie de les rapporter au loft.

Pendant quelques minutes, je fis ce qu'elle m'avait suggéré : je dégustai mon café. Mais peu à peu, j'émergeai de la sorte d'utérus dans laquelle je baignais depuis la veille, réalisant pleinement que j'avais été irrespectueux envers William en restant chez Claudine, alors que je lui avais dit que je m'en venais déjeuner avec lui. Vers onze heures, je rédigeai un message d'amour que je plaçai sur la porte du frigo et me hâtai vers le loft. La réalité venait de me sauter dessus, et c'est avec un sentiment de culpabilité que je fis démarrer ma voiture.

Le regard torve, William m'attendait au salon. Il n'avait vraisemblablement pas encore touché à son assiette posée en face d'une autre. Autour des œufs au miroir et des toasts refroidis, deux cafés, refroidis également, deux verres de jus, des fromages, des yogourts et des fruits témoignaient du mal qu'il s'était donné pour me concocter un succulent déjeuner.

Je pris le parti d'être franc et lui avouai que je n'avais aucune raison de n'être pas venu manger avec lui.

— Ta sexualité débridée te fait perdre la notion du temps, dit-il en se levant pour aller réchauffer le café.

— Tu dois comprendre que, cette fois-ci, c'est la bonne, je le sens.

Il éclata d'un rire dur, sarcastique.

— Tu as dit ça mille fois !

— Tu verras.

Je téléphonai au bureau, parlai à mon assistant et à mon conseiller financier, puis joignis enfin le gérant du *Nocturne*, tandis que William, tel un petit chien qui se met à manger lorsque son maître arrive, avalait ses œufs refroidis. Mes hommes de confiance confirmèrent mes intuitions : tout allait bien dans le meilleur des mondes, tant au sein des Entreprises Courtemanche que dans mon bar. J'en fis part à William, qui rétorqua qu'il n'en allait pas ainsi de sa situation financière : d'ici quelques mois, il devrait sans doute se résoudre à vendre sa maison de campagne, à l'île d'Orléans, ainsi que son bateau à voile, ancré à Lévis, afin de pouvoir payer la pension exorbitante de Solange. Mais pourquoi s'inquiétait-il ? lui demandai-je. J'étais prêt à contacter Élie Goldberg, qui connaissait tout le gratin des avocats spécialisés en droit des affaires. Ne pouvait-il pas ouvrir un bureau à Montréal ou se joindre à un bureau déjà existant, mais en droit des affaires, cette fois?

William éclata d'un rire sarcastique:

— Droit des affaires! Tu rêves, Jean! On ne change pas comme ça de type de pratique!

— N'as-tu pas déjà travaillé en droit des affaires?

— Quelques années seulement. Et ça ne m'intéresse pas. Et puis, même en droit des artistes, je n'y arriverai pas: je suis un parfait inconnu, ici!

— Que dirais-tu de te joindre à moi comme associé aux Entreprises Courtemanche? Elles font des affaires d'or, tu le sais.

— Et quel serait mon rôle au sein de ta *business*?

— Tu serais mon partenaire, grand Dieu! Tu vendrais et achèterais des immeubles, comme je fais! On partagerait les bénéfices!

Il se tut, avala son café d'une traite et suggéra une partie de billard. Oublier, se changer les idées, rire avec moi, voilà ce qu'il souhaitait le plus. En fait, avoua-t-il enfin, il souhaitait ne plus travailler du tout; ainsi, il ne serait plus tenu de payer de pension à Solange. Je trouvai l'idée farfelue et éclatai de rire. Je lui promis que nous irions jouer au billard à dix-sept heures, après quelques heures passées au bureau.

— Puis on ira au cinéma, ajouta-t-il. Un bon gros suspense, avec policiers, bandits, poursuites effrénées en voiture, dans un décor sicilien, précisa-t-il, me donnant une tape dans le dos.

William avait retrouvé sa bonne humeur. Je réalisai avec stupéfaction que ma présence lui faisait l'effet d'une drogue : dès que nous étions tous les deux ensemble, il renaissait. Je songeai que William se comportait de la même façon lorsque nous étions adolescents : si je jouais ou parlais avec lui, il devenait loquace, de bonne humeur, mais dès que je me préparais à quitter la maison pour aller chez Martha, il faisait la moue, devenait triste, se mettait à dessiner furieusement. À mon retour, il me boudait. Il faut dire qu'il n'avait aucun ami.

Je m'enfuis au bureau et, ce soir-là, je me pliai au programme de William : billard et cinéma. Cette dernière activité me fut si désagréable que je ne me souviens absolument pas de quel film il s'agissait. Je n'ai cependant pas oublié les rires de William et les blagues qu'il lançait à haute voix dans le cinéma plein à craquer, alors que je n'avais qu'une idée en tête : rejoindre Claudine. Vers vingt-deux heures, tandis que le générique défilait, je l'appelai. Elle était déjà au lit et m'attendait toute nue, murmura-t-elle. Je lui promis un massage et bien d'autres choses encore, et déposai un William ahuri devant la maison.

Son malaise était palpable.

— Tu vas dormir là ? demanda-t-il.

— Sûrement.

— Viens, j'ai quelque chose à te montrer. Cinq minutes seulement.

Je le suivis dans le loft. William voulait me faire visionner, sur l'ordinateur, les photos que nous avions prises en Corse et qu'il avait retravaillées. Il y en avait trois cents. Je me retins pour ne pas serrer les poings d'impatience. Il me regarda de son air de chien battu et dit :

— Ton *Dad*... Viens voir.

Je m'approchai de l'ordinateur. La belle tête de *Dad* était là. Son regard vif, sa bouche édentée, largement ouverte, ses doigts déformés sur les touches du piano de Constantino me clouèrent sur place.

— Tu as pris des photos pendant que *Dad* chantait... Merci, William.

— Je savais que cela te ferait plaisir.

Il commença à faire défiler les photos très lentement, comme pour me retenir, comme pour me dire que ma place était ici, ce soir, avec lui, à regarder les images de notre séjour en Corse, là où nous avions été si heureux ensemble. À mesure que les minutes s'écoulaient, que William commentait chacune des photos avec de plus en plus d'enthousiasme, qu'il me demandait si on devait ici ajouter un peu plus de luminosité, là recadrer plus serré, l'impatience grandissait en moi. Je cherchai un moyen de partir sans trop le brusquer, une façon détournée de lui donner envie d'avoir du plaisir avec quelqu'un d'autre. Soudain, je trouvai : Hugo ! Hugo aimerait sûrement regarder avec lui les photos du voyage en Corse. Qu'en pensait-il ? William ne mordit pas à l'hameçon : Hugo lui tombait sur les nerfs. Trop exalté, trop sentencieux, trop ceci et pas assez cela.

— Serais-tu devenu misanthrope ? Personne n'a grâce à tes yeux ?

— Tu as raison, Jean : le monde me tombe sur les nerfs. Cela se guérit, docteur ? Avec un whisky sans doute ?

Il me donna un léger coup de poing dans le ventre, se leva très rapidement et, avant que je n'aie eu le temps de dire quoi que ce soit, il avait déjà versé l'alcool dans un verre, qu'il me tendit avec une révérence. Non, il n'allait pas m'empêcher de partir. Je marchai vers la porte et lui souhaitai une bonne nuit. Je ne me retournai pas. Je ne voulais pas voir sa tristesse. Il murmura un juron, avant de me crier :

— C'est fort, le cul, hein ?

# 15

Déjà un mois que j'étais revenu de la Corse, un mois passé quasi entièrement chez Claudine, tandis que William tournait en rond dans le loft. Sa situation professionnelle ne s'organisait aucunement à Montréal. Bien sûr, il n'avait fait aucun effort pour trouver du travail comme avocat ; rien ne le stimulait, rien ne lui donnait envie d'établir des contacts en ce sens. Rien ne lui donnait envie, non plus, de rencontrer une femme. Il n'était pas encore prêt, disait-il. Je lui avais suggéré de faire des activités avec Hugo, mais il avait répondu que ce dernier, afin de payer son université, travaillait tout l'été comme serveur, et que, de toute façon, le jeune homme était trop absorbé dans sa relation épistolaire avec son amoureux corse – Joseph Asco se préparait à venir le voir en août –, trop jeune aussi, pour qu'il pensât nouer une véritable amitié avec lui. La nouvelle vie de William s'étiolait donc.

J'avais décidé que je cesserais ma thérapie. J'avais peur de ne pouvoir être assez fort pour résister à l'emprise de Myriam, peur de retomber dans mon amour à sens unique, peur de tourner en rond comme les fous, de me décrocher du réel, dans une soif impossible à étancher. Claudine était réapparue dans mon univers, j'allais rester dans ce présent heureux, me disais-je. Pourquoi vouloir décrocher des étoiles à des années-lumière de soi, quand d'autres, tout aussi lumineuses, se trouvent à deux pas? Pourquoi rêver à l'inaccessible? Non, j'allais me rapprocher de Claudine, j'allais enfin connaître un amour qui dure. Je fis savoir à Myriam que je ne serais pas au rendez-vous. Elle me félicita de ma décision, me souhaita de continuer à être vigilant. Je lui dis adieu, assez remué. Je lui fis part de l'émotion qui m'étreignait. Elle m'expliqua que cette émotion était tout à fait normale, ajoutant que les liens que les thérapeutes tissent avec leurs clients sont parfois puissants. Il en avait été ainsi des nôtres. Je lui parlai de Claudine. Elle m'invita à la prudence: «L'amour n'est pas un feu d'artifice, expliqua-t-elle, mais un jardin qu'on cultive jour après jour dans la sérénité et le calme. Votre jardin aura parfois des mauvaises herbes, des pucerons, mais vous ne le détruirez pas pour autant.» Les paroles de Myriam me firent du bien. Je me sentais prêt à continuer, les yeux ouverts, mon histoire amoureuse avec Claudine.

Tous les deux ou trois jours, je passais au loft prendre en vitesse mon courrier. Chaque fois, le visage de William m'apparaissait dans toute sa vérité: il m'était impossible de ne pas ressentir de culpabilité en observant l'infinie tristesse qui se lisait sur ses traits. William en avait la certitude la plus absolue, me disait-il, et c'est cela qui le rendait dépressif: Claudine m'arrachait à lui. Bientôt, lui et moi ne nous verrions presque plus, puisque je vivrais alors en permanence chez elle. Avant de le quitter, je ne manquais pas de lui répéter qu'un temps d'arrêt est souvent nécessaire à l'adaptation d'une personne à son nouvel environnement. Il me fixait durement. Dès mon arrivée dans la voiture, j'oubliais le mal-être de William, toutes mes pensées convergeant vers Claudine et la soirée que nous passerions en amoureux.

Un vendredi, je vins très tôt prendre mon courrier. Dans l'embrasure de la porte, je suggérai encore à William des noms de firmes juridiques et l'invitai à contacter l'Union des artistes. Il battit des paupières, rajusta la ceinture de son peignoir, secoua la tête. Ce n'était pas lá peine d'insister, il n'avait aucunement envie de «faire la pute» et d'aller se «vendre». Il avait changé de vie, expliquait-il, et la profession d'avocat lui puait au nez. Je lui dis qu'il exagérait, qu'il ne s'agissait pas de faire la pute mais de se faire connaître, de parler de sa vaste expérience en droit des artistes.

— Le droit ne m'intéresse plus, dois-je te le répéter cent fois?

Je ne reconnaissais plus mon frère. Lui habituellement si posé, si calme, était devenu agressif, nerveux. J'eus envie de passer le week-end avec lui et Claudine. Partir tous les trois dans sa Triumph vers Québec, faire de la voile sur le Saint-Laurent pour la première fois, avec lui comme capitaine, nous relaxer, puis l'amener dans un bar de la capitale, là où je l'espérais, une femme lui ferait perdre la tête. Oui, le faire boire, non pas ici mais dans un bar, me dis-je, croyant avoir trouvé la solution.

— Que dirais-tu d'un peu de bateau ce week-end? demandai-je. Tu me montrerais ton voilier... On amènerait Claudine.

— L'idée m'enchante, mais je n'ai pas la tête à socialiser avec ta blonde.

— Voyons, tu dois sortir de ta léthargie, élargir ton champ de relations...

— Élargir mon champ de relations, dis-tu? Et pourquoi?

— Parce que tu ne peux continuer comme ça, William.

— Appelle-la et dis-lui qu'on sort entre frères pour une fois! On part pour le week-end!

J'abdiquai. Après tout, c'est moi qui avais insisté pour qu'il vienne vivre chez moi. Je devais en accepter les conséquences.

— Donne-moi une heure, dis-je. Je rejoins Claudine, je lunche avec elle, je lui explique la situation et on part.

Je quittai le loft sans même attendre son commentaire. Je roulai vers Claudine, qui m'attendait au jardin. Immobile, elle contemplait les iris qui s'élançaient vers le ciel. Je m'approchai en silence. Elle m'avait vu, mais elle restait immobile. Elle aimait me voir venir à elle, l'allumer, comme on allume un feu de bois. J'eus envie de la transporter dans mes bras jusqu'à son lit, ce «lieu de l'oubli» – c'est elle qui avait choisi cette appellation. Je la soulevai de sa chaise comme on soulève un enfant qui dort. Elle se laissa faire. Elle avait fermé les yeux. Son corps était léger. Je marchai vers la chambre, la déposai sur le lit et embrassai toutes les parties de son corps, millimètre par millimètre. Je lui fis l'amour, nous mangeâmes là, nus, assis dans les draps humides, des rires plein la bouche. Puis, je lui annonçai que je partais avec William faire de la voile à Québec. Je n'eus pas besoin de lui expliquer longuement pourquoi je me devais de l'exclure du voyage. Elle-même jugeait qu'il était normal que mon frère désirât parfois être seul avec moi.

— Tu devrais discuter avec lui, le laisser parler, le laisser te dire comment il se sent, suggéra-t-elle. Ton attitude est à la limite du supportable : tu l'invites à venir vivre chez toi et tu n'es jamais là !

Je poussai un soupir de soulagement : Claudine comprenait la situation. Elle m'embrassa, me serra dans ses bras et me souhaita un échange fructueux avec William. Elle travaillerait à sa thèse pendant que je voguerais sur l'eau.

Lorsque je revins au loft, William m'attendait sur la terrasse en dessinant. Il rangea très vite sa tablette, et nous partîmes pour Québec dans le soleil éclatant de juin.

Roulant sur l'autoroute à vive allure, le toit de la décapotable baissé, du jazz dans les oreilles, nous sommes bien tous les deux, assis côte à côte. William sourit en mâchant de la gomme. Une image s'impose à mon esprit : nous revenons de l'école à vélo dans la rue Queen, à Rawdon; il a treize ans, il mâche son éternelle gomme baloune. Je lui demande si on va faire un tour pour espionner la femme-homme, comme je surnomme alors cette femme mystérieuse dont je ne connais pas le nom et qu'on voit souvent marcher en solitaire. Nous pédalons vers le petit bois d'épinettes, à l'orée duquel elle habite. Nous passons par le cimetière et, à notre grande surprise, nous l'apercevons, agenouillée près d'une tombe. Elle lève les yeux et me regarde en souriant. Mon cœur fait trois bonds dans ma poitrine. C'est comme si elle me pénétrait avec tout son corps de femme, ses seins ronds, ses fesses, son visage, ses yeux, sa tête. Je suis ébranlé pour toujours par ce regard sur moi, Jean Courtemanche, seize ans, fils de Pauline Courtemanche, la grosse femme pas de mari, qui a deux fils illégitimes. Je suis ébranlé et dis fièrement à mon frère qu'elle m'a regardé, que c'est un signe.

Je narre ce souvenir au William adulte, assis près de moi dans la Triumph. Je touche son bras:

— Quand tu mâches ta gomme, je te revois à treize ans... On s'en allait à vélo espionner la femme-homme, tu te souviens? On l'avait trouvée à genoux devant une tombe, au cimetière, la tombe de son mari...

Sans dire un mot, William écrase sa gomme dans le cendrier, avant de monter le volume du saxophone de Chet Baker.

— Arrête de parler du passé, OK? lance-t-il enfin.

— Mais on n'a pas eu n'importe quel passé, William! Le nôtre est très spécial.

— C'est justement pour ça que je ne veux pas y retourner. Je veux rester dans le présent. Le passé est mort, tu le sais bien.

— Non, le passé n'est pas mort, disait Faulkner, il n'est même pas passé.

— Arrête tes citations bidon! Hugo t'a influencé, à ce que je vois. On est bien, dans ce petit vent chaud, laisse l'enfance pleurer toute seule.

— Pleurer toute seule?

— Dois-je te répéter que j'essaie, depuis des années, de m'en extraire?

Je me tus. Je ne voulais pas gâcher cette échappée estivale, qui commençait déjà à avoir un goût amer. Après quelques minutes, William retrouva sa bonne humeur et nous pûmes rouler jusqu'à Québec sans anicroche. Cela lui faisait tout drôle, disait-il, de voir se dessiner la fière silhouette de la capitale. Pour rien au monde il n'aurait voulu y rencontrer Solange. Nous contournâmes la ville, nous dirigeant tout droit vers le port de Lévis où était ancré son impressionnant voilier, un *Bénéteau 40* aux lignes contemporaines, magnifique embarcation dont l'immensité et le confort semblaient être les maîtres à bord. Je n'avais jamais vu de photo de son bateau. Aussi fus-je surpris lorsque j'aperçus mon nom sur son flanc.

— Solange voulait l'appeler *Le roi des mers*, bafouilla-t-il. Je trouvais ça pompeux. Tandis que *Jean*, c'est court, fier, et ça me... ça me... rappelait toi.

William se fit craquer les jointures. J'étais mal à l'aise, comme si, soudain, je comprenais que mon petit frère n'avait jamais pu se séparer de moi, que je faisais partie intégrante de lui, même adulte, même à des centaines de kilomètres, même si nous ne nous fréquentions que très peu.

La croisière fut agréable. Je ne trouve pas d'autre mot pour qualifier notre promenade en mer. Mais, à bien y penser, elle ne fut agréable que pour William. Le malaise que je ressentais en sa présence allait croissant. J'avais beau me dire que tout allait bien, qu'il était normal que cette proximité avec moi le rendît euphorique, que sa vie avait été chambardée et qu'il se retrouvait finalement, à cinquante-quatre ans, dans un *no man's land*, une petite voix me disait que William s'enlisait dans une obsession malsaine. Je ne savais comment aborder le problème sans le heurter. Aussi décidai-je d'attendre notre retour au loft pour lui en parler. En cette fin de juin, ne devais-je pas me concentrer sur la beauté des vagues qui nous portaient comme si nous étions leurs invités, me concentrer sur le plaisir qu'il y avait à être en présence de celui qui avait partagé mon enfance et mon adolescence, celui qui me connaissait mieux que quiconque, qui m'avait vu grandir à ses côtés ? Comme s'il avait entendu ma réflexion, William me confia :

— Mon bonheur désormais signifie être accompagné dans mon quotidien par toi, mon alter ego. On est comme des jumeaux, finalement ! Et dire que j'ai passé des années à naviguer avec une femme que je n'aimais pas! Si tu savais comme je m'en veux d'être resté pendant trente ans à ses côtés!

Il me serra le poignet. Si fortement que cela en était douloureux. Je rigolai :

— Tu vas me casser le poignet, William!

Son rire fusa longtemps. Ce rire me faisait mal.

Un vent fort se leva soudain, comme pour permettre à mon frère de me montrer ses capacités à bien gouverner. Il le fit. En silence. À la perfection. Il semblait si heureux que j'en ressentis encore un malaise. Lorsque la vélocité du vent diminua un peu, William se mit à parler d'un projet auquel, disait-il, je ne pourrais résister. Il me demanda de ne rien dire tant qu'il n'aurait pas exposé totalement son idée. Je promis d'écouter jusqu'au bout. Je me doutais de quoi il s'agissait; je devais sûrement en faire partie. Il commença par parler du bonheur qu'il éprouvait lorsqu'il se trouvait sur l'eau.

— C'est comme si je retournais dans le ventre de notre mère, tu comprends. Voilà pourquoi j'ai acheté ce voilier, il y a dix ans. Et voilà pourquoi j'ai passé des mois à étudier les rudiments de la voile avec l'un de meilleurs *skippers* de Québec. Je voulais partir en mer, vivre sur l'eau, mais pas avec Solange. J'étais coincé, vois-tu. Aussi, lorsque tu m'as demandé de venir vivre avec toi à Montréal, j'ai dit oui. Je me disais que je verrais si nous deux, c'était encore possible.

Il se tut. Je le voyais très bien venir. Je me tus également, la tête dans le vent, observant les nimbus qui s'amoncelaient dans le ciel et le château Frontenac qui s'y perdait, au loin. Il reprit, allant droit au but, sans me regarder :

— On pourrait partir tous les deux en mer. Pour toujours! Vivre sur la mer, Jean! Quitter la ville, le bitume. On ferait escale dans des coins de paradis, aux îles Marquise, aux îles Vierge... J'en connais qui le font : c'est un bonheur, paraît-il, indescriptible. Tu es bourré de fric, tes actions marchent sans que tu aies à lever le petit doigt ; on pourrait finir notre vie dans la beauté, loin des crapules, des idiots. Vieillir en mer.

Que répondre à cela sans le démolir? Je choisis de rester vague. Je dis que l'idée était bonne, mais qu'il me fallait réfléchir, prendre le temps de peser le pour et le contre.

— Surtout le pour, murmura-t-il, plongeant son regard dans le mien.

Un premier éclair zigzagua, suivi d'un coup de tonnerre plutôt sourd. Puis la pluie s'abattit, drue, forte dans un vent violent de tempête. William était déçu.

— Les météorologues se sont trompés encore une fois! laissa-t-il tomber en enfilant son imperméable. On va être obligés de bourlinguer.

— Bourlinguer?

— Avancer péniblement contre le vent et la mer.

— Je préférerais utiliser ce terme pour décrire ce que nous ferons joyeusement ce soir, dans un bar où t'attend peut-être la femme de ta vie, mon vieux!

— Ouais.

William soupira. Je mis un imperméable.

— Tu sais que je ne sais pas approcher les femmes. Et puis, as-tu vu mon menton qui s'étire jusqu'à Tombouctou?

— Arrête, William : tu me répétais la même chose, adolescent. Je le trouve très bien, moi, ton menton. Concentre-toi plutôt sur tes principaux appâts : tes yeux, ta taille, ta culture, ta prestance, ton titre d'avocat...

Un autre éclair zigzagua. Le dos de mon frère eut un soubresaut, puis il me fit taire de la main :

— Je mesure six pieds, j'ai un diplôme d'avocat, mais je me sens haut comme trois pommes.

Les coups de tonnerre se multipliaient. William travaillait fort pour lutter contre les vagues, qui avaient pris un tonus incroyable. Comme je ne m'y connaissais pas du tout en navigation et que je ne raffolais pas des tempêtes en mer, nous décidâmes de dormir à l'hôtel. Je me disais que cela faciliterait les choses, que nous pourrions commencer notre batifolage plus tôt. William me persuada de louer une suite au château Frontenac. Je n'opposai aucune résistance : mon petit frère souhaitait fêter en grand notre week-end à Québec ? J'allais lui offrir ce plaisir.

— Rien de trop beau pour les prolétaires ! s'exclama-t-il.

J'éclatai de rire. De bon cœur cette fois. Nous retournâmes au port ancrer le voilier. William avait retrouvé sa bonne humeur, qu'il conserva tout au long du trajet nous menant de Lévis à la capitale.

La chambre louée était évidemment somptueuse. Il lança sa valise sur le lit, commença à se déshabiller et dit :

— Tu prends ta douche en premier, puisque c'est toi qui paies, Jean !

Je rétorquai que j'étais fatigué ; j'allais plutôt m'étendre un peu auparavant, étrenner ce grand lit. William entra dans la douche. Je m'allongeai et fermai les yeux. Il chantait maintenant à tue-tête. Je n'avais qu'une envie, qu'un désir : faire l'amour à Claudine, la caresser, là-bas, chez elle, à Montréal, dans le lit au dragon.

Lorsque je m'éveillai, il faisait nuit. William était étendu à mes côtés, en peignoir, lisant à la lueur d'une lampe de poche son *Plaidoyer pour le bonheur* du moine Mathieu Ricard.

— Je ne voulais pas te réveiller, fit-il doucement. Tu semblais si bien.

— Il est vingt-deux heures ! m'exclamai-je, fixant les aiguilles de ma montre. J'ai une faim de loup. J'espère qu'on pourra trouver à manger à cette heure-là !

— Ne vous en faites pas, noble frère, j'ai commandé. On viendra nous porter le repas dans notre suite.

— Mais on aurait pu aller manger dans un restaurant.

J'en avais le tournis. Je me levai et me dirigeai vers la salle de bain. Je me demandais comment je ferais pour passer le reste du week-end avec lui. L'eau sur mon corps me fit du bien. Je tentai de respirer profondément, de faire le vide. Après tout, je n'en mourrais pas : je reverrais Claudine le surlendemain.

Lorsque je sortis de la salle de bain, le plateau du repas était posé sur la table, la bouteille de champagne déjà ouverte. J'enfilai un jean et un t-shirt.

— Après le repas, on pourrait sortir un peu en ville, dis-je.

— Je suis fourbu, répliqua-t-il en nous versant à boire. Pas toi ? On pourra dormir tôt afin d'avoir une longue journée de navigation demain.

Son ton n'admettait aucun refus : nous resterions à la chambre ce soir, il en avait décidé ainsi. Je serrai les poings. William me kidnappait et je ne pouvais rien faire d'autre que rester là, à l'observer me servir avec élégance.

Le lendemain, il faisait beau, mais je n'avais pas envie de naviguer. Je souhaitais surtout faire plonger William dans le monde des femmes. S'il avait été nocif que, pendant trente ans, sa vie se fût limitée à Solange, il était tout aussi nocif qu'elle se limitât maintenant à moi, pensai-je. J'insistai pour aller faire un tour sur les plaines d'Abraham, qu'étonnamment je n'avais jamais foulées, moi, le grand voyageur. William bougonna, puis accepta enfin. Il comprenait, disait-il, mon désir de me promener dans ces plaines historiques, ce lieu d'affrontement des empires français et anglais en quête d'hégémonie, dont l'issue, la conquête de 1759, me rappela-t-il avec cynisme, avait changé le sort de l'Amérique.

Il termina son plaidoyer en ajoutant qu'au lieu de savourer une belle journée de navigation, on allait se farcir les plaines d'Abraham remplies de touristes.

Après les plaines, nous nous retrouvâmes dans le Vieux-Québec, au Musée de la civilisation, là où la place Royale me fut expliquée en long et en large par un William qui en avait pris son parti et souhaitait me faire plaisir, disait-il, en me faisant visiter ce havre stratégique qu'avait choisi Champlain en 1608 pour y construire son habitation en Nouvelle-France. La visite de cette place me parut fort longue. À mesure que les heures s'écoulaient, je me disais que les chances pour William d'être assis en face d'une femme ce jour-là s'amenuisaient considérablement. Je décidai de prendre le taureau par les cornes et d'aborder une touriste, ici, dans ce musée. Je déversai mon charme sur une Française qui me reluquait depuis un moment. Je lui demandai l'heure, elle se fit un plaisir de me renseigner, et j'engageai la conversation. Je connaissais très bien ce sport. Aujourd'hui, je travaillais pour mon frère. Ce dernier, sentant le subterfuge, était sur le point de s'éloigner un peu de nous, se concentrant sur une vue panoramique interactive, quand j'attrapai le poisson au vol et dis que je devais aller aux toilettes, mais que je revenais dans la seconde. Je les présentai l'un à l'autre.

— Sandrine, William, je vous laisse ensemble : mon frère est un féru d'histoire du Québec ! À tout de suite !

Je m'enfuis sans regarder William, pris au piège. Je restai une quinzaine de minutes aux toilettes, mais ce fut une erreur : lorsque j'en revins, la dame avait disparu. William avait dû se montrer d'une froideur extrême. Il se contenta de me dire, le regard dur, qu'il n'appréciait pas du tout ce genre de petit jeu ; je n'avais pas à diriger sa vie, qu'il menait comme il l'entendait. Pour l'instant, il n'avait pas envie de se lier à quiconque. Il me rappela que nous étions à Québec pour faire de la voile et non pour le *matcher*. Il était inutile, je le savais maintenant, d'amener William dans un bar : même les effets de l'alcool seraient inopérants. Aussi bien lui plaire, pensai-je, et faire du bateau. Nous nous retrouvâmes de nouveau au port de Lévis. Il faisait plein soleil, et un petit vent juste parfait soulevait nos cheveux. William souriait, sa gomme entre les dents. Sa joie était revenue. Il voulut m'initier aux manœuvres d'un voilier. Si nous voulions partir ensemble en mer dans un avenir rapproché, disait-il, il me fallait absolument les connaître et les maîtriser. Son enthousiasme était débordant.

— Première règle, commença-t-il en riant : un navire à voiles ne peut avancer si ses voiles sont dégonflées ! On ne peut pas naviguer face au vent ! Les manœuvres tiennent compte de la position et de l'orientation du bateau par rapport au vent. On oriente le voilier pour assurer sa prise au vent en agissant sur la barre et les voiles. Tu me suis ?

Il parlait, parlait, de l'angle mort dans lequel il ne faut surtout pas entrer si on veut avancer, des différentes expressions utilisées en navigation pour désigner les directions du vent, et il me les faisait répéter : le vent arrière, le large, le travers, le près, répétait encore les mots «bâbord» et «tribord», il voulait tout me dire, tout me montrer. Il voulait me donner la piqûre de la voile, me l'injecter pour toujours. Je lui faisais plaisir et le questionnais encore, lui demandais si je pouvais, tout de suite, changer la direction du bateau. Je riais, il prenait mes mains et les posait sur la barre. J'appris à abattre, à lofer, j'appris comment tendre la voile ou border, comment la relâcher ou choquer – cette dernière expression du vocabulaire marin me fit rigoler et je la répétai avec grandiloquence. Je mémorisais comme un adolescent désireux d'apprendre vite, je ne disais plus «les cordages», je disais «les écoutes», c'était le mot juste, le mot précis de la navigation. J'aimais ce terme, et tous les autres que mon *skipper* m'enseignait. William était rouge d'excitation, comme lorsque je jouais au hockey avec lui, adolescent ; je le revoyais me lancer la rondelle, jambes écartées, la gomme, toujours, entre les dents. Je nous revoyais en harmonie, en symbiose, nous, les deux Courtemanche sans père, lui, le William fragile, timide, et moi, l'extraverti fougueux, sûr de lui, qui le guidais en tout. Moi, son protecteur et ami. Il écoutait attentivement, apprenait, m'observait, en continuelle admiration. Un jour, je lui avais demandé de me dessiner : je voulais offrir mon portrait à Martha. Il s'était exécuté, et j'avais posé pour lui dans le petit vent chaud d'été, en culottes courtes, avec mes yeux qui se voulaient doux pour elle, mon premier amour. Il avait dessiné, au fusain, du mieux qu'il avait pu, ma tête d'adolescent de seize ans, mais j'avais été déçu : mon nez avait des trous immenses ! Je le lui avais dit. Il avait déchiré le dessin, triste, presque honteux. Aujourd'hui, les dessins qu'il faisait de moi étaient des copies quasi conformes de ma bouille. Et il me montrait maintenant à naviguer. Il devait en être très fier.

— Tu apprends vite ! s'exclama-t-il, me regardant exécuter un virement de bord impeccable.

— Tu es un bon professeur.

La nuit vint, dans les rires de William qui ne cessait de me féliciter. J'étais, d'après lui, un marin-né, comme on dit acteur-né, et nous pourrions sûrement appareiller pour un tour du monde d'ici quatre mois. Mais je devais être discipliné et venir souvent prendre le large avec lui. Pourquoi ne pas passer le reste de l'été à parfaire ma technique ? En octobre, nous pourrions, si tout allait bien, lever les voiles vers les Antilles... Il divague, pensais-je, laissons-le faire, on est si heureux quand on rêve. Comme s'il avait entendu ma réflexion, il répéta qu'il était sérieux, qu'il ne s'agissait pas de sornettes. Il sortit la bouteille de rhum et m'invita à trinquer à notre beau projet. L'instant était précieux pour lui. Il leva très haut son verre, le bras allongé vers les étoiles, tout en me regardant. Je me sentais coupable de lui mentir, coupable de le laisser grimper de joie jusqu'au ciel, coupable de ne pas lui dire que jamais je ne deviendrais son compagnon autour du monde. Moi, c'était d'une femme dont j'avais besoin. Et Claudine commençait à pénétrer mon univers de plus en plus ; j'avais désormais besoin d'elle, de sa fraîcheur, de son âme.

Je m'endormis vers minuit dans une couchette du bateau. William était resté à la barre, en bon capitaine. Il me réveilla trois heures plus tard : c'était mon tour, il me faisait confiance.

— Le fleuve est très calme maintenant, dit-il. Tu verras, le ciel, le vent, les vagues, les goélands en pleine nuit, c'est fascinant, irréel.

Le lendemain, William reprit son rôle d'instructeur de voile. Je me pliai à tous ses tests, m'efforçant d'être un élève exemplaire. Il était visiblement content, satisfait. J'avais décidé, avant tout, de permettre à mon frère de s'épanouir dans des activités qui lui plaisaient. Je me disais qu'il fallait sans doute qu'il reprît confiance en lui avant de se lancer dans les bras d'une femme. Quand on ne lutte pas contre le désir d'un autre, tout va bien, conclus-je, alors que l'après-midi tirait à sa fin. En maillot de bain, nous nous laissions bercer par les flots, nous nous relaxions, allongés au soleil, un plat de fruits et de noix à proximité. La journée avait passé en un éclair.

— La vie est belle, fit William, qui découpait une mangue particulièrement juteuse. Tu vois, ça se déroulera comme ça quand on partira en mer pour de bon.

Je me contentai de sourire.

— Ouvre la bouche, dit-il.

Il s'approcha et me déposa un quartier de mangue entre les dents.

Puis, du bout de l'index, il toucha mon visage, en caressa le contour.

— Ah, ce menton parfait, ces pommettes, ce front...

Son geste me rendit mal à l'aise. Aussi le tournai-je en blague :

— Tu étudies les formes du héros de ta bande dessinée ? Attention, tu vas découvrir plusieurs accrocs à ce visage buriné par les années ! Regarde les poches que j'ai sous les yeux !

— Tais-toi, idiot ! s'exclama-t-il, tu es beau comme un dieu !

Ses yeux parcoururent mon corps, s'y attardèrent. De plus en plus mal à l'aise, je me levai, enfilai mon jean et annonçai que je souhaitais maintenant retourner au port : nous avions trois bonnes heures de route jusqu'à Montréal. Il me jeta un regard oblique. Sa bonne humeur venait de tomber.

Nous restâmes silencieux tout le long du trajet. Le visage de William était triste. Le mien également.

# 16

Le mois de juillet n'amena aucun changement dans la vie de William. À part Hugo, qui était venu me remercier, un soir, au loft, d'avoir accéléré le processus d'immigration de Joseph Asco, William ne fréquenta personne d'autre que moi. Il ne travaillait toujours pas et se refermait sur lui-même, mais ne me demandait plus de rester auprès de lui ni n'abordait son projet de partir en mer. Il avait compris. Cela me ramenait en arrière, à l'époque de ma relation avec Martha, alors qu'il se taisait, plongé dans sa solitude désespérée. Je dormais maintenant presque toutes les nuits chez Claudine. À vrai dire, j'avais, en un certain sens, élu domicile chez elle, même si mon loft était resté intact : tous mes meubles et mes tableaux, mes vêtements, mes livres et mes souvenirs s'y trouvaient encore, ils n'avaient pas bougé, ils étaient devenus le décor du quotidien de William. Mais le loft était, depuis quelque temps, dans un désordre indescriptible : rempli de dessins, de revues d'art, de livres ouverts et posés çà et là, de vaisselle et de vêtements sales, il ressemblait à ces appartements où s'entassent des étudiants de cégep qui vivent en groupe afin d'économiser. William avait renvoyé la femme de ménage sans m'en parler. Il me l'apprit, un jour, tout bonnement, alors que je venais chercher mon courrier :

— J'ai donné son congé à la femme de ménage. Tu lui dois encore une semaine de travail...

— Mon dieu, William, tu as de ces initiatives ! Et pourquoi t'as fait ça ?

— Elle m'emmerdait avec ses questions. Et puis, je ne retrouvais jamais rien : la manie qu'elle avait de tout ranger, comme notre mère...

Il se remit à dessiner.

— Tu es un bon sujet pour la caricature, dit-il. Je fais actuellement les esquisses pour mon projet de bande dessinée, mais avec toi seul comme héros. Car j'ai décidé que je n'y figurerais pas. Pas avec ce corps-ci du moins. Un chien, nommé *William*, incarnera ce que je trouve acceptable et détestable en moi. Il aura tous les traits de mon caractère renfermé et dépressif, généreux, astucieux et... assez intelligent, je l'admets !

William avait même trouvé le titre de sa bande dessinée : *William et le Phénix*. Le *Phénix*, c'était moi, unique en mon genre, une sorte de surhomme, disait-il, supérieur par ses dons et ses brillantes qualités. Et, tout comme l'oiseau mythique qui renaissait de ses cendres, le *Phénix* était increvable, invincible. J'éclatai de rire et affirmai que c'était une sacrée bonne idée ! Il pourrait ainsi publier, se faire un nom dans la bande dessinée et gagner honorablement et agréablement sa vie. Il acquiesça.

— *William et le Phénix* avance, murmura-t-il. Viens voir.

— Je n'ai pas beaucoup de temps, répondis-je, j'ai une rencontre avec mon conseiller financier dans quinze minutes !

J'actionnai le lave-vaisselle, puis m'approchai. Ce que je vis me fit mal : le chien *William*, un caniche blanc aux grands yeux tristes, était enfermé dans une cage, puni par son maître parce qu'il avait uriné sur le tapis du salon. Le *Phénix*, qui me ressemblait étrangement, lui disait : « Tu vas rester dans ta cage tant que tu ne seras pas propre, tu entends ? »

— *William* ne sera jamais propre et le *Phénix* songera à le faire euthanasier, laissa tomber mon frère en me fixant. Mais comme le *Phénix* aime beaucoup son chien, il consultera finalement un psychologue pour chiens qui guérira *William* de sa vilaine habitude. Tous les deux pourront alors partir au bout du monde, sur un immense voilier...

Il eut un petit rire triste.

— Si tout était aussi simple...

— Tu y tiens vraiment, à ce voyage, William ? demandai-je.

— Plus que tout au monde.

Il me regarda intensément et, à ce moment, ma gorge se noua. Je lui donnai une tape dans le dos, lui suggérai d'aller se promener à vélo sur la montagne : cela lui ferait du bien. Je lui dis au revoir. Il se pencha sur sa tablette à dessin et me salua presque tout bas.

Le lendemain, pris de culpabilité, je décidai de venir passer quelques jours avec lui. Claudine était d'accord : nous ne pouvions nous vautrer dans le bonheur, alors que lui s'étiolait dans sa souffrance. Elle me suggéra de rester au loft aussi longtemps que cela me paraîtrait nécessaire, de me rapprocher de lui, de reconstruire en quelque sorte notre fratrie, qui avait été brisée à l'adolescence, afin qu'il puisse, sécurisé, s'ouvrir ensuite aux autres.

Au moment où j'allais quitter, elle me suggéra, empathique, de conseiller à William de consulter un psychologue.

— Oh, dis-je, levant les sourcils, je ne crois pas que j'y arriverai : sa dernière thérapie a été longue, cinq ans, et, selon lui, désastreuse. Il en est ressorti « plus malade qu'avant ». Ce sont exactement les mots qu'il a employés.

Alors Claudine eut une idée : inviter William à se joindre à un atelier de dessin. Peut-être y rencontrerait-il des personnes avec qui il pourrait tisser des liens ? Et, tandis qu'elle consultait le Web à la recherche de sites sur le sujet, je partis, un peu plus optimiste.

— Je t'envoie tout ça par courriel ! cria-t-elle de son bureau.

Je crois que Claudine se sentait coupable de m'enlever à William.


Mon arrivée à l'improviste le surprit agréablement.

— Je vais rester ici quelques jours, dis-je. Comment vas-tu ?

Son regard brillait. Il devint loquace, raconta qu'il avait fait laminer des tas de photos de moi prises en

Corse et m'entraîna dans la chambre pour me les montrer. Elles tapissaient littéralement les murs.

— Tu vois, s'exclama-t-il, tu as gardé toute ta beauté et ton sex-appeal de jeunesse! On prend un whisky?

Nous bûmes jusque tard dans la nuit. Tout en dessinant, William déconna, raconta ses bons coups comme avocat, les folies de Solange, ses chirurgies plastiques, ses fantasmes sexuels.

— Comment as-tu fait, pendant toutes ces années, pour bander? demandai-je soudain.

Il but une gorgée de whisky et me fixa, devenu sérieux tout à coup.

— Un fantasme, tout simplement. Le même, récurrent, depuis toujours.

— Lequel?

Il hésita, allait parler, mais se tut. Il était fatigué, disait-il, il avait trop bu, la tête lui tournait. Il ferma sa tablette à dessin, éteignit les lumières et se glissa sous les draps. Je restai quelques instants à réfléchir dans le noir, rangeai les verres et le rejoignit sous la couette. William s'était retiré à l'extrémité du lit.

Je passai cinq jours au loft. Je voulais remettre William sur les rails, me rassurer sur son équilibre avant de retourner chez Claudine. William dessinait comme un maniaque et faisait du vélo avec moi, enthousiaste comme jamais. Tout se déroula très bien, jusqu'au moment où j'annonçai que je retournais chez Claudine pour la nuit. Son visage s'allongea. Je le rassurai et lui promis de revenir le lendemain. Mais je ne revins pas le lendemain. Ni le surlendemain. Et puis je me disais que William avait maintenant un projet bien entamé : sa bande dessinée. De plus, il s'était enfin inscrit à un atelier de dessin. J'espérais de tout cœur qu'il se lierait d'amitié avec une participante. Nous mangions maintenant ensemble le midi, chez *Madame Tong*, un petit restaurant vietnamien situé tout près de mon bureau, rue Notre-Dame. Sa vie commençait à s'organiser, semblait-il, et son visage était serein. Il lui arrivait parfois de jouer au billard avec Hugo et Joseph, qui habitaient maintenant ensemble dans l'appartement du Mile-End, rien que tous les deux, sans l'habituelle cohorte d'étudiants avec qui Hugo partageait auparavant le logis. Après la partie de billard, William acceptait d'aller souper ou de prendre un verre chez eux. Il ne restait jamais très longtemps, disait-il, car il ne voulait pas les déranger.

En septembre, j'invitai William à venir fêter avec nous l'anniversaire de Claudine. Deux copines d'université et une professeure de littérature allaient être de la fête. Il refusa d'abord. J'insistai, lui rappelant qu'il n'avait pas encore rencontré mon amoureuse ; il devait profiter de l'occasion, non ? Il accepta enfin. Il arriva très tôt – sans doute pour repartir très tôt également –, serra poliment la main de Claudine, admira le jardin, les tableaux, et s'assit en sa compagnie au salon, tandis que je préparais le repas de fête. De la cuisine, je prêtais l'oreille à leur conversation, au monologue de Claudine, devrais-je

dire, puisque William ne répondait que par mo-
nosyllabes aux questions qu'elle lui posa d'abord sur
sa profession d'avocat. Réalisant qu'il n'avait sans
doute pas envie d'épiloguer sur sa carrière, mais
connaissant sa passion de la voile, Claudine voulut
l'amener sur cette piste, mais là aussi, ce fut en vain :
William ne souhaitait visiblement communiquer ni
sur le droit, ni sur la voile, ni sur rien du tout. Un
ange passa. Claudine lui offrit à boire. Tandis qu'elle
ouvrait une bouteille de rosé, il en profita pour
s'approcher de moi, me dit qu'il pouvait m'aider à
couper les légumes. Non, ce n'était pas nécessaire,
tout était prêt maintenant : le saumon cuisait au
four, et même la salade et les fromages attendaient
sagement sur le comptoir. Il offrit alors de mettre
le couvert. Ce que nous fîmes ensemble, tandis que
Claudine insérait un CD de Leonard Cohen dans
le lecteur. William me rendit mon sourire, le regard
lumineux. Tout en posant les assiettes sur la table
du patio, il parla du plaisir qu'il avait maintenant à
découvrir l'aquarelle, lui qui, jusqu'ici, n'avait utilisé
que le crayon de plomb ou la plume feutre pour
s'exprimer «avec ses doigts», précisa-t-il en riant.
Car il était redevenu joyeux, à mesure que nous
parlions ensemble, lui et moi, que je le regardais,
qu'il me touchait le bras, la main ou l'épaule pour
ponctuer ses propos, leur donner plus de force.
Il semblait exister, redevenir le William que j'aimais
bien. Mon frère, quoi. Cela ne dura pas longtemps :
dès que la sonnette de la porte d'entrée retentit, il se
rembrunit.

Claudine courut ouvrir. C'était Mélodie, dont la voix agréable résonna jusqu'à nous. Je m'approchai : un présent enrubanné entre les mains, Mélodie embrassait Claudine en lui souhaitant que son «bonheur dure toujours».

— Je crois que ce sera le plus bel anniversaire de ma vie! dit Claudine. C'est lui, mon amour.

Elle allongea le bras :

— Je te présente Jean Courtemanche...

— L'amour, c'est comme un raz-de-marée, chuchota Mélodie, me serrant la main. Ça emporte tout, même le passé ; quand on aime, on a l'impression, chaque fois, qu'on n'a jamais aimé comme ça... J'en sais quelque chose.

— Elle s'appelle Mélodie Latendresse...

— Un nom prédestiné, fis-je.

— Pas tant que cela... Ma tendresse ne se remarque pas tout de suite : je fais souvent peur aux hommes! Mais oublions ça ; ouvre ton cadeau, Claudine.

Claudine déballa le paquet : «Une rose des sables!» s'écria-t-elle, émerveillée. Provenant du désert de sel de Chott el-Djerid, en Tunisie, cette authentique rose des sables avait été trouvée par Mélodie lors d'un voyage avec son amoureux d'alors, un Tunisien qui l'avait fait beaucoup souffrir, disait-elle, mais qui l'avait amenée à vénérer la nature.

William nous rejoignit et admira, lui aussi, le chef-d'œuvre façonné par le désert. On lui présenta Mélodie, il lui serra la main et esquissa un sourire poli. Les autres invitées arrivèrent au même instant.

310

Le visage de William se crispa. Je compris que croire à une idylle entre William et l'une de ces filles relevait de la plus pure utopie. Je compris également qu'il ne reviendrait sans doute jamais au 181, Circle Road. Nous passâmes à table dans les rires des copines qui se retrouvaient. Durant tout le repas et la soirée qui suivit, le malaise de William alla grandissant. Il buvait très peu et ne s'adressait qu'à moi. Claudine fit jouer un tango. Nous le dansâmes comme si nous étions seuls au monde, loin de ce salon où mon frère semblait malheureux comme les pierres. À un moment donné, je croisai son regard, un regard d'enfant triste, oublié. J'eus envie d'aller le chercher, de l'installer entre nous pour qu'il se laisse magnétiser par cette musique d'accordéon qui m'a toujours envoûté. Comme si elle comprenait qu'elle devait s'occuper de ce bel homme mélancolique, Mélodie se leva et invita William à danser. Il refusa, prétextant qu'il ne savait pas danser le tango. Elle le prit quand même par la main :

— Je vais te montrer, dit-elle. Détends-toi, laisse-toi guider...

Mais il ne se détendit pas puisque, quelques minutes plus tard, après avoir avancé et tournoyé de peine et de misère, s'efforçant de suivre le tempo de *La Cumparsita*, il s'approchait de nous, observant la main de Claudine qui jouait dans mes cheveux.

— Jean va se lasser de toi, comme il s'est lassé de toutes les femmes qui l'ont séduit, lâcha-t-il dans un souffle.

Puis, s'adressant à moi, il prétexta une grande fatigue et dit qu'il s'en allait. Je n'osai pas insister. Il me fit une longue accolade, avant de se hâter vers la porte. Il était vingt-et-une heures. Nous continuâmes à danser le tango, mais le climat s'était détérioré. Claudine et moi étions tristes. Tristes pour William qui venait de nous faire la démonstration éloquente de sa jalousie, tristes de constater que notre amour le faisait souffrir. Voilà déjà quatre mois que nous vivions notre histoire. Le don Juan en moi était mort, et je m'attachais de plus en plus à Claudine. Je le lui dis à l'oreille.

## 17

La soirée était claire et venteuse, les feuilles des arbres tombaient à la volée. Assis dans le jardin, revêtu de ma veste d'aviateur, j'attendais Claudine qui, comme tous les jeudis soirs, était à son cours de yoga. J'observais la lune, toute ronde, comme en attente, elle aussi. La sonnerie de mon cellulaire retentit. C'était William. Il avait bu. Il voulait me voir tout de suite. Je laissai un mot à Claudine et roulai vers le loft.

De l'escalier, j'entendais la musique de *Blue Tango* jouer à plein volume. J'ouvris la porte. William était assis sur le sofa, revêtu de mon jean blanc, de mon chandail rayé et de mes bottes de cow-boy achetées au Texas. Il avait les yeux fermés, et sa main droite battait sur sa cuisse le rythme à deux temps du tango.

— Allo, dit-il nerveusement en ouvrant les paupières. J'allais manger... J'ai préparé des pâtes au basilic et au saumon fumé pour souper; il en reste, tu en veux? J'ai aussi un Veuve Clicquot Ponsardin... Ton hibiscus va bien. Regarde, une nouvelle fleur a éclos aujourd'hui.

J'observai la fleur saumon aux pétales finement découpés :

— Elle va se faner et mourir dans deux jours. C'est la vie éphémère d'une fleur d'hibiscus. Mais ce n'est pas triste. Vivre comporte le risque de perdre.

Je saisis la bouteille de champagne qui, à moitié entamée, attendait dans un seau de glace posé sur la table basse du salon, et me versai à boire. Mon regard fut attiré par deux photos d'enfance, prises par oncle Ernest, et que William avait placées sur le manteau de la cheminée. Je m'approchai pour mieux les observer. L'une nous représentait, les yeux plissés par le soleil, assis côte à côte, le corps ruisselant, au pied des chutes Dorwin, et l'autre, nageant dans les bouillons d'eau, le regard intrépide. C'était en 1965, au début de l'été, juste avant que Martha ne me déracinât de mon quotidien d'adolescent.

— On était inséparables, tu te souviens ? murmura William.

Je revins près de lui. Je levai ma flûte.

— On boit à quoi ?

Il ne dit rien et laissa la sienne sur la table. Je lui demandai comment il allait.

— Tu me demandes comment je vais ? Regarde-moi : je porte tes vêtements pour me fuir, m'oublier en me substituant à toi, devenu heureux. Je vis avec tes fantômes, Jean, incluant ce *Blue Tango*, cette saloperie de musique qu'elle t'a fait entendre la première fois qu'on est entrés chez elle ! Je l'écoute en boucle maintenant, pour me plonger vraiment dans ton monde, pour te comprendre et comprendre ce qui m'est arrivé à quatorze ans. Ce n'est qu'en replongeant dans ce passé que je pourrai respirer librement et me détacher de ton emprise.

314

Il se tut puis, comme un enfant suppliant, saisit ma main et dit tout bas :

— Viens danser avec moi, Jean !

Je trempai mes lèvres dans le champagne, un réflexe pour calmer mon malaise. Il cherchait son souffle, il voulait parler, mais les mots semblaient bloqués au fond de sa gorge. Il s'agenouilla par terre, face à moi, m'agrippa les bras pour me forcer à le regarder.

— Quitte Claudine, Jean. Sans toi, je n'arrive pas à vivre, comprends-tu ?

Je me sentais impuissant, déchiré entre mon affection fraternelle et l'amour tout neuf que je portais à Claudine.

— D'accord, on va danser.

Ce que je venais de dire m'étonna : je devais être totalement coincé pour accepter de danser avec lui. Je me levai et enlaçai William comme j'enlaçais les femmes avec qui j'avais dansé au cours de ma vie. Il semblait profondément ému. Il murmura qu'il prenait des leçons de tango avec un couple d'Argentins qui avaient un studio de danse sur le Plateau Mont-Royal. Il était étrange de sentir, tout près, l'odeur de la lotion après-rasage de cet homme, mon frère, qui me suppliait de l'aimer, de ne pas le laisser mourir de chagrin, de me coller à lui pour toujours ; étrange de sentir sa large main dans la mienne, son thorax contre le mien, de le tenir comme on tient une femme, de sentir son regard logé dans le mien ! Dans quel bourbier la vie m'avait-elle placé ? Quel dieu m'en voulait à ce point ? Je décidai de me concentrer

315

sur les pas, de devenir simplement le professeur de tango de William, tout comme William voulait être mon professeur de voile. C'est très simple, me dis-je, il suffit de danser, c'est tout. Danser le tango. Que ça. Le tango. Celui de Leroy Anderson. Celui que m'a appris Martha. William soufflait fort. Il voulait danser encore et encore. Il se colla plus étroitement à moi. Je sentis son sexe se durcir contre ma cuisse.

— Non, dis-je, en me détachant de lui. Pas ça, William. Pas ça.

Il se tenait courbé, les bras le long du corps, bouleversé. Alors, je regardai son visage crispé par la douleur et je me laissai faire. Je me laissai étendre par terre, me laissai embrasser par William. Il posa d'abord ses lèvres sur les miennes, si doucement que cela me fit peur. Il pleurait, ses larmes coulaient jusque dans ma bouche. Il m'embrassa longuement, sans fin. Il embrassa mon cou, le mordit plusieurs fois, il déboutonna ma chemise en pleurant, toujours, il embrassa ma poitrine, mes épaules. Je ne bougeais pas, je me prêtais, en silence. Ma peau était mouillée de ses larmes. Il m'enleva mon jean, puis mon slip, et toucha à mon sexe. Elles avaient toujours fait ce qu'elles voulaient, les femmes, de ce sexe qui vibrait et explosait pour elles. Ce soir-là, sur la musique de *Blue Tango* qui jouait à répétition, je me laissai prendre par ce frère aimé, ce frère misérable, malade de moi. Sa bouche me prit, aussi bien que le faisait Claudine et toutes les femmes auparavant, et mon sexe réagit comme d'habitude. Il me dit de me retourner et chercha gauchement à insérer son sexe en moi. Je continuai de le laisser faire, puisque c'est ça qu'il voulait, pénétrer en moi à fond, me connaître jusque dans mon intérieur, disait-il en pleurant toujours, devenir moi. Il me serrait si fort, il bougeait avec tant de force, de passion, de fureur, que je le sentais au bord de la haine, au bord du meurtre. J'avais mal, mais je le laissais faire. William se plaignait, comme se plaignent les bêtes blessées avant de mourir.

Le reste, je ne m'en souviens plus très bien. Je sais simplement que je repartis au lever du jour en tremblant de tout mon être. William, debout, nu, devant moi, me regardait pour la dernière fois.

Lorsque j'entrai chez Claudine et la rejoignis dans sa chambre, elle vit, à l'expression de mon visage, que quelque chose de terrible venait de se passer. Je ne dis rien, elle non plus. Je me dévêtis, elle vit les marques sur mon corps, les morsures dans mon cou, elle sentit l'odeur de sperme, elle sut ce que nous avions fait, mon frère et moi. Elle pleura dans mes bras sans rien dire. Nous nous endormîmes, rivés l'un à l'autre.

Le lendemain après-midi, je reçus un appel téléphonique de William. Il commença par me dire de ne pas l'interrompre, de le laisser parler jusqu'au bout. Son débit était rapide, sa voix rauque. «Je suis à l'aéroport, annonça-t-il. Mon avion décolle dans une heure. Je pars à Bamako, au Mali, comme travailleur humanitaire avec *Action secours sans frontières*. Ça fait deux mois que c'est décidé. Le lendemain de notre week-end en bateau, j'ai contacté la Croix-Rouge, qui m'a mis en contact avec cet organisme. Tout s'est fait rapidement. À Bamako, 6 000 enfants mendient dans les rues, sniffent de la colle et sont souvent recrutés comme soldats. Kader, un Malaisien qui s'occupe de quelques-uns d'entre eux avec une dizaine de bénévoles, a mis sur pied des activités culturelles : il les fait dessiner, il leur montre à lire, à écrire, il les amène à quitter leur vie misérable. Kader a besoin de plusieurs travailleurs humanitaires. Moi, je dessine bien et j'aime ça : ils dessineront avec moi. Je m'occuperai aussi d'un groupe de jeunes handicapés artisans et j'aiderai à la construction d'une école. Les projets participatifs ne manquent pas, tu vois ! Rester au Québec signifiait pour moi devenir un parasite dangereux. Et mourir sans doute. Car, je ne te le cache pas, l'idée du suicide m'obsédait de plus en plus. La bande dessinée n'était qu'une diversion. Loin de toi, j'apprendrai à m'ouvrir aux autres, à me donner, à t'oublier. À vivre. Pardonne-moi pour hier... Pardonne-moi, Jean... N'essaie pas de me contacter de quelque façon que ce soit. Sois heureux avec Claudine. Ne t'inquiète pas : je vais rester en vie, je te le promets. Je t'ai laissé une lettre, une lettre importante. Je l'ai posée sur la grande table de la salle à manger... Non, ne dis rien ! »

Il raccrocha.

Je me précipitai au loft. Quand j'entrai, tout était propre et en ordre. Les lieux avaient repris l'aspect qu'ils avaient lorsque j'y vivais seul. Plus aucune photo de moi ne s'y trouvait, sauf une, posée sur la cheminée, celle qui nous représente, William et moi, côte à côte, ruisselants, au pied des chutes Dorwin, à Rawdon, heureux d'être ensemble dans le soleil comme en un jour sans fin. Il me regarde en souriant, il m'aime. Il ne sait pas encore que tout va bientôt basculer, que je vais apprendre le tango avec une femme. Non, il ne le sait pas.

Je m'approchai de la grande table : la lettre était là, au milieu, ouverte, écrite à l'encre, d'une belle écriture régulière, élégante, mais toute petite. Je dus mettre mes lunettes de presbyte pour la lire.

*Jean, mon amour.*

*À quatorze ans, j'ai voulu te retenir et je t'ai perdu. Et maintenant, à cinquante-quatre ans, je fais la même chose. Je dois partir, te quitter à jamais avant de commettre l'irréparable : te détruire et me détruire. Car ce n'est pas une fratrie que j'ai vécue avec toi, c'est une passion dévorante, dont le feu a repris de plus belle depuis que je vis ici. En partant très loin, je ne te nuirai plus, je ne t'arracherai plus aux autres pour t'entrer de force en moi.*

*Tu sembles croire que tu es le seul à avoir souffert à cause de Martha. Elle n'a pas seulement détruit ta vie, elle a détruit la mienne également. Être détruit, ça veut dire être dévasté, fini, achevé. À quatorze ans ! J'avais quatorze ans et tu étais mon seul ami, mon seul repère, et voilà que tu allais partir pour toujours, loin de moi... Et maintenant, à cinquante-quatre ans, cela recommence : je viens vivre avec toi et tu m'ignores. Le passé accourt au galop, Jean, depuis que j'habite chez toi.*

Les mots frappaient directement au plexus, et je les lisais comme jamais auparavant je n'avais écouté les paroles de William. Il me semblait que je devenais prisonnier de la peine de mon petit frère qui n'avait jamais grandi.

*À quatorze ans, je craignais toujours de trouver un mot de toi sur la table de la cuisine qui m'aurait annoncé ton départ pour l'Asie! Chaque fois que je revenais de l'école, je cherchais partout le maudit papier blanc avec ton écriture dessus; le trouver m'aurait conduit droit au désespoir, puisque je n'avais que toi au monde. Il me fallait faire quelque chose pour te garder à mes côtés, c'était urgent, comprends-tu? Cette nuit-là, quand tu t'es levé, je savais que tu t'en allais chez Martha. J'ai attendu que tu te diriges vers la salle de bain pour aller pisser et te raser, j'ai dissimulé un oreiller sous les couvertures, j'ai donné à tout ça une forme humaine afin que tu croies que j'étais toujours couché, je me suis habillé et je t'ai devancé chez elle à bicyclette. Je pédalais comme un malade, avec la peur que tu m'aperçoives. Je voulais me dissimuler et écouter, au travers du mur, ce que vous alliez dire à propos de votre voyage en Asie, connaître la date exacte de votre départ, puis disparaître, pour que tu me cherches, que tu t'inquiètes et que tu ne puisses partir. Je me serais caché dans la forêt, j'aurais attendu plusieurs jours. Je te jure, Jean, je voulais juste entendre, l'oreille collée à la fenêtre, les plans précis que vous alliez échafauder. Je m'approchais de la maison de Martha quand j'ai entendu la musique de* Blue Tango. *En même temps, j'ai aperçu un homme qui fumait tranquillement sur le balcon. Tout a basculé. Je me suis dit qu'il devait habiter le village et coucher avec elle de temps en temps. Les frères Laporte avaient raison: la femme avec qui tu baisais devait coucher également avec tous les gars du village! J'étais dans l'urgence: cette femme qui pouvait te faire passer de l'extase à l'angoisse en claquant simplement des doigts, cette femme qui t'avait dit qu'elle t'aimait, que vous partiriez ensemble, venait de te trahir, elle t'avait oublié, jeté aux poubelles, tu n'existais plus pour elle. Je voulais détruire cette salope pour qu'elle ne soit plus jamais là, devant toi, à sourire, à te faire toucher son corps, à te montrer la beauté des étoiles, à prononcer ton nom et à t'enlever à moi, ton frère. J'ai dissimulé ma bicyclette dans les conifères et j'ai attendu que l'homme monte dans sa camionnette. Dès qu'il a démarré, je me suis dirigé vers la maison. Je devais faire vite, car tu allais arriver d'un moment à l'autre. Ce n'était plus le William peureux qui agissait, mais un justicier qui devait protéger et venger son frère. Je voulais extraire cette chienne de ta vue et de la mienne à tout jamais, la punir de t'avoir menti. Je suis entré dans un état second — on est envoûté par une pensée, cette pensée mobilise toutes nos forces, et on agit comme un automate, comme les kamikazes qui se font exploser. En entrant dans le salon, j'ai aperçu une petite culotte posée par terre près de la cheminée, et je l'ai vue, elle, étendue sur le sofa. J'ai pris le couteau à dépecer les poissons qui se trouvait sur la table, je me suis approché d'elle, elle a ouvert les yeux, elle m'a reconnu, j'ai soulevé brusquement la couverture, j'ai aperçu son corps nu en sueur, sa robe relevée, j'ai senti l'odeur de sperme et c'est à cet instant que j'ai eu la certitude qu'elle avait couché avec l'homme du balcon. Elle s'est levée brusquement, mais avant qu'elle ne puisse fuir, je lui avais déjà planté à plusieurs reprises le couteau dans la poitrine. Elle s'est écroulée. Je suis sorti en vitesse et me suis dissimulé dans le cabanon à outils ; de ma cachette, je t'ai vu arriver. Je savais que tu allais souffrir atrocement, mais j'avais la certitude que de la découvrir morte te ferait moins mal que de la savoir avec un autre. En la tuant, je te sauvais de ton désespoir et je te gardais avec moi, Jean, c'est ça que je me répétais ! J'ai pédalé comme un fou jusque chez nous. Je ne t'ai pas vu l'enterrer.*

Je suis allé vivre à Québec pour m'éloigner de toi, pour endormir la culpabilité qui me rongeait. J'ai passé ma vie à tenter d'étouffer le remords que j'avais aux entrailles. Si tu savais comme j'ai regretté ce meurtre! Si tu savais comme ce fut difficile de garder ce secret, de ne pas t'en parler! J'attendais que tu sois vraiment prêt, j'aurais attendu jusqu'à ta mort. J'ai commencé à me préparer à le faire quand tu m'as dit, l'année dernière, que tu venais de «tuer» toi-même Martha dans le bureau de ta psy – tu avais même déchiré sa photo, une photo, disais-tu, qui ne remuait plus rien en toi. Tu te sentais délivré par les révélations d'Antoine Saint-Amant: il avait couché avec Martha, disais-tu, et ils projetaient de vivre ensemble, avec «ton» bébé dans son ventre! Moi non plus, je ne savais pas que Martha était enceinte quand j'ai aperçu Saint-Amant qui fumait sur son balcon. Si je l'avais su, j'aurais refusé de planter un couteau dans le ventre qui abritait ton enfant.

Tuer cette femme ne m'a rien apporté: après sa mort, tu es entré en toi; tu étais seul avec ta douleur atroce, je n'existais plus. Et tu as commencé à vivre une vie de somnambule. Accroché à l'image de Martha, tu l'as cherchée partout et tu ne l'as jamais retrouvée. Toute ta vie, tu as goûté aux femmes sans les voir réellement, tu jouais avec elles comme avec une poupée. Maintenant, tu te dis guéri, tu dis que tu aimes Claudine. Je souhaite que votre lien – dont j'ai été si jaloux – se solidifie.

Aujourd'hui, j'ai pu te faire mes aveux. Cela me délivre d'un immense poids. Je ne sais comment tu réagiras à cette lettre, mais je sais que de connaître l'auteur du meurtre de ton premier amour sera une délivrance. Je veux oublier ton visage d'homme – il appartient à Claudine – et ne garder que

*celui du garçon qui pédalait avec moi dans les rues de Raw-*
*don. Celui-là, je le grave en moi pour toujours.*

*William*

Je m'approchai de la fenêtre : le soleil se couchait dans une mer rose et bleue. La lettre à la main, je laissai mon regard se perdre tout là-haut, dans ce ciel où un avion transportait mon frère vers l'Afrique. Je ne m'étais jamais senti aussi près de lui.

# Épilogue

Voilà cinq ans que tout cela est arrivé. Je n'ai pas revu William. Et j'ai respecté son désir : je n'ai pas tenté de le contacter. Alors que je termine mon récit, Claudine m'apprend qu'elle est enceinte. Si c'est un garçon, nous pensons l'appeler William.

Tous les livres des Éditions Triptyque sont désormais imprimés sur du papier 100 % recyclé postconsommation (exempt de fibres issues des forêts anciennes) et traité sans chlore.

L'impression de *Blue Tango* a permis de sauvegarder l'équivalent de 9 arbres de 15 à 20 centimètres de diamètre et de 20 mètres de haut. Ces bienfaits écologiques sont fondés sur les recherches effectuées par l'Environmental Defense Fund et d'autres membres du Paper Task Force.

**Marquis imprimeur inc.**

Québec, Canada
2011